정령왕의 딸

박신애 판타지 장편 소설

5

소녀편의 마음

KB272792

도서출판 청어람

목 차

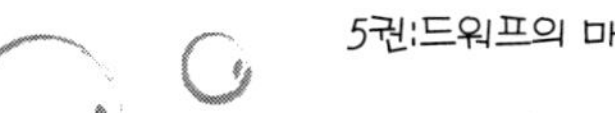

5권: 드워프의 마을

제 19 화 엔더비 산맥

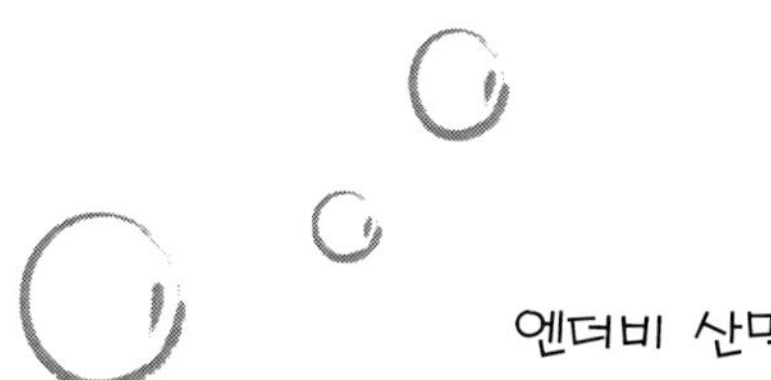

엔더비 산맥

그날 저녁 나는 한 명 더 늘어난 인어들을 배 위에 데려다 주고는 가레스를 찾아갔다.

같은 방을 쓰고 있는 마일즈가 보고 있는 가운데 나와 가레스만 받은 마법 물품을 보이고 이야기하는 게 좀 마음에 걸렸지만, 그렇다고 내가 계속 가지고 있으면 안 될 것 같아서 그냥 그날 저녁 찾아간 거였다.

방문을 노크하자 기다리라는 가레스의 목소리가 들리더니 잠시 후 그가 직접 문을 열며 모습을 드러냈다.

"엥? 네가 웬일이냐?"

방문을 연 가레스는 나를 보자 어리둥절한 표정을 지으면서도 내가 자신의 방에 들어오도록 비켜서 줬다.

"실례하겠습니다."

선실로 들어가니 다행히도 마일즈는 린제이 방에 갔는지 없었고 가레스 혼자 마법책을 읽고 있다가 나를 맞았는지 방 가운데 있던 탁자 위에 마법서가 펼쳐져 있었다.

내가 선실을 슬쩍 둘러보자 가레스가 오해를 했는지 웃음기 어린 어조로 말을 건넸다.

"저런, 마일즈를 찾아온 거냐? 그 녀석 지금 데이트 가고 없는데……."

그 말에 나는 황급히 가레스를 돌아보며 부정했다.

"아하하… 아뇨. 가레스님을 뵈러 온 거예요."

"응? 나를? 왜? 아, 이런 손님을 계속 서 있게 했군. 이리로 앉아라."

어리둥절한 표정을 짓던 가레스는 내가 서 있는 모습을 보더니 아차 싶은지 작은 탁자로 나를 안내했다.

가레스가 먼저 앉은 뒤 그의 맞은편에 앉은 나는 마일즈가 오기 전에 용건을 끝내고 돌아가야겠다 싶어서 앉자마자 단도직입적으로 본론부터 꺼냈다.

"아까 낮에 가레스님이 치료해 주신 인어 기억하시죠?"

"내가 치료해 준 인어? 아아… 그래, 그 장식품을 주렁주렁 달고 있던 녀석?"

바로 오늘 낮의 일이니 가레스가 기억 못할 리가 없었다.

"예, 그런데 그 인어가 치료해 줘서 고맙다고 가레스님께 이걸 전해 달래요."

그 말을 하면서 나는 팔찌를 그에게 건넸다.

"흐음… 이 팔찌를 말이냐?"

아무 무늬가 없는, 내 새손가락만한 굵기의 단순한 링 모양의 금팔찌였지만, 자세하게 살펴보면 팔찌 안쪽에 아주 자잘하게 무엇인가가 음각되어 있었다. 이것도 사실 내가 그 팔찌에서 마나가 느껴져서 세세하게 살펴보다가 알아챈 거였지, 그렇지 않았다면 나도 몰랐을 거다.

가레스 또한 그 팔찌를 받아 드는 순간 그 팔찌에 어려 있는 마나를 눈치 챘는지 표정이 진지해졌다.

"아무래도… 제가 보기에는 마법이 걸려 있는 듯해요."

"그렇구나. 잠시만……."

내 말에 고개를 끄덕이며 팔찌를 자세히 살펴본 가레스는 곧 팔찌 안쪽에 음각되어 있는 걸 발견해 냈지만, 너무 작게 새겨져 있어 잘 보이지 않는지 자리에서 벌떡 일어나 한쪽 침대 옆에 있던 커다란 가방을 뒤적거리기 시작했다.

그쪽 침대를 가레스가 사용하는 모양이었다.

잠시 후 가방 안에서 자그마한 확대경을 꺼낸 가레스는 다시 탁자로 돌아와 눈에 확대경을 끼고는 팔찌 안쪽을 아까보다 더 자세하게 살피기 시작했다.

"흐음… 이런… 어두워서 잘 안 보이는구만. 라이트!"

하지만 곧 등불만으로는 잘 보이지 않는지 마법을 써서 빛의 구를 하나 만들어낸 뒤에 다시 살피는 거였다.

집중하고 있는 그 모습에 나는 감히 말을 건네지도, 심지어 함부로 몸을 움직이지도 못한 채 숨을 죽여 그가 다 살펴보기만 기다리고 있었다.

그러기를 거의 30분 정도 지났을 무렵, 팔찌를 천천히 돌려가며 그 안에 음각된 무언가를 다 읽은 가레스가 만족한 표정으로 고개를 끄덕이며 확대경을 눈에서 떼었다.

"훗, 그렇군."

"뭔데요? 무슨 마법이 걸린 거죠?"

"레비테이션이 걸려 있구나. 흠, 괜찮군."

역시 그 또한 마법사라서 그런지 낮은 클래스의 마법이 걸려 있다고는 하나 마법 아이템을 얻게 된 것이 무지 기분 좋은 모양이었다.

레비테이션 마법은 물체나 사람을 떠오르게 하는 마법으로 2클래스 마법에 속한다.

뭐, 3클래스의 플라이(날아다니는 마법)를 익힌 사람에게는 별 필요가 없는 것이지만, 여러 상황에 유용하게 쓰일 수 있다고 내 마법 스승 노만이 말해 줘서 나도 익혀놓고는 있었다. 이 마법이 그냥 위로 떠오르게만 할 뿐 양 옆으로 이동은 못하는 거라서 높은 데서 떨어질 때 안전하게 착지할 수는 있게 해주지만, 그 외에 어디에 필요한지는 모르겠지만 말이다. 그래도 가레스가 기분 좋아하니 내가 상관할 필요는 없을 것 같았다.

그리고 나는 그 틈을 타서 내가 받은 펜던트를 꺼내 들었다.

"저기……."

"응?"

의아하게 나를 바라보는 가레스를 향해 멋쩍게 웃으며 그 커다란 펜던트를 그에게 보였다.

"저도 이것을 받았거든요? 그런데 이것에도 마나가 느껴져서 뭔가 있는 것 같은데 뭔지 잘 모르겠어서 말이죠."

"어디, 이리 줘봐라."

가격으로 치자면 아무래도 가레스가 받은 팔찌보다는 내가 받은 펜던트가 조금… 이 아니라 훨씬 훠어얼씬 더 비싸 보였다. 예쁘지는 않더라도 보석이 여섯 개나 박혀 있었으니 말이다.

　그런데 그 펜던트의 모습을 보자마자 가레스의 표정이 심상치 않게 변해 버리는 거였다.

　그래서 나는 혹시나 내가 더 비싼 걸 받아 가레스가 마음이 상한 줄 지레짐작하고 괜히 보여줬다며 마구마구 후회하는데, 내가 그러든 말든 가레스는 다시 확대경을 눈에다 대고 그 펜던트를 살펴보기에 여념이 없었다.

　그러는 동안 내 속은 바짝바짝 타 들어갔지만, 그가 뭐라고 할 때까지 기다리는 수밖에 도리가 없었다.

　한참을, 그러니까 팔찌 살펴보는 시간보다 더 오랜 시간 동안 아주 세세하게 살펴본 가레스는 긴 한숨을 내쉬며 펜던트로부터 고개를 들어 나를 바라보았다.

　그래 난 그가 뭐라 말할까 겁이 나 초긴장한 상태로 그의 입이 열리기만을 기다렸다.

　"후우… 이거 참……."

　"왜, 왜요?"

　그런데 처음 나오는 게 무지 난처하다는 목소리였기에 나는 위가 조여지는 듯한 기분이었다.

　"아니. *끄응.*"

　가레스는 이런 내 심정을 아는지 모르는지 자신만의 생각에 빠져서 탁자 위에 올려져 있는 펜던트를 손가락으로 톡톡 두들겼다.

　"이거 참, 어떻게 보면 대단한 물건인 것 같기도 하고 또 어떻게 보면 실패작인 것 같기도 하고."

　"실패작이요?"

　실패작이란 말에 나는 일순 그걸 나에게 건넨 시노윅이란 인어 녀석에 대한 괘씸함이 치솟아올랐지만, 가만 생각해 보니 가레스는 낮은 클래스라고 해도 확실한 마법 아이템이고 나는 조금 더 비싸 보여도 실패작이니 가레스의 맘이 크게 상하지는 않을 것 같아 차라리 다행인 듯싶었다.

그래 차라리 정말 실패작이길 바라며 묻자 가레스가 펜던트를 내 쪽으로 좀 밀어 나도 잘 보이게 한 후 설명했다.

"이걸 보면 말이다……."

그러면서 그가 가리키는 건 펜던트 앞면의 여섯 개의 보석이 박힌 곳이었다.

"여기 있는 보석들은 각각 마법으로 가공되어 꽤 많은 마나를 가지고 있는 마법석이다. 그게 하나도 아니고 여섯 개를 박아놓은 걸 보니 엄청난 물건을 만들려고 했던 것 같거든?"

마법석은 보석을 마법으로 가공해 놓은 것을 말한다.

보통 마법사들이 마법 아이템을 만들 때 많이 사용하는 것이 보석인데, 이건 예쁘게 보이거나 비싸게 받아먹으려는 것의 여부를 떠나 보석이 이 세상에서 가장 단단한 물질 중의 하나이기 때문이다.

마법을 가공할 때 필수적으로 재료에 마나를 집어넣어야 하는데 강도가 약한 것들은 마나를 받아들일 때 견디지 못하고 깨져 버리기 일쑤다.

보통의 철이나 돌의 경우에도 마나 주입할 당시에는 견딜 수 있을지 모르나 머칠 못 가 마나의 힘을 견디지 못하고 깨져 버릴 정도니 일반 나무나 유리 등등은 엄두도 못 내는 것이 당연했다. 뭐, 철이나 돌은 마나를 주입할 때 견딜 수 있으니 정 그것을 사용하고 싶으면—예를 들면 마법검을 만들 경우—계속 마나의 힘을 견딜 수 있도록 강도 강화 마법을 따로 걸어주기도 한다.

하지만 그 과정을 생략하고 만들 수 있는 재료가 보석이라 마법석 하면 대부분이 보석이라고 생각하면 된다.

그런데 이 마법석은 얼마나 많은 마나를 품고 있느냐, 어떤 마법이 저장되어 있느냐에 따라 원재료 값보다 적게는 수십 배에서 많게는 수백, 혹은 엄청 대단한 마법이 있을 경우 수천 배 더 비싼데, 그러한 마법석을 여섯 개나 모아 박아뒀으니 엄청난 물건을 만들려고 했다는 건 쉽게 예측할 수 있었다. 웬만한 마법 아이템에도 마법석이 두 개 이상 들어가지 않는다는 걸 봐서도 말이다. 뭐, 사실 내가 이제까지 본 마법 아이템이 몇 개 없지만서도.

'그러고 보니 엄마가 물려주신 반지도 마법 아이템이었지? 아하하하… 그동안 까맣게 잊고 있었네.'

속으로 실소를 흘리는 와중에도 가레스의 설명이 계속 들려왔기에 나는 얼른 그의 말에 정신을 집중했다.

"그 여섯 개의 마법석이 오성망 마법진을 이루고 있어. 봐라, 다섯 개의 보석이 별 모양의 꼭지점에 위치해 있고 가운데 하나가 버티고 있지? 아마 이 마법진이 움직인다면 엄청난 마나가 나올 거야. 최소한… 5, 6서클 정도?"

"허거걱! 그, 그 정도나요?"

나는 나도 모르게 입이 떡 벌어졌다.

5서클이라면 가레스와 같은 경지지만 6서클이라면 그보다 한 단계 높은 경지다. 그리고 그 정도만이라고 해도 마법 세계에서는 무지 괜찮은 마법사로 대접을 받을 수 있으니, 단지 마법석이 가지고 있는 마나의 양이라면 어마어마한 거였다.

"그런데… 내가 보기에는 겉으로 드러난 이 마법진 말고도 또 다른 마법진이 있는 것 같아. 겉으로 드러난 이 마법진은 그냥 단순히 마나를 모으고 응축시키는 역할을 하는 것뿐이거든. 그렇다면 직접적인 마법을 일으키는 마법진이 따로 있다는 이야기인데… 아무래도 이 펜던트 안에 있는 것 같아."

"펜던트 안에요? 아니, 어떻게 펜던트 안에 마법진을 넣는다는 거죠?"

"아마 이 펜던트는 두 개의 판을 겹쳐서 만든 걸 거야. 그러니까 두 개의 판을 겹치기 전에 그 사이에 마법진을 그려 넣고 그 위에 단순한 마법진을 그려 넣는 거지. 어떤 마법진이 그려져 있는지 못 알아보게 할 때 많이 사용하는 방법이야. 그런데 문제는……."

"문제는요?"

가레스가 잠시 말을 끊자 나는 다급해져서 얼른 그의 말을 재촉했다. 하지만 이런 내 심정을 무시한 채 그는 찬찬히 펜던트를 다시 한 번 살펴보고 나서야 입을 열었다.

"문제는 이 결과물이 실패작인 것 같다는 거지, 아니면 아직 완성되지 못했거나. 어떤 마법진이든지 다른 마나가 치고 들어오면 무슨 반응을 보여야 하는데 이건 전혀 반응이 없거든. 마치 보통 돌이나 나무처럼 말야. 그렇다고 안에 있는 마법진을 알아보고자 무슨 장치가 되어 있는지도 모를 펜던트를 여기서 함부로 부술 수도 없고."

"그래요?"

"그래. 뭐, 내가 보기에는 실패작인 것 같다만… 이것 좀 보거라."

그러면서 가레스가 가리킨 것은 펜던트의 옆면이었는데 거기에는 멋들어진 글씨체로 뭐라 양각되어 있었다. 하지만 그렇게 멋들어진 글씨체에 비해 내용은 조금 장난스러운 것이었다.

"'위대한 현자이자 천재 마법사인 아름답고 우아한 맥키니언 데모스테네스님'? 이건 돈이 무지 많다 못해 주체할 수 없을 정도로 넘쳐나는 어떤 멍청한 녀석이 뭔가 만들다 실패하니까 자화자찬하기 위해 재미 삼아 새겨 넣은 게 틀림없어. 내 이때까지 위대한 현자라거나 천재 마법사란 칭송을 받는 이들 중에 맥키니언 데모스테네스란 이름은 한 번도 들어보지 못했다."

"하. 하. 하……."

한심하다는 말에 내가 어색하게 웃자 가레스가 다시 말을 이었다.

"이 맥키니언 데모스테네스란 녀석은 실패하니까 장난 좀 쳤다가 부수려고 했겠지. 하지만 뭐, 어쩌다 보니 이렇게 온전히 남아 네 손에 들어왔구나. 그래, 너도 마법 공부한다고 했었지?"

펜던트를 만지작거리다 다시 나를 보며 묻는 가레스에게 나는 약간 창피해서 머쓱하게 대답했다.

"예, 하지만 이제 겨우 3클래스에 올랐는걸요."

"뭐, 그걸 부끄러워할 필요는 없다. 요는 얼마나 열심히 노력하느냐니까. 아, 그건 그거고… 내가 하고 싶은 말은 아직은 네가 만지기에는 위험한 거니까 괜히 연구해 본다고 부수지 말고 그냥 가지고 있다가 돈 없을 때 팔아먹으라는 거야. 그것만으로도 너는 엄청나게 횡재한 거니까."

가레스는 그렇게 말하며 마지막에는 나에게 장난스레 눈을 찡긋거렸다. 그 모습에 내가 더 비싼 거 받았다고 서운하게 생각하는 기색은 없어 나는 안도감으로 환하게 웃으며 고개를 끄덕였다.

하지만 그 펜던트를 다시 받아 들 때 느껴지는 묵직함을 생각하면 가격도 가격이지만 여차할 때 무기로 써도 무방할 것 같았다. 마법석이라는 이름은 돌보다도 단단하다는 것을 증명하는 트레이드마크니까 말이다.

하지만 계속 그걸 주머니에 넣고 다니기는 무겁고, 그렇다고 소지품에 넣어두고 다니자니 엄청 비싼 거라 불안해서 펜던트에 달려 있는 가죽 끈을 새로 갈아 목에 걸고 다녔다.

처음에는 목에 묵직한 무게감 때문에 몸까지 휘청일 것 같았지만, 배 위에서는 내가 크게 움직일 일이 없고 크게 방해가 되는 것도 아니어서 며칠 지나자 차차 익숙해져 괜찮아졌다.

그러는 동안 우리 일행은 순풍을 받아 빠르게 항해를 할 수 있었고, 드디어… 드디어 인어의 영역에 도착할 수 있었다.

처음에 목표를 인어의 섬으로 잡기는 했지만 그건 바다 위에는 이정표가 없어서 목표로 삼은 것뿐이고, 인어의 섬 근처에는 암초가 많아 지금 우리가 타고 있는 배처럼 큰 배가 다가가기도 힘들었다. 게다가 인어의 섬이라고 불리는 것도 커다란 바위가 바다 위로 빼꼼하게 얼굴을 내밀고 있는 것이었다.

물 위로 올라온 부분만 성인 남자가 10명쯤 올라가 서 있을 정도니 바다 밑에 있는 크기까지 합친다면 큰 바위가 아니라 어마어마하게 큰 바위겠지만, 섬치고는 무지 작은 편이었다. 그렇다고 그 위에 올라가서 협상을 한다고 하면… 뭐, 못할 거야 없겠지만 인어들에게나 상회 쪽이나 불편한 장소라 애초부터 그곳을 협상 장소로 애용하지는 않았던 모양이다.

그리하여 우리 배는 육안으로 인어의 섬이 잘 보이는, 인어 영역의 근처에 도달하자 멈춰 서서 닻을 내렸다.

그리고 나는 인어들을 데리고 배 옆 수면 위에 얼굴을 내밀고 있었고, 인어들과 협상을 할 레이언과 또 한 명의 사무 요원, 그리고 만약의 사태에 대비하여 마법사들을 비롯한 무사들이 갑판 위로 나와 대기하고 있었다.

그러자 잠시 후에 기다렸다는 듯이 배 앞쪽 바다 위에서 세 명의 인어가 불쑥 솟아올랐다.

그걸 기다리고 있었던 듯 레이언 녀석은 그 모습을 보자마자 그들이 뭐라 하기 전에 다급하게 외치는 거였다.

"베지테크스 상회에서 나왔습니다! 족장님을 뵙고 싶습니다!"

뭘 저렇게 다급하게 말하나 싶어 황당하게 레이언 녀석과 인어들을 바라보는 사이 세 인어 중 가운데 있던 인어가 배에 걸린 베지테크스 상회를 상징하는 깃발과 레이언을 바라보더니 고개를 끄덕이며 뭐라 말하려고 입을 열려 했다. 하지만 그전에 인어들만 뚫어져라 주시하고 있던 레이언 녀석이 이번에도 다급하게 먼저 입을 열었다.

"여기서 기다리고 있겠습니다. 부디 족장님을 모셔와 주십시오."

아마 그 인어는 족장님을 모셔올 테니 여기서 기다리라고 말하려 했던 모양이다. 그런데 그걸 레이언이 잽싸게 가로채며 말하자 불만인 듯 부루퉁한 표정을 지었지만 화내는 대신 짧게 고개를 끄덕인 뒤 자신의 양 옆에 있는 두 인어를 데리고 바다 속으로 다시 들어갔다.

그런데 더 어리둥절한 것은 그 모습에 왠지 모르겠지만 잔뜩 긴장한 채 갑판 위에 있던 이들이 안도의 한숨을 내쉬는 거였다.

"뭐, 뭐야?"

왜들 그러는지 이해를 못해 황당하다는 시선으로 그들을 바라보는데 마침 레이언 근처에 있던 가레스가 레이언에게 다가가 어깨를 두드렸다.

"잘했다, 잘했어."

뭘 잘했다는 건지 모르겠지만 레이언은 그런 가레스의 말에 씨익 웃어 보이며 가슴을 쓸어 내렸다.

"아아… 정말 긴장했어요."

그 모습에 의아함이 더욱더 커진 나는 결국 참지 못하고 갑판 위를 향해 외쳤다.

"뭐야? 도대체 무슨 소리들을 하고 있는 거야? 나도 알게 설명 좀 해봐!"

그러자 안도의 미소를 짓고 있던 레이언이 머리를 긁으며 나를 내려다보았다.

"아니, 그게… 핫핫핫! 인어들의 목소리는 물속에서 들으면 아름답지만 물 밖에서 들으면 그렇잖아."

그의 말을 듣던 나는 일순 황당해졌다.

"뭐냐. 그러니까… 아까 그렇게 잔뜩 긴장한 채 급하게 말했던 건 인어들이 말할 틈을 안 주려고 그랬던 거란 말야?"

"아하하하… 말하자면 그런 거지."

레이언은 그렇게 말하면서 내 옆에서 얼굴을 내밀고 있는 인어들의 눈치를 살폈지만, 그들은 지금 고향에 돌아왔다는 감격에 폭 빠져 옆에서 뭔 이야기를 하든 말든 상관없는 듯했다.

"나원 참. 그러면 이전에는 어떻게 대화를 한 거야?"

"거의 이렇게 내가 감으로 그들이 할 말을 미리 해서 맞으면 그쪽에서 고개를 끄덕였고, 틀렸으면 흔들었어. 그러다가 정 안 되겠다 싶으면 입을 열었고. 하아, 고역이었지."

그런 힘들었던 예전의 기억을 아련하게 떠올리며 몸을 부르르 떠는 레이언과 인어들을 번갈아 바라보던 나는 그냥 피식 웃고 말았다.

장난 삼아 말하는 듯해도 그 어조에 절절한 감정이 들어 있다는 걸 눈치 챈 나는 그런 거에 질색하는 그들의 모습이 웃겼지만, 그렇다고 이해 못하겠는 것도 아니었기에 놀리고 싶지 않았던 것이다.

확실히 물 밖에서의 인어 목소리는 듣고 싶지 않았다. 그걸 이해하기에 아까 그 인어도 불만인 듯했지만 그냥 물러나 준 게 아니었을까? 뭐, 내가 좋을 대로 해석한 거긴 하지만 말이다.

그렇게 그 인어들이 자신들의 족장을 부르러 간 뒤 대략 30여 분쯤이 흘렀을 즈음, 여러 기척이 다가오는가 싶더니 우리가 여기 도착했을 때 맨 처음 나와서 맞아준(?) 인어가 아닌 다른 인어들의 모습이 하나 둘 바다 위로 떠올랐다. 그러나 수면 위로 얼굴을 드러낸 그들은 우리에게 다가오지는 않고 약간 떨어진 곳에서 우리 쪽만, 정확히 말하면 내 옆에 있는 인어들에게만 시선을 주는 거였다.

아마도 내 옆에 있는 인어들과 가족인 듯했다. 그런데 오랜만에 고향에 돌아와 가족의 얼굴을 보게 되었으니 기뻐해야 할 텐데 황당하게도 내 옆에 있던 인어들은 그러기는커녕 괜히 하늘이나 바다 속을 살펴보며 그들의 시선을 피하는 거였다. 그래 순간적으로 황당해 애들이 왜 이러나 싶었지만, 곧 그 이유를 알 수 있었다.

우리가 왔다는 이야기를 듣고 급하게 달려나온(?) 인어들의 시선에는 다시는 못 볼 줄 알았던 가족을 만난 기쁨도 있었지만, 그 기쁨 못지않은 분노도 같이 존재했던 것이다. 하긴 화가 날 만도 했다. 여기 있는 이들은 어른들의 말을 안 듣고 젊은 혈기로 인하여 멀리멀리 나갔다가 노예 매매상에게 잡힌 이들이었으니 말이다.

부모님 말 안 듣고 멀리 나갔다가 늦어서 경찰 아저씨의 인도를 받아 집으로 돌아온 말썽꾸러기의 심정일 거다.

'쿡쿡쿡, 기쁨보다는 두려움이 앞서 존재하겠지?

내가 데려온 인어들의 가족들이 다 온 듯 바다 위로 인어들이 솟아오르는 것이 멈췄다. 잠시 시간이 지나서 맨 처음 우리를 맞이한 인어들이 다른 인어들을 데리고 솟아올라 왔다.

그리고 그 인어들 중 머리에 금테를 쓰고 있는 한 인어가 앞으로 나왔다. 아마 그 인어가 족장인 모양이다.

그런데 그때 그 족장이 앞으로 와 입을 열기도 전에 레이언이 먼저 나서서 입을 열었다.

"안녕하십니까, 족장님. 갑작스레 이런 말씀을 드려서 죄송합니다만, 여기서 이렇게 이야기하지 않고 바다 속으로 들어가서 대화를 나누면 안 되겠습니까?"

그러자 족장 인어가 멈칫하더니 의아한 시선으로 레이언을 바라보며 뭐라 말하려고 했다. 하지만 이번에도 먼저 레이언이 잽싸게 그의 말을 가로채며 입을 열었다.

"뭘 걱정하시는지 압니다만, 저희 일행 중에 물의 정령을 다루는 자가 있어서 제가 바다 속으로 들어가는 것에 어려운 점은 없습니다. 괜찮으시다면 허락해 주셨으면 합니다."

레이언 녀석이 왜 그러는지 알아챈 듯 족장 인어는 피식 웃더니 기꺼이 고개를 끄덕여 주고 자신이 먼저 바다 속으로 들어갔다.

"자, 이러한 이유로 잘 부탁해, 해인아."

족장 인어가 바다 속으로 들어간 것을 확인한 레이언은 곧바로 나에게 시선을 돌려 한마디 하는 듯하더니만 그 말이 끝나자마자 자신의 옆에 있던 사무 요원의 뒷덜미를 잡고 그대로 배 위에서 뛰어내렸다.

"우아앗! 야, 임마~!!"

너무 갑작스러운 일이라 놀라기는 했지만 떨어지는 그들을 못 잡아줄 건 아니었다. 어차피 정령들을 불러내기만 하면 그들이 알아서 잡아줄 터였으니 말이다.

날 이렇게 놀라게 하는 괘씸죄를 적용하여 그냥 바다에 빠뜨려 버릴까도 생각했지만, 사무 요원의 품에는 이번 거래를 위한 서류가 안겨 있었기에 어쩔 수 없이 그들이 바닷물에 닿기 전에 운디네를 불러 그들을 바다 표면에 뜨게 했다.

"하하하, 고마워. 자, 이제 우리도 들어갈까? 족장님을 기다리게 하는 건 실례라고."

정말 오랜만에 레이언 녀석의 능글맞은 표정을 보는 것 같았다.

하기야 그동안 이 녀석도 인어 섬에 도착할 때까지 나름대로 긴장하고 있다가 드디어 조금 긴장을 풀었다는 뜻일 것이다. 그런데 이 녀석은 뭘 믿고 내가 그들을 물속에 데리고 가줄 거라 확신했는지 모르겠다. 아무리 내가 물의 정령들을 불러낼 수 있다고 해도, 그들이 물속에서 나 아닌 다른 이들을 숨 쉬게 해줄지 안 해줄지는 모르는 거 아닌가?

"웃기고 있네. 확 숨 막히게 해줄까 보다."

나는 이죽거리면서도 순순히 불러냈던 운디네를 돌려보내고—운디네도 가능할지 모르겠지만, 한 번도 해본 적이 없어 보험으로 한 등급 높은 정령을 부르기로 했다—대신 운다인(물의 중급 정령)을 불러내어 레이언 녀석과 사무 요원을 보호하게 하며 밑으로 들어갔다. 처음 해보는 거라 내가 그들을 정말 보호할 수 있을지 어떨지는 모르겠지만,

만약 그들이 숨 막혀하면 금방 올라오면 될 터였다. 어차피 깊은 바다 속까지 들어가서 대화를 할 건 아닌 듯 보였으니 말이다.

게다가 이번 기회에 내가 다른 이들을 데리고 물속에 들어갈 수 있는지 없는지, 있다면 얼마나 오래 데리고 있을 수 있는지 실험해 볼 아주 좋은 기회였기에 순순히 레이언의 말에 따랐던 것이다.

"오랜만에 다시 만나는데 하나도 변하지 않았군요."

우리가 내려가자마자 밑에서 기다리고 있던 족장 인어가 먼저 말을 건네왔다.

"그건 족장님도 마찬가지 아니신지요. 그 모습은 여전하십니다."

레이언이 살짝 고개를 숙이며 녀석 특유의 능청스런 목소리로 대답하자 족장 인어가 피식 웃었다.

"당신의 말투 또한 여전합니다. 어쨌든 다시 만나서 반갑고, 제 동족들을 무사히 데리고 와줘서 고맙습니다."

"천만에요. 당연히 해야 할 일을 했을 뿐입니다."

그들의 모습을 보면서 나는 약간 기가 막혔다.

레이언 녀석이야 인간 세상에서 상회를 운영해 나가니 다른 이들을 대할 때 겉치레에 불과한 인사를 하기도 하지만, 족장 인어까지 그런 말을 주고받을 줄은 몰랐던 것이다.

하긴, 내가 인어에 대해 잘 아는 것도 아니고—그동안 당한 거에 의하면 무지 철없다는 것 외에—내가 상대하는 것도 아니었으니 상관할 바는 아니었지만.

그렇게 그들이 본격적인 거래에 앞서 이런저런 이야기를 주고받는 걸 가만히 뒤에서 보고 있자니 얼마 지나지 않아 슬슬 지루해지기 시작했다. 보아하니 물의 정령들은 자신들이 보호해 주는 육지의 생물들이 숨도 쉴 수 있게 해주는지 꽤 오래 지났는데도 불구하고 레이언이나 그 보좌관은 전혀 숨이 막히는 듯한 기색을 보이지 않았다. 그러니 내가 조심스레 그들을 살피면서 있을 필요도 없고, 실험 결과도 대충 나온 데다 내가 족장 인어와 거래를 하는 것은 더더욱 아니었으니 여기 있을 필요는 없어 보였다. 어차피 운다인이야 내가 여기 없어도 정령계로 돌아가지 않을 테니 꼭 옆에서 지켜봐 주고 있지 않아도 된다. 그래 레이언 옆에 있던 사무 요원에게 살짝 눈짓한 나는 그 둘을 감싸고 있던 운다인에게 그들이 부탁하는 대로 하라고 말해 놓고 슬그머니 물 위로 올라왔다.

그러자 갑판 위 난간에 나와 있던 가레스가 날 발견하고 물어왔다.

"끝난 거냐?"

"아뇨. 그냥 뒤에서 지켜보는 것도 지루해서 나만 올라왔어요."

가레스에게 대꾸하며 나는 허공을 훌쩍 날아올라 갑판 위에 내려섰다. 물론 내 힘으로 한 게 아니라 엔다이론이 그렇게 해준 거지만.

"야, 이제 너도 좀 쉴 수 있겠다. 그동안 매일 불려 나와서 나 태우고 다니느라 정말 고생했다. 내일부터는 당분간 그럴 일도 없을 테니 돌아가서 푹 쉬어라."

이제 인어들을 넘기고 나면 매일 아침마다 바다 속으로 들어갈 필요가 없을 테니 그런 인사를 한 거였다. 내가 엔다이론의 등을 쓱쓱 쓰다듬은 후 정령계로 돌려보내자 내 말을 듣고 있었던 듯 잭슨이 다가와 말을 건넸다.

"아, 정말 그동안 고생했어. 어휴, 사실 여기까지 어떻게 견디면서 왔는지 신기하다니까."

"얼씨구. 네가 왜 살았다는 표정을 짓냐? 그동안 인어들을 끼고 살

왔던 건 바로 나라고.”

안도의 한숨을 내쉬며 하는 말에 내가 기가 막혀 흘겨보자 그가 하하 웃었다.

“아하하하… 나도 마음으로 같이 애써줬다는 거지. 내가 네 고생을 잘 아니까 힘내라고 마음속으로 얼마나 응원해 줬는지 알아?”

“쳇, 아프지 말라고 빌었겠지. 내가 아프면 네가 내 대신 인어들을 데리고 있어야 하니까.”

“아하하하, 짜식이 그런 걸 가지고 뭘… 내 돌아가면 한턱 쏠 테니 그만 맘 풀어. 게다가 이제 저 인어들과도 작별이잖냐.”

“그래, 이제 정말 작별이다. 아아, 난 다음에 이 운행에 끼고 싶지 않아. 만약에 나보고 다시 참여하라고 하면 월급을 세 배로 줘야 한다고 할 거야. 뭣도 모르고 참여했다가 정말 고생 무지 많이 했잖아?”

그렇게 내가 투덜투덜대는 동안 바다를 내려다보고 있던 몇몇 무사들 사이에서 외침이 터져 나왔다.

“온다!”

“빨리빨리 받을 준비해!”

“어이, 이쪽으로 모이라고!!”

“뭐, 뭐야? 이번에는 또 무슨 일이야?”

무사들의 부산스러운 움직임에 내가 또 의아하여 묻자 잭슨이 씨익 웃으며 설명해 줬다.

“뭐긴 뭐야. 힘들게 왔으니 대가를 받는 거지.”

“엥?”

‘이건 또 무슨 말이야?

하지만 그 질문을 입 밖에 내기도 전에 나는 굵은 물줄기가 커다란 궤짝들을 휘감은 채 솟아오르더니 그것들을 갑판 위에 떨어뜨리는 모습을 보게 되었다.

"에엑~!"

내가 입을 떠억 벌리는 사이 여러 개의 물줄기는 계속해서 올라와 물건들을 갑판 위에 계속 떨어뜨리는 거였다.

쿵, 쿠쿵, 쿠당탕탕~!

"에엣, 좀 살살 내려놓으란 말이다!"

"어, 거기, 거기! 그건 받아. 그냥 떨구지 못하게 해!"

"아앗, 여기 찌그러졌잖아?"

"이봐, 거기 빨리 저쪽으로 치워! 또 떨어지잖아!"

"아앗, 좀 천천히 줄 것이지……!"

"바로 저것 말이다. 인어들이 우리에게 건네는 대가지."

잭슨은 그 모습을 가리키며 히죽 웃었다.

하기야 물을 다루어서 물건을 들어 올리거나 나를 수 있는 이가 여기에서 나 외에는 인어들밖에 없을 터였다. 하지만 할 수 있다고 해도 정말 그 힘을 이용해 물건을 옮기다니 좀 황당하기도 했지만 인어들이 사용할 만한 방법다워 나도 잭슨처럼 히죽 웃었다.

바다에서부터 물줄기에 휩싸여 허공에 떠올랐다가 갑판 위로 떨어지는 물건들은 다양했다. 뭐가 들었는지 모를 궤짝부터 시작하여 녹이 슬고 찌그러진 투구에다 물이끼가 잔뜩 붙어 무슨 그림이 그려져 있는지도 모를 액자까지.

무사들뿐만이 아니라 선원들까지 달려들어 허공에서 떨어지는 그 물건들이 갑판에 부딪치기 전에 받거나 아니면 떨어진 물건들을 재빨리 주워다가 갑판 구석으로 옮겨놨다. 그렇지 않으면 그 다음 허공에서 떨어지는 물건들과 부딪칠 위험이 컸기 때문이다. 거의 곡예에 가까운 일을 이들은 아주 익숙한 듯 한마디씩 투덜거리면서도 아주 재빠른 손길로 떨어지는 족족 잽싸게 옮겨놓아 물건끼리 부딪치는 일은 없었다.

그렇게 허공에서 떨어지는 물건들이—내 눈에는 솔직히 잡동사니들로 보였지만—작은 언덕을 이루었을 무렵 더 이상 줄 물건이 없었는지 바다 위에서 물줄기가 물건을 휘감고 솟아오르는 일이 멈췄다. 그 대신 내가 불러낸 운다인에게 보호받으며 물속에서 족장 인어와 이야기를 하던 레이언과 다른 한 명의 사무 요원이 바다로부터 나와 갑판 위에 올라섰다.

"이야기는 잘 끝났나 보지?"

열심히 일하는 무사들에게 방해가 되지 않기 위하여 갑판 한쪽 구석에 가만히 서 있던 가레스가 다가가며 묻자 레이언이 씨익 웃으며 고개를 끄덕였다.

"뭐, 안 될 이유도 없으니까요. 그냥 예전에 맺었던 계약을 다시 확인하고 약간 수정하는 작업을 했을 뿐입니다."

"그러냐? 그럼 이제 출발할 수 있는 건가?"

"아뇨, 아마 빨라야 내일쯤에나 출발할 수 있을 겁니다. 물건은 확인해야 하니까요."

"물건을 또 확인해? 거래하는 게 한두 번도 아닌데 알아서 줬겠지."

"그래도 확실하게 해야죠. 만약 확인도 안 하고 그냥 출발했다는 걸 크리스 녀석이 알았다간 저는 그날로 죽습니다."

"헹, 크리스 녀석 핑계대지 말거라. 크리스 녀석이 그런 말 안 했어도 네 스스로가 했을 것 아니냐?"

“하하하.”

가레스가 녀석을 살짝 흘겨보며 말하자 레이언은 그걸 부정하지도 않은 채 그냥 웃어넘기기만 했다. 그 모습을 보자니 평소 대충대충 지내는 것 같지만 괜히 크리스가 그를 상회 대표로 세운 것이 아니라는 것을 새삼 깨닫게 되었다.

그리하여 결국 그날 늦은 저녁까지 갑판 위에서는 인어들이 건네준 물건들을 확인하는 작업이 벌어졌다. 거기에는 가레스를 비롯한 마법사들과 잭슨까지 동참했지만, 나는 아직 물품 감정을 할 줄 몰랐기에 참여하지 못하고 그냥 옆에서 멀거니 구경만 했다.

처음에는 나 같은 인력을 낭비하는 게 아까웠는지 감정된 물건이 더이상 상하지 않게 물기도 말릴 겸 표면에 붙은 물이끼 닦는 작업을 시켰는데, 내가 또 의욕이 넘쳐서 깨끗하게 닦으려고 빡빡 문지르는 걸 보고 기겁하며 뺏더니 그 뒤에는 아무것도 안 시키는 거였다.

뭐, 덕분에 편안히 앉아 있을 수 있었지만.

하지만 오래 바닷물에 잠긴 채 있어서 잔뜩 녹이 슬고 해초까지 덕지덕지 묻은 갑옷이라든지 투구까지 아주 소중한 것인 양 유리처럼 조심스레 다루는 모습이 되게 웃겼다. 물론 그 가운데에는 옛날 금화라든지 아니면 금, 은, 보석으로 꾸며진 귀중품들도 대거 포함되어 있었다. 그것들이야 내가 보기에도 비싼 것들일 테니 조심스레 다루어지는 것은 이해하지만 그 외의 것들은 영 아니올시다였던 것이다. 아무리 골동품이라지만, 이 세계에서는 1,000년 된 유품들도 흔하던데 저런 낡은 갑옷을 누가 비싼 돈을 주고 산다는 건지.

뭐, 한국에서라면 비싸게 팔릴지도 모르겠다. TV 같은 데서 보면 유럽의 어떤 부자들은 그렇게 오래된 갑옷이라든지 검 같은 걸 취미로

수집하는 사람도 있는 것 같았으니까 말이다.

'하지만 난 이런 거 돈 주고는 안 살 것 같다.'

그때 이런 내 생각을 뚫고 린제이가 마일즈에게 건네는 말이 들려왔다.

"호오, 이것 괜찮은 걸 건졌는데요?"

그녀가 들고 있는 것은 다른 물품과 크게 다르지 않은 녹이 슬고, 낡고, 거기다가 찌그러지기까지 한 투구였다.

그 투구는 안면 가리개가 없어 얼굴을 제외한 나머지 머리만 보호하게 되어 있었는데 얼굴이 드러나게 뚫린 구멍 쪽의 테두리를 부드럽게 쓸면서 계속 말을 이었다.

"여기 좀 봐요. 백금을 입혀놨군요. 거기에다가 이 가운데 박힌 건 제법 큰 오팔인데요?"

정정해야겠다. 저런 보석들이 있으면 비싸게 팔리기는 하겠다.

그리고 드디어 다음날 우리는 인어들의 배웅을 받으면서 그곳을 떠나 엔더비 산맥으로 향했다.

나는 이번 항해가 시작된 이래 처음으로 아침에 갑판에 서서 푸른 하늘과 바다, 그리고 열심히 배웅하느라 손을 흔드는 인어들을 바라보며 배가 천천히 앞으로 나아가고 있다는 걸 느낄 수 있었다.

'아… 이게 정말로 배를 타는 거지. 그동안은 내가 운송에 참여하는 건지 운송을 좇아가는 건지 알 수가 없었다니까.'

점점 멀어지는 인어들의 모습을 바라보고 있는데 잭슨이 내 옆으로 다가왔다.

"이야, 드디어 헤어졌구나. 이제 저들을 다시 만나려면 3년을 기다려야 하나 5년을 기다려야 하나."

기지개를 쭉 켜며 시원하다는 듯 말하는 그를 향해 나는 씨익 웃었다.

"뭐야? 섭섭해? 그럼 당장이라도 다시 만나게 해줄 수 있는데."

"사양하련다. 이왕 다시 만날 거면 아주 오래, 오~래 있다가 만났으면 좋겠어."

"키득키득키득, 동감이야."

서로 동질감이 가득 담긴 시선을 교환하며 둘이 웃는데 나는 문득 내 옆에 조용히 서 있는 듀비의 모습을 발견하고 의아함을 느꼈다. 뭐, 듀비가 내 곁에 있는 건 하루 이틀이 아니었지만 뭐랄까… 그의 분위기가 평소와 달랐던 것이다.

평소 내 곁에 있을 때에는 항상 나에게 시선을 주고 있지 않아도 나에게 신경을 쓰고 있는 걸 느낄 수 있었는데, 지금은 내 옆에 있어도 내가 있는 줄 아는 건지 모르는 건지 알 수 없는 모습으로 바다 저 너머만 물끄러미 응시하고 있는 거였다.

그동안 항해를 하면서 나는 인어들에게 시달리느라 마음 편하게, 운행을 시작하기 전처럼 같이 있어본 적이 없었기에 배에서 항상 이러고 있었는지 아닌지도 몰랐기에 이런 그의 모습이 낯설기만 했다.

"듀비?"

그래서 그런지 몰라도 나는 무지 조심스럽게 그를 불러봤다.

이런 그의 모습이 신경 쓰였던 것이다. 왜 사람이 평소 안 하던 짓을 하면 오래 못 산다는 이야기도 있지 않은가? 물론 듀비에게 뭔 일이 있기를 바라는 건 아니지만… 그래도 혹시 무슨 일이 있는 건가 싶어 그를 불렀더니 예의 무표정한 얼굴이 나를 향했다.

"예?"

아까 내가 느꼈던 그런 이상한 모습은 사라지고 평소와 다를 바 없는 듀비의 모습이 자리하고 있어 나는 내가 잘못 봤나 하는 생각이 들었다. 그래도 이왕 부른 거 한번 물어보자는 생각에 입을 열었다.

"음, 혹시 무슨 일 있어요? 뭔지 모르겠지만 기분이 가라앉아 보여서……."

그러자 오히려 듀비가 의아하다는 듯 나를 바라보았다.

"아뇨, 별일없습니다만… 제가 이상하게 보였습니까?"

그렇게 되묻는데 뭐라고 하겠는가? 나는 삐질삐질 웃으며 그냥 얼버무릴 수밖에 없었다.

"아니에요. 제가 잘못 봤나보죠. 아무 일 없으면 됐어요."

"왜, 무슨 일인데 그래?"

옆에 있던 잭슨이 갑작스런 내 질문에 의아했던지 물어왔지만, 이번에도 그냥 얼버무릴 수밖에 없었다.

"아냐, 내가 잘못 봤나봐."

"갑자기 마음이 편해지니 헛게 보이냐?"

"그동안 하도 시달려서 몸이 허해진 것 같아. 몸보신이라도 해야 할까 봐."

"쿡쿡쿡, 그래, 우리 돌아가면 맛있는 거 많이많이 먹자고."

"훗, 네가 한턱 내기로 했었지? 난 잊지 않았다고."

듀비가 괜찮다고 해서 나는 내가 잘못 본 거라 치부해 버린 뒤 잭슨이 걸어온 장난에 맞대응하며 킥킥거렸다.

그 뒤로 우리는 일주일 동안 정말 평화로운 항해를 계속했다.

그동안 항해한 것처럼 깊은 바다 위를 가는 것이 아니라, 이제 인어들을 데려다 줬으니 마지막 종착 지점인 엔더비 산맥을 향해 가는 것이었기에 점점 얕은 바다로 다가가고 있는 상황이라 더 이상 바다 몬스터들이 습격해 오는 일도 없었다.

하기야 그동안 바다 몬스터들을 유혹(?)해서 우리를 습격하게 만든 원흉이었던 인어들이 없으니 더욱더 습격받을 확률이 낮아졌을 거다.

그래 나는 그동안 해보지 못했던 한가하고 평화로운 배 여행을 마음껏 만끽할 수 있었다. 갑판 위의 햇빛이 따끈따끈하게 비치는 곳에 안락의자를 가져다 놓고 편안하게 누워 일광욕을 즐기며 세월아 네월아 하면서 게으름을 피워댔다.

선글라스와 선크림이 없는 게 큰 흠이었지만, 뭐 없으면 없는 대로 살아야 하는 거 아니겠는가?

이렇게 나는 다른 사람들이 뭘 하든 상관하지 않고 놀기만 했지만, 아무도 나에게 뭐라 하는 사람은 없었다. 이건 내 생각이지만서도 그동안 배 위에 있던 이들 중 가장 고생한 사람이 선원들 빼고 바로 나 아니겠는가? 물론 육체적으로는 크게 힘든 건 아니었지만 정신적으로 엄청난 고생을 했으니 말이다. 그러니 그런 걸 감안해서 내가 놀기만 해도 봐주는 걸지도 몰랐다.

뭐, 그게 아니라고 해도 다른 사람들도 이제 얼마 후에는 목적지에 도착해 땅을 밟을 수 있을 거라는 생각에 들떠 전체적으로도 약간 느슨해진 분위기였다.

그러는 와중에 해민이도 오랜만에 나와 같이 있게 되어서 기쁜지 내 곁에 찰싹 붙어서 같이 일광욕을 즐기면서 지냈다. 고양이들이 햇볕 쬐는 걸 좋아한다는 걸 들어본 적은 있는데 수인족들도 그런 걸 되게 좋아하는 모양이다.

듀비 또한 예전처럼 계속 내 근처에 있었는데 그는 일광욕을 별로 즐기지 않는지 근처 그늘에 자리를 잡은 채 햇볕 아래로는 나오지 않으려고 했다.

그런데 문득문득 그를 돌아보면 멍한 시선을 저 멀리 바다 쪽으로 던지고 있어 처음에는 의아하게 생각했지만 그가 계속 괜찮다고 했기에 나중에는 배 위에서 하릴없이 있는 터라 무료한 나머지 그렇게 되었다고 생각해 버렸다.

뭐, 원래 그는 항상 자신의 일은 모든 걸 스스로 챙겼고, 또 남이 챙겨주는 걸 부담스러워했기에 나는 그에게 거의 신경 안 쓰고 살았다. 대화 또한 필요한 말 외엔 안 했기에 아마 처음에는 신경 썼을지 몰라도 그의 존재에 익숙해진 후로부터 점점 신경을 끄게 되었는지도 모르겠다.

으음, 이럴 때 보면 나도 참 개인주의 성격인 것 같다.

하기야 아버지가 군인이시라 나도 아버지를 따라 여기저기 이사를 다녀 나라 곳곳에 친구들을 사귀어 그 지방을 떠난 뒤에는 그쪽 친구가 연락하면 답하는 형식으로 소식을 주고받곤 했지만, 내가 먼저 연락하는 적이 없어 연락이 안 오면 곧 그곳 친구를 잊곤 했던 것이다.

그러한 성격이 지금도 통해서 항상 나에게 달라붙어 애교를 부리는 해민이는 자주 챙겨주고 내가 먼저 쓰다듬어 주곤 했지만, 듀비에게는 거의 관심도 안 가졌던 것이다. 어차피 듀비도 날 좋아해서 내 곁에 있는 게 아니었으니 내가 신경 써주면 오히려 그가 불편해할 것이라는 이기적인 생각으로 위안을 삼으면서 말이다. 게다가 듀비 또한 내가 이러든 말든 크게 상관없는 눈치라 나는 내가 그에게 무관심하다는 것을 깨닫지도 못하고 있었다.

그렇게 내가 빈둥대는 와중에도 배는 목적지를 향해 착실히 항해를 계속하여 며칠 뒤에 드디어 저 멀리 푸르른 옷을 입고 있는 엔더비 산맥 끝자락이 육안으로 보이기 시작했다.

"육지다아~! 육지가 보인다아~!"

제일 먼저 그 모습을 발견한 사람은 역시 배의 중앙 돛대 위 망루에 있던 선원이었다.

그가 기쁜 음성으로 크게 고함을 지르자 사람들이 우르르 갑판 위로 올라와 바다 저 너머를 뚫어져라 노려봤다. 그리고 잠시 후 갑판 위에 있던 사람들에게도 서서히 자그마한 점부터 시작된 육지가 보이자 서로 들떠서 고함을 지르기 시작했다.

"우와, 드디어 땅이다, 땅~!!"

"아, 이 감격~!! 이 얼마 만에 보는 육지란 말이더냐~!!"

"으핫핫핫! 잘 있었느냐, 엔더비 산맥이여! 내가 다시 돌아왔노라~!"

"오 마이 스위트 러브 땅~! 나는 영원히 너만 사랑하리라아~!"

그런데 이런 그들의 기쁨에 찬물을 끼얹는 목소리가 있었으니…

"감격은 육지에 내려서 하고 지금은 짐부터 챙겨라. 내릴 준비를 해야 할 거 아니냐?"

무덤덤. 냉정한 머튼의 목소리.

그는 오랜만에 육지를 봤는데도 기쁜 감정은 없는지 여전히 표정 변화 없이 사무적인 태도였다. 무지 들떠서 날뛰는 사람들을 몇 마디로 냉각시키더니만, 그래도 미적미적대며 갑판에서 떠나지 못하는 이들을 거의 등 떠밀다시피 갑판 밑으로 내려보내는 거였다.

'아직 도착하려면 시간이 좀 남았을 테니 좀 좋아하게 놔둬도 좋으련만… 쯧쯧, 저렇게 살면 능력은 인정받을지 몰라도 인생 살아가는 데 재미가 별로 없을 것 같은데. 과연 누가 저 남자랑 결혼할 것인지……. 아, 그러고 보니 머튼이 결혼했던가?

그 모습을 바라보며 노친네처럼 속으로 쯧쯧거리는 외중에 문득 떠오르는 생각이었다.

그러나 그걸 직접 당사자에게 물어보기는—다른 사람이라면 몰라도 머튼은 대하기가 어려워서—뭣해서 다른 누군가 물어볼 이가 없을까 두리번거리는 그때, 나와 똑같은 생각을 가진 누군가의 목소리가 들려왔다.

"뭘, 그렇게 급하게 할 것까지는 없잖아? 거리를 보아하니 빨라야 오늘 저녁쯤에 해변에 다다를 것 같고, 그러면 상륙은 내일 아침에나 할 텐데."

레이언이었다.

하지만 머튼은 레이언에게도 가차없었다.

"그러니까 지금부터 준비해야죠."

그 한마디를 끝으로 머튼 또한 짐 싸는(?) 이들을 지휘하려는 듯 서둘러 갑판 밑으로 모습을 감췄다.

그 뒷모습을 바라보며 레이언은 혀를 끌끌 찼다.

"쯧쯧, 저리 살면 인생이 삭막할 텐데……."

그 순간 나는 아까 내가 떠올린 생각은 그동안 레이언 녀석과 같이 지내면서 그 녀석의 영향을 받아서 하게 된 게 아닌가… 심각하게 고찰해 봐야 했다. 다른 사람은 몰라도 이 녀석을 닮아가는 것은 정말 사양하고 싶은 일이었다.

이런 내 마음을 아는지 모르는지 레이언은 머튼의 모습이 보이지 않자 갑판 한쪽 구석에 편안히 앉아 있는 나에게 다가와 내 발치께의 의자 모서리에 엉덩이를 걸쳤다.

"여어, 팔자 좋은데?"

그의 몸에 내 다리가 살짝 닿자 나는 반사적으로 다리를 치운 채 몸을 일으켜 똑바로 앉았다. 녀석과 신체적 접촉을 하면 왠지 녀석을 닮을지도 모른다는 생각 때문이었다.

그러한 생각을 하고 있으니 레이언을 바라보는 내 시선이 고울 리가 없었다.

"넌 뭐 하냐? 짐 정리 안 해?"

나는 당연히 할 게 없었다.

처음부터 이 운송에 참여할 때 내 임무는 오로지 인어들을 관리하는 것뿐. 그러니 이 배 화물칸에 있는 얼마만큼 있는지도 모를 짐을 관리하는 건 나와는 상관없는 일이라 지금 이렇게 태평하게 빈둥대는 게 가능했다.

육지에 내릴 때 나는 단지 내가 이 배에 가지고 온 짐만 가지고 내리면 끝이었다. 뭐, 그렇다고 해도 다시 라센 국으로 돌아갈 때 이 배를 타고 갈 테니 그 모든 걸 다 챙기는 대신 드워프를 만나고 돌아오는 기간에 사용될 몇 가지 물품만 챙겨 내린다고 해도 짐이 많은 게 아니라 시간이 오래 걸리지도 않을 거였다.

하지만 레이언 녀석은 드워프와의 거래를 직접 담당하니만큼 알게 모르게 챙길 것들이 최소한 나보다는 많을 터였다.

'그런데도 이렇게 빈둥댈 수 있나?'

이런 내 생각을 알아차린 듯 레이언이 히죽 웃었다.

"이게 다 상관의 좋은 점 아니겠어? 어차피 서류는 나와 같이 온 녀석이 다 챙길 테고 나도 내 짐만 챙기면 되지."

"쯧쯧, 너 같은 녀석 밑에서 일하는 사람들이 불쌍타. 아, 그러면 나도 불쌍한 건가? 으음… 상회에 남는 걸 심각하게 고려해 봐야겠는걸?"

왠지 이곳에서 지내며 나도 모르게 말발이 늘어가는 것 같았다.

"으악! 내가 크리스에게 죽는 꼴 보고 싶어서 그래? 나 좀 봐줘어~"

"네가 어디가 예쁘다구… 널 보면 더 더욱 있고 싶지 않아."

"그럼 크리스를 봐서라두……."

"내가 크리스에게 빚이라도 졌남?"

"돌아가면 내가 한 턱 쏜다!!"

"겨우 한 번?"

"그럼 두 번."

"뭘루?"

"네가 원하는 건 뭐든지!"

"훗, 고려해 보지."

씨익 웃으면서 그쯤에서—어차피 처음부터 다 장난이었지만, 아무래도 레이언 녀석이 나에게 미안한 감정이 많았던 모양이다—타협해 주는 날 보던 레이언이 고개를 갸웃거렸다.

"너, 어째 점점 상인틱해진다? 상회에 들어와서 그러는 거냐, 아니면 원래 천성이냐?"

"훗, 글쎄다."

그날 저녁이 되자 레이언은 갑판 위에 선원을 비롯하여 모든 일행을 집합시키더니 이제 최종 목적지에 도달하여 마지막 볼일을 본다면 집에 돌아갈 수 있다느니, 도착하면 창고에 가지고 온 맥주를 풀 테니 힘내자느니 하면서 사람들의 분위기를 띄웠다.

드디어 육지를 보게 되었다는 소식이 이미 배 구석구석에 퍼져 그렇지 않아도 흥분하고 있는 사람들이 이 말에 뛸 듯이 기뻐하는 건 당연했다.

그러한 분위기 덕분인지 그 뒤에 다시 머튼의 닦달 때문에 상륙할 준비를 밤늦게까지 했음에도 불구하고 사람들은 전혀 힘들어하지 않았다. 오히려 너무 신나 하면서 움직였기에 예상보다 일찍 끝나는 대업적을 이루는 모습을 지켜보자니 레이언 녀석이 이 효과를 노리고 일부러 이 시점에 사람들의 마음을 띄워놓은 건 아닌지 심히 의심이 갈 정도였다.

그러나 이렇게 배 위에서는 활기 차게 일을 끝냈음에도 불구하고 막상 가장 중요한 배는 해안가에 가까워지자 강한 바람이 사라진 덕분에 속력이 느려져서 당초 늦은 저녁때 즈음이면 도착할 거라는 예상을 깨고 그 다음날 이른 새벽에야 원하던 지점에 도착하여 닻을 내릴 수 있었다. 그래 봤자 닻을 내리기까지 대기하고 있는 선원들이나 잠을 못 자 퀭한 눈을 하고 비틀거렸지, 상륙하는 인원들이야 짐 정리를 다 하고 각자 자신의 선실에서 잠을 청했기에 아침 일찍 상륙하는 일정에는 크게 차질이 없었지만 말이다.

해가 떠오르자 다른 때 같으면 많은 사람들이 각자의 선실에서 달콤한 잠에 빠져 있고, 단지 임무가 있어 달콤한 잠의 유혹을 어렵사리 뿌리친 몇 사람들만이 조용히 배 위를 돌아다녔을 그 시각에 그날은 모든 이들이 선실을 박차고 나와 분주하게 움직였다.

"자, 빨리빨리 움직여!"

"이봐, 창고에 있는 거 다 가지고 올라왔어?"

"아직 반도 안 올라온 거 안 보여?"

"거기, 보트 내릴 준비 다 됐지?"

"짐을 싣기만 하면 돼."

"선원들도 내려가나?"

"오랜만에 도착하니 지금 내려가고 저녁에나 다시 배로 돌아온다던데?"

"그래? 그럼 배에는 누가 남아 있는 거야?"

"몰라. 선원들이 알아서 하겠지. 그런 데 신경 쓰지나 말고 일이나 하라고."

"쳇, 난 그런 것도 못 묻는 거냐?"

"거기, 잡담하지 말고 일이나 해!"

"히익."

"거봐, 내가 일이나 하라고 했잖아."

두 무사가 일하는 외중에 잡담하다 머튼에게 걸려 호통을 받는 모습에 주위에 있던 무사들이 숨죽여 킥킥거렸다.

그렇게 아침 일찍 일어나서 식사도 못하고 부지런히 움직였음에도 불구하고 가까운 해변에 모든 이들이 상륙했을 때는 아침때도 한참 지난, 거의 점심에 가까운 시각이었다. 그 때문에 사람들은 그토록 원하던 육지에 상륙했음에도 불구하고 기뻐할 사이도 없이 잽싸게 몇 개의 팀으로 나뉘어 캠프를 치고, 짐 정리하고, 음식을 만드느라 바빴다.

그렇게 바쁘게 움직이는 사람들 저 멀리 한가하게 앉아 그들의 모습을 구경하고 있는 이들이 있었으니…

몸을 움직이는 데는 하등 도움이 안 된다고 자부하는 세 마법사와 레이언의 보좌관 역할로 따라온 사무 요원, 그리고 대표라는 이유 하나만으로 모든 일에 쏙 빠지는 레이언 녀석과 의욕은 있는데 요령이 없어 의욕이 무색할 정도로 하등 도움이 안 되는 나와 내 곁에서 떨어지지 않으려고 하는 해민과 듀비가 바로 그들이었다.

평소 나 아니면 레이언과 같이 놀던(?) 잭슨은 의욕은 나보다 좀 달려도 이런 일에 경험이 많아 요령이 좋았기에 머튼에게 붙들려서 캠프 세우는 팀에 참여하고 있었고, 우리들은 그래도 남들 일할 때 최소한 방해는 하지 않으려고 해변 공터의 한쪽 구석에 얌전히 쭈그리고 앉아서 도란도란 이야기를 나누고 있었다.

"아… 드디어 도착했구나."

"저런, 좋아하기는 아직 일러. 아직 고생이 남아 있다고."

"나 안 좋아했어. 배가 너무 고파서 좋아할 기력도 없는 걸 뭐. 다른 사람들은 배고프지도 않나, 어떻게 저렇게 잽싸게들 움직이지?"

"배고프니까 더욱더 잽싸게 움직이는 거야. 머튼은 정리가 다 안 되면 식사도 못하게 하거든."

"으윽. 머튼 대장 성격이라면 충분히 가능할지도……."

"역시 배고파서 안 되겠군. 이번에 돌아가면 캠프 차리는 거라든지 짐 정리하는 데 도움이 되는 마법을 한번 개발해 봐야겠어."

우리 옆에 힘없이 앉아 있던 가레스도 견딜 수가 없었던지 투덜거렸다. 그러자 마일즈도 한마디 거들었다.

"그것보다는 머튼 대장에게 최면을 걸어 짐 정리나 캠프 차리는 것보다 우선 식사 먼저 하게 하도록 하는 게 빠를걸요?"

"음, 그렇지만 나중에 최면에 걸렸다는 걸 알아차린 머튼의 뒷감당은 어떻게 하려고요?"

살짝 끼어든 린제이의 질문에 마일즈가 하하 웃으며 머리를 긁적거렸다.

"아하하하… 하긴, 머튼 대장에게 그랬다간 난 반은 죽어나겠지?"

"그건 그렇고… 이봐, 이름뿐인 대표."

뜬금없이 가레스가 레이언을 부르자 그 주위에 앉아 있던 모든 이들의 시선이 다 그에게로 쏠렸다.

"예?"

"이번에 북 드워프 족 마을에 찾아갈 때 말이야… 이 늙은이도 같이 가야 하나? 그냥 이 싱싱하고 젊은 두 녀석만 데리고 가면 안 될까?"

평소에는 늙었다거나 노친네라는 소리를 들으면 펄펄 뛰며 자신은 정정하다고 주장하던 가레스가 스스로 늙은이라고 지칭하는 거 보니 북 드워프 족 마을로 가는 길이 쉽지만은 않은 모양이었다.

"예? 아하하… 그래도 같이 가주시는 게 일행들에게 큰 힘이 되지 않을까……."

가레스의 뜨거운(?) 눈빛을 받으면서도 일행에 참가시키려는 레이언의 말이 채 끝나기도 전에 가레스의 말이 이어졌다.

"이번에는 나보다도 강하고 젊은 새로운 전력도 보강되었겠다, 나 하나 빠져도 괜찮잖아."

"무슨 그러한 말씀을. 그래도 경험 많고 실력이 뛰어나신 가레스님께서 참여하셔야 든든하죠."

"흥, 말은 번지르르하게 하면서 이렇게 대단한 인력을 모시면서도 푸대접이나 하는 주제에."

"푸, 푸대접이라뇨? 저희가 뭐 섭섭하게 해드린 거 있습니까?"

"당연하지. 이 늙은이를 보고 산을 걸어 올라가게 하잖아. 그것도 좀 낮은 산이야? 저렇게 까마득하고 높은 산을 5일은 헤매고 가야 하잖아. 높기만 해? 사람이나 짐승이 도통 다니질 않았는지 아주 험하고 빽빽한 저 산을 헤매야 하잖아. 거기다 저번에는 길을 잃어서 일주일이나 넘게 헤매다가 신호를 보고 마중 나온 드워프들에게 구조되어 가지고 간신히 도착했지 아마?"

"아하하하… 그, 그때는……."

"시끄러워. 그때도 날 그냥 걸어 올라가게 했잖아! 그때는 나이가 그래도 좀 젊었으니까 견딜 수 있었지만, 이번에는 절대 그리는 못한다! 날 삭신이 쑤셔서 죽게 할 작정이 아니면 나 데리고 갈 생각 하지 마. 아니면 누구보고 엎고 가게 하든지, 가마를 태우고 가든지."

"그, 그런……."

"뭐, 이번에는 나 빼도 전력이 크게 낮아지는 것도 아니잖아? 나는 배를 잘 지키고 있을 테니 나머지 녀석들이나 데리고 잘 갔다 와."

"예? 으음… 아니, 그게……."

"아니면 나를 모시고 갈 수단을 강구해 보던가."

레이언이 제대로 대답을 못하고 머뭇거리자 가레스가 사악하게 웃으며 말했다.

저렇게 무조건 억지를 쓰는 듯 보여도 가레스는 자신이 꼭 필요한 상황이 아니니까 레이언을 놀리며 안 간다고 하는 것이고, 레이언 또한 괜찮으니까 강하게 밀어붙이지 못하는 걸 거다.

이유야 어찌 되었든 레이언이 평소의 여유만만한 태도를 취하지 못하고 우물거리는 모습이 재미있어서 지켜보는데, 내 무릎 위에 얌전히 앉아 나의 쓰다듬음을 즐기고 있던 해민이가 나를 톡톡 치는 거였다.

"응?"

의아한 마음에 내려다보니 해민이가 나와 시선을 마주치다가 살짝 고개를 돌려 내 뒤에 앉아 있는 듀비를 바라보는 거였다.

"으응?"

그래 해민이의 시선을 따라 고개를 돌려보니 역시나 항상 존재감없이, 요즘 들어 더 더욱 자신의 존재를 드러내지 않고 조용히 지내는 듀비가 앉아 배 위에 있었을 때처럼 시선을 딴 곳으로 던지고 있었다.

그가 시선을 보내는 방향에는 엔더비 산맥의 끝자락이 있었는데 가만 보니 시선이 그 산맥의 끝자락을 보는 것 같지는 않았다. 그렇다고 멍하게 있는 것은 아니고 뭔가를 계속 바라보고 있는 듯한데…

'뭔가를 바라봐?'

거기서 뭔가가 떠오른 나는 옆에 앉아서 계속 가레스에게 당하는—아니면 당하는 척해주는—레이언의 옆구리를 쿡쿡 찔렀다.

"응?"

느닷없는 옆구리 공격에 레이언이 의아한 표정으로 돌아봤다.

내가 그의 얼굴 가까이 얼굴을 가져다 대어 그가 기겁을 하든 말든 그의 귀를 손으로 꽈악 잡아 도망가지 못하게 막은 후 아주 조그맣게 속삭였다.

"있지… 엔더비 산맥 너머에 뭐가 있지?"

내 질문이 의외였던지 레이언은 나에게 귀가 잡혀 있는 상태임에도 불구하고 고개를 돌려 나를 바라봤다.

'이 녀석, 귀 안 아픈가?'

정말 안 아픈지 레이언은 조금의 표정 변화도 없이 여전히 의아한 시선으로 나를 바라보았지만 내가 진지한 표정을 하고 녀석을 마주 바라보자 어깨를 한 번 으쓱해 보이더니 자신도 목소리를 낮춰 속삭였다.

"뭐긴 뭐가 있어. 엔더비 산맥이 프스카야 국과 아메리 국의 경계선

이잖아. 그러니 동쪽으로는 아메리 국이 있고 서쪽으로는 프스카야 국이 있지.”

그렇게 말해 줘봤자 방향 감각이 없는 나로서는 알아들을 수가 없었다.

“어디가 동쪽이고 어디가 서쪽인데?”

그러자 레이언은 무지 한심하다는 눈으로 나를 바라봤지만, 내가 노려봐 주자 순순히 입을 열었다.

“어디가 어디긴, 이쪽이 동쪽이고 저쪽이 서쪽이잖아. 해가 저쪽에서 뜨는 거 보면 몰라?”

“오… 그렇군. 미처 생각을 못했네.”

그렇다면 듀비가 바라보고 있는 것은 엔더비 산맥의 동쪽이라는 뜻이다.

‘엔더비 산맥 동쪽 너머에 듀비와 관련이 있는 뭔가가 있던가? 아메리 국에 친척이 있는 것도… 아, 맞다!’

그제야 또 다른 생각이 떠오른 나는 나의 무관심함을 탓하며 다시 레이언을 향해 속삭였다.

“있지… 블루 엘프 족이 사는 곳이 어디에 있지?”

“블루 엘프 족? 아아…….”

의아한 듯 되묻던 레이언은 내 뒤에 조용히 앉아 있는 듀비를 힐끔 곁눈질하더니 알겠다는 듯 고개를 끄덕이며 한층 목소리를 낮춰 내 귀에 속삭였다.

“블루 엘프 족은 새클턴 국의 밀림에 살고 있잖아. 그리고 그곳은 아메리 국의 바로 옆이고.”

“역시나.”

자기 자신이 극구 우겨서 내 곁에 남기는 했지만, 그렇다고 해서 자신이 살던 곳이 그립지 않은 것은 아닐 것이다.

"에휴."

나는 여전히 자신이 살던 곳이 있는 쪽을 바라보는 듀비를 살짝 곁눈질해 본 후 다시 레이언에게 속삭이기 위해 몸을 기울였다.

"이봐."

"응?"

나와 마찬가지로 내 뒤에 있는 듀비를 힐끔 훔쳐보던 레이언이 즉각 고개를 돌려 나를 바라봤다.

"듀비 말야, 언제까지 상회에 묶어둘 거야?"

"응? 으음… 그게……."

내 단도직입적인 말에 레이언은 난처한 표정으로 머리를 긁었다.

"에휴, 지금까지는 듀비 같은 타입이 없어서… 뭐, 나야 돕기 위해 남는다면 딱히 반대하는 것도 아닌데……."

"지금까지 이종족들은 어떻게 했는데?"

"흐음, 보통은 자신들이 사는 곳에 머물면서 종족과 거래할 때 수월하도록 돕게 해. 상회에 와서 도울 때도 자신의 종족과 가끔 왕래할 수 있도록 집과 가장 가까운 지부에서 일하도록 해주고. 뭐, 그래 봤자 우리 지부가 있는 국가는 라센과 왈그린뿐이라 그 너머에 사는 이종족들은 전부 집으로 돌려보내지."

"원래 그러는 게 정상이라고 봐."

내 작은 중얼거림에 레이언이 심히 동감한다는 표정으로 고개를 끄덕였다.

"그렇지. 사실 그러는 게 나도 편해. 그냥 그들을 채용한다고 생각하면 되니까. 하지만 듀비의 경우는 다짜고짜로 집에 갈 생각도 안 하고 은혜를 갚겠다고 눌러앉았으니… 이거야 원, 주군을 선택한 고지식한 기사도 아니고……."

레이언이 머리를 쓸어 넘기며 곤란한 시선을 저 너머 바다로 던지자 그 모습에 괜히 화가 난 나는 투덜거렸다.

"널 따르는 것도 아니잖아. 듀비가 머무는 건 내 곁이라고. 네가 나보다 더 곤란하냐?"

"물론 너도 곤란해하는 거 알아. 듀비가 네 곁에 있겠다고 선언한 후 며칠 동안은 네가 무지 불편해하는 게 보였으니까 말야."

레이언의 단호한 말투에 나는 속이 뜨끔했다.

'윽. 그렇게 내가 티를 많이 냈나?

물론 그때 갑자기 듀비가 달라붙어서(?) 속으로 엄청 불편했지만 내색하지 않으려 했었다. 그런데 그걸 레이언 녀석이 알아차렸다면 듀비가 모를 리가 없었다.

'으음, 혹시… 듀비는 내가 불편해하니까 일부러 존재감없이 조용히 지내는 걸까?

일부러 그러려고 한 건 아니었지만, 내가 모르는 사이 그가 곁에 있는 걸 불편하게 느끼고 그를 서운하게 만들었을지도 모르는 일이었다. 덕분에 그는 내 곁에서 존재감없이 지내게 되었고, 나는 이제 그에게 완전히 무관심하게 되었으니까 말이다.

'아아… 생각하면 할수록 그에게 잘못한 일만 떠오르는구나.'

거기까지 생각하자 나는 긴 한숨을 내쉬며 바늘로 콕콕 찔리다 못해 이제는 송곳으로 찔려 무지 아픈 양심을 부여잡았다.

그는 그 나름대로 자신을 구해준 이들에게 보답을 하고 싶어 집에 가고 싶은 마음을 꾸욱 눌러 참고 여기 머물고 있는 건데 잘해주기는 커녕 무관심해졌으니 말이다.

나는 스스로에 대한 자책감이 자꾸 커지자 그걸 어떻게든 해보려고 물빛 머리를 벅벅 긁어댔다. 단정하게 뒤에서 묶은 머리카락이 마구 삐져 나오고 흐트러졌지만 그에 별로 상관하고 싶지 않았다.

내가 이러는 게 이해가 되었는지 레이언은 잠시 내가 진정하길 기다리더니 입을 열었다.

"뭐, 너만큼은 아니겠지만 나도 나름대로는 곤란했다고. 그의 위치가 어정쩡하니 말이지. 하지만 너에게 붙어 있으니 내가 함부로 어쩔 수는 없다고 생각해서 그동안 가만히 있었던 거야."

"그러냐? 그럼 네 생각엔 어떻게 했으면 좋겠어?"

내 질문에 레이언은 아무 말 안 하고 있었어도 생각해 둔 건 있었는지 망설임없이 입을 열었다.

"사실, 우리가 그를 구하기 위해 노력한 것도 아니고, 어차피 우리가 평소 하던 일을 하던 외중에 그랬던 거니 그에게 큰 대가를 안 받아도 손해 볼 건 없어. 그래도 이왕 구한 거 처음에는 블루 엘프 족들과 새로운 거래를 위한 포석으로 이용하려고 생각했었지. 그래 봤자 우리에게 이득이고 그쪽은 손해인 거래가 아니라 양쪽 모두 이득인 쪽으로 하려고 한 거니 이상한 눈으로 보지 마."

의심스런 눈초리로 레이언을 바라보던 나는 그의 말에 피식 웃었다.

"그건 다행이네. 하기야 그러니까 다른 종족들과 계속 거래를 유지하는 거겠지만."

"다시 한 번 말하지만, 우리는 노예 매매상을 터는 것만으로도 이득은 충분히 본다고. 하지만 그렇다고 이종족들을 그대로 놔둘 수는 없는 거니까 그들 종족 간의 거래를 위한 포석으로 그들을 안전하게 데려다 주는 것뿐이야. 그런데 블루 엘프는 자신의 종족을 구해줘도 은혜 입은 자는 스스로 은혜를 갚으라는 원칙인 듯하니 듀비를 이용한 거래는 틀렸다고 봐야지."

"설명이 장황하군. 그래서 결론은 뭔데?"

"결론이라고 해봤자… 우리도 어찌할 바를 모르겠다는 거지. 지금 당장 듀비가 집으로 간다고 해도 보내줄 수는 있지만, 그렇다고 어떻게 그 혼자 머나먼 길을 가게 놔두겠냐? 가는 길이 험난할 게 뻔한데 말야. 그러니……."

"그러니?"

"듀비와 이야기를 해봐야지. 그가 원한다면 우리가 라센으로 되돌아갈 때 약간 먼 길을 돌아가게 되더라도 새클턴의 해안에 그를 내려줄 용의도 있어. 인어도 없으니까 해인이 네가 힘을 좀 보태주면 그리 오랜 기간이 걸릴 것 같지도 않고."

"듀비가 순순히 가려고 할까?"

"만약 그가 은혜를 다 못 갚아서 못 가겠다고 버티면, 다음에 다시 이곳으로 올 때 그가 돌아가는 것으로 하면 어때? 우리가 그를 구해준 은혜가 그리 큰 건 아니라고 인식시킨다면 다음에 여기 올 때는 빨라야 3년, 늦으면 5년쯤 걸릴 테니 충분히 은혜를 갚을 시간이지 않을까? 그리고 그때는 듀비 덕분에 블루 엘프에 대한 걸 좀 알게 될 테니 블루 엘프 족과 거래를 하게 될지도 모르는 일이고 말야. 그도 딱 정해진 기일이 끝난 후에 집으로 돌아가게 될 거라고 생각하면 조금은 마음이 편해지지 않을까 싶은데."

"흐음… 괜찮은 생각이라고 봐."

레이언의 제안에 고개를 끄덕이던 나는 문득 내가 듀비와 헤어지는데 대해 아무 감정이 없다는 걸 깨달았다. 아니, 오히려 조금이라도 빨리 떨어뜨리려고 한 느낌이 나지 않았나 걱정이 될 정도였다. 아무리 웬수 같은 사이라고 해도 막상 헤어질 때면 미운 정이라도 들어 조금이나마 서운함을 느끼게 될 텐데, 듀비에 대해서는 오히려 안도감이 드니 말이다. 그러니까 더 더욱 듀비에게 미안해졌다.

'아… 내가 이렇게 이기적일 줄이야… 내가 이 정도일 줄은 처음 알았어.'

아마 해민이와 헤어지게 된다면 너무 서운해서 붙들고 엉엉 울지도 몰랐다. 물론 순순히 보내주기야 하겠지만서도.

'으음, 아무래도 지금부터라도 그에게 좀 관심을 가져야겠어.'

그렇게 스스로를 탓하는 동안, 어느새 각자의 일을 끝마친 사람들이 가만히 앉아 입만 놀리는 우리들을 불렀다. 벌써 캠프가 다 차려지고, 짐도 정리가 다 되고, 늦은 아침 겸 점심 식사까지 준비가 되었던 것이다.

나는 내 생각에 빠져 있느라 몰랐지만, 마법사들 쪽은 벌써 그걸 눈치 채고 우리를 부르기 전에 일어나 그쪽으로 걸음을 옮기고 있었다. 해민이나 듀비, 그리고 레이언만 내가 움직이지 않으니 그냥 내 옆에 있어줬던 것이다.

그러다가 잭슨이 우리를 부르러 오자 레이언이 내 어깨를 툭 치며 말했다.

"자, 가서 우선 점심부터 먹자고. 그리고 나중 일은 나중에 생각해. 아직 시간은 많으니까."

"그래, 우선 먹고 보자."

점심을 먹고 난 후 모든 일행이 약 1시간 정도의 휴식을 가진 뒤 그 날 저녁에 가지게 될, 육지에 오르게 된 기쁨을 나눌 파티 준비를 시작 했다.

이때는 나도 도울 수 있었는데, 내가 한 일은 바다 속에 들어가서 맛 난 생선을 잡는 거였다. 그리고 내가 잡아 올린 생선들은 선원들이 대 기하고 있다가 받아서 곧바로 손질하기 시작했다.

해민이와 듀비는 잭슨과 레이언, 그리고 몇몇 무사들과 함께 근처 산에 가서 사냥해 오게 되었다. 해민이와 듀비는 나와 떨어지고 싶지 않아 했지만, 바다 속에서는 그들이 나에게 도움이 줄 수 있는 게 별로 없었기에 떨어지는 건 어쩔 수가 없는 일이었다. 그렇다고 그들만 또 우두커니 앉아 있기는 싫었는지 레이언이 사냥하러 같이 가지고 제안 하자 순순히 받아들였던 것이다. 하기야 수인족은 보통 산에서 살아간 다고 들었고 블루 엘프 족 또한 정글에서 살아간다고 했으니 산속은 그들에게 익숙할 터였다. 음… 뭐, 듀비에게는 좀 추울지 모르겠지만.

그리고 마법사 일행들은 캠프의 주위에다 임시용 결계 마법을 치기 시작했다.

정말 오랜만에 땅을 밟게 된 것이니만큼 오늘은 보초도 세우지 않고 모든 이들이 파티에 참여하기로 했기에 만약을 대비하는 것이다. 하기 야 마법사들이 있었으니 그럴 수 있는 것이겠지만.

그리고 이번에는 대단한 정령사—바로 나다. 에헴…—까지 있었으니 선원들도 오늘 하루는 배를 비우고 파티에 참여하기로 했다. 그리고 배는 내가 불러낸 정령들이 하루 동안 지켜주고 말이다. 뭐, 하루 동안 뭔 위험이 있을까마는 그래도 유비무환이라는 말이 있으니 말이다.

저녁이 가까워질 무렵, 아직 해가 지지도 않았는데 캠프의 공터에서는 커다란 모닥불이 여기저기에서 피워졌고, 근처 가까운 산으로 사냥을 나갔던 이들은 기쁜 표정으로 많은 습득물을 가지고 돌아왔다. 그러자 대기하고 있던 무사들이 환호성을 지르며 달려들어 손질을 시작했고, 배에서 날라져 온 수많은 짐들 중에서 술통 여러 개가 끄집어내졌다.

술은 맥주가 전부였지만 그것만으로도 사람들은 무지 기뻐했다.

다른 술도 있었는데, 폼을 보아하니 오늘 사람들이 엄청 마셔댈 것 같으니까 아마 꺼내지 않는 모양이었다. 하기야 포도주와 위스키—나는 맥주를 제외한 노란색의 술은 모조리 위스키라고 한다—는 맥주보다 비싸니까 엄청 마셔대면 아마 감당이 안 되어서 못 꺼내는 걸지도.

나는 아직 맥주든 와인이든 입에 안 대는 상황이었다. 처음에는 식사할 때 한 잔씩 권하기도 했지만 내가 딱 한 마디 하니까 더 이상 권하지 않는 거였다.

"울 아부지가 못 마시게 해서리……."

물론 그때 내가 말한 아버지란 한국에 계시는 엄격한 군인 아버지를 말하는 거였고, 그 뒤에 '성인이 될 때까지'란 단서가 붙지만 말이다. 물론 여기서 나는 성인이지만 한국은 만 20세가 되어야 성인이니 그쪽으로 하면 나는 아직 성인이 아니었으니.

뭐, 이곳 사람들이 내가 말한 아버지가 엘라임이라고 착각하든 말든 말이다.

그래서 나는 아직까지 술을 입에 대지 않을 수 있었다.

사실 내가 술을 입에 안 대는 건 아버지의 그러한 엄명에 관계없이 개인적으로 술을 좋아하는 사람은 이해가 안 된다는 사상을 가지고 있어서 그러는 거였다.

아버지가 엄격하시다고 해도 얼마든지 안 들키고 마실 수 있는 방법은 많았다. 가장 많은 예로 수학여행 가서 친구들끼리 마시는 경우 말이다. 한국에 있는 해민이 녀석이야 멍청해서 수학여행에서 술을 입에 댄 걸 들켰지만 나 같은 똑똑한 경우는 절대 안 들킬 자신이 있었다. 물론 술에 취한다면 어찌 될지는 모르지만.

그리고 솔직히 고백한다면 나도 술을 입에 대본 경험은 있었다. 딱 한 모금이었지만. 대한민국에서 태어난 학생으로 그런 데 호기심이 없는 이가 과연 얼마나 있을까? 나 또한 평범한 학생이었던 것이다.

그러나 그렇게 단 한 번 마셔본 결과 맛도 마음에 안 들었거니와 이런 맛없는 음료를 왜 마셔야 하는 걸까 하는 회의와 이런 걸 마셔야 멋있게 생각하는 몇몇 애들에게 왠지 반항하고 싶어서 그 뒤로는 친구들이 유혹해도 절대 마시지 않았다. 지금도 그 쓴 물을 무슨 맛으로 먹는지 이해를 할 수가 없었다.

뭐, 맥주야 무더운 여름에 시원한 맛으로 마신다고 하고, 분위기로 마신다고 하고, 마시면 안다느니, 마시면 기분이 좋으니 하지만 아직까지는 그런 걸 알고 싶어서 억지로 마시고 싶지는 않았다.

그리하여 모든 이들이 긴장을 풀며 술과 모닥불에 지글지글 구워지는 바비큐에 흠뻑 빠져 즐기고 있을 때 나는 도수가 약한, 배에 같이 타고 온 주방장이 나를 위하여 특별히 만들어준 칵테일 같은 혼합 음료를 홀짝이고 있었기에 절반이 넘는 이들이 취해서 쓰러진 한밤중이 되어도 말짱한 정신으로 사슴인지 멧돼지인지 모를 고기를 즐기고 있었다.

레이언 녀석은 얼마나 술이 강한지 그곳에 있던 대부분의 사람들이 그에게 권한 술을 사양하지 못하고 다 마셨음에도 불구하고 취하지 않고 말짱한 얼굴로 아까부터 취한 가레스에게 붙들려 곤욕을 치르는 마일즈를 놀리고 있었다.

가레스는 의외로 술에 약해서 맥주 몇 잔과 와인을 조금 마시더니 그대로 정신이 흐려져서 마일즈를 붙들고 있었는데, 그는 취하면 아무나 붙잡고 수다를 떠는 타입인 모양이었다.

원래 가레스는 마일즈와 린제이 둘 다 붙들었는데 마일즈가 정의감(?)을 발휘하여 가레스의 모든 관심을 자기에게 쏠리게 만들어 린제이를 풀려나게 했던 것이다. 하기야 마일즈의 폼을 보아하니 이런 일을 한두 번 당한 것도 아닌 듯해 보였다.

머튼은 이럴 때에도 고지식한 자세를 유지하며 술은 적당히 거절하고 대신 술에 취해 인사불성된 부하들을 챙기고 있었다.

잭슨은 자신보다 나이 많은 선원이나 무사들의 장난 어린 놀림의 대상이 될까 봐 일찍부터 자리를 피해 주방장을 돕는다는 핑계를 대고 바비큐 굽는 데 전념하고 있었다. 뭐, 그 주방장이라는 사람도 아까부터 자신의 본업을 내팽개치고 다른 이들과 어울려서 술을 마시고 있었지만 말이다.

그런 공터의 모습을 쭈욱 둘러본 나는 내 무릎에 앉아서 남들이 맛나게 마시는 술잔을 힐끔힐끔 바라보며 고기를 먹고 있는 해민이와—내가 술을 안 마시니까 아직 성년이 안 된 해민이도 술 마시는 걸 엄금하고 있었다—마찬가지로 내 옆에서 조용히 가끔가다 고기 한 점씩 맛보고 있는 듀비를 바라봤다.

해민이는 너무 늦은 시각이니까 이제 재워야 하지 않을까 싶어서 바라본 거고, 듀비는 그와 오랜만에 대화를 해보고 싶어서 바라본 거였다.

'우선 그러려면 해민이부터 재워야겠지?'

그렇다고 해민이 혼자 천막에 재울 수는 없어서—아무리 우리보다 강한 수인족이라고는 하나 아직 어린애라 혼자 두는 게 걱정스러웠던 것이다—주위를 둘러보다가 가레스에게 잡혀 연신 그의 횡설수설을 들어주고 있는 마일즈를 걱정스레 지켜보고 있는 린제이가 보였다.

그녀는 나보다 나이가 많지만, 우선은 여자라는 이유로—물론 나는 남자라 인식되어서 이곳에 있는 이들 중 해민이 다음으로 어린 나이지만 아무도 들어가서 자라고 하지 않고 있었다—아까 들어가서 자라는 권유를 받았는데 마일즈가 걱정되는지 고집스레 자리를 지키고 있었던 것이다.

그래도 그녀라면 해민이를 데리고 가서 잘 수는 있겠다 싶어, 나는 듀비에게 잠시만 있으라고 손짓한 후 그녀에게 다가갔다.

"린제이."

조용히 그녀의 어깨를 치며 부르자 그녀가 흠칫 놀라 돌아보았다. 생각지 못한 그녀의 반응에 나는 미안하다는 뜻의 미소를 지으며 입을 열었다.

"혹시 여기 계속 있을 거예요?"

"응? 아, 아니, 이제 들어가야지. 왜?"

"아뇨, 혹시 지금 들어가실 거라면 해민이를 부탁할 수 있을까 해서요."

내 말에 품에 안긴 해민이가 항의하는 듯 낮게 으르렁거렸지만, 녀석의 눈에 가득 담긴 졸음 때문인지 그리 강하지는 않았다. 내가 있으니까 계속 옆에 있긴 했어도 아까부터 졸리긴 했던 모양이다. 하기야 지금이 평소 그 아이가 자던 시각보다 훨씬 늦은 시각이었으니 무리는 아니었다.

그래 해민이 녀석의 반응이 귀여워 녀석의 머리를 쓱쓱 쓰다듬자 그 모습을 보던 린제이가 피식 웃으며 자리에서 일어났다.

"그래, 뭐… 나도 슬슬 졸리던 참이었으니까 내가 데리고 자줄게. 너는 조금 더 있을 모양인가 보지?"

그녀가 의외로 순순히 허락하자 조금 놀라웠지만 부탁하는 내 입장으로서야 나쁠 게 없었기에 기쁘게 고개를 끄덕이며 해민이를 넘겼다.

"예. 조금만 더 있으려고요."

"그러렴. 그럼 난 이만… 아, 너무 심하면 가레스님 좀 재워줘요."

그녀는 가기 전 근처에 앉아 있던 레이언에게 당부의 말을 던지고는 해민이를 안고 자신의 숙소로 향했다.

그녀의 모습이 천막들 사이로 사라지자 나는 곧바로 린제이의 당부를 들은 지 얼마 안 되는 레이언을 잡아끌었다.

"어이, 이리 와봐."

뜬금없는 나의 말에도 불구하고 레이언은 짐작하는 게 있었는지 순순히 일어나 나를 따라왔다.

그가 따라오는 것을 확인한 나는 여전히 자신의 자리에 앉아 있다가 어리둥절한 표정으로 나를 바라보는 듀비에게 말했다.

"듀비, 잠깐 이야기 좀 할래요?"

그러면서 그와 레이언을 데리고 사람들이 없는 한적하고 조용한 곳을 찾아가려고 했지만 내가 몸을 돌렸는데도 불구하고 둘은 요지부동 거기서 움직이지 않는 거였다.

"뭐야, 왜 안 따라오는 건데?"

의아함과 약간의 분노를 섞어 물어보는데 오히려 레이언이 이상하다는 듯 나를 바라보는 거였다.

"어딜 가려고?"

"어디긴 어디야. 좀 조용한 곳으로 가려는 거지."

당연하다는 듯이 대답하는 나를 보며 레이언이 피식 웃었다.

"이 주위에는 결계 마법이 펼쳐져 있다는 걸 잊었어? 결계를 깨지 않는 한 우리는 가고 싶어도 못 나간다고."

"아… 맞다."

듀비와 이야기할 생각에 그걸 깜빡하고 있었던 것이다.

나는 머쓱해진 표정으로 머리를 긁으며 슬그머니 몸을 돌려 원래 내 자리로 가서 앉았다. 그 모습에 레이언이 쿡쿡 웃었지만 내가 노려보자 얼른 듀비에게로 고개를 돌렸다.

하지만 듀비를 바라보는 그 시선에는 장난기라고는 조금도 찾아볼 수 없었고, 진지함과 부드러움만이 감돌고 있었다.

나와 레이언의 분위기가 심상치 않았던지 듀비도 요즘 계속 짓고 있던 멍한 표정을 지우고 우리를 조심스레 바라봤다.

"저에게 뭔가 하실 말씀이 있으신지요."

나는 심호흡을 한 번 깊게 내쉬고는 조심스레 입을 열었다.

"듀비… 있죠, 아까 레이언과 좀 이야기를 해봤는데… 여기서 듀비의 고향이 그렇게 멀지 않다면서요?"

내 말에 듀비가 표정에는 변화가 없었지만 시선이 흔들리는 것을 볼 수 있었다.

"…물론 그렇긴 합니다만, 저는 아직 돌아갈 마음이 없습니다."

잠시 뜸을 들인 듀비는 단호하게 말했다. 고향 이야기를 꺼내니까 우리가 무슨 말을 할지 대충 짐작한 모양이었다.

그러자 내 뒤를 이어 레이언이 입을 열었다.

"뭐, 지금 당장은 우리도 당신을 보내줄 수 없습니다. 여기서 당신 혼자 고향으로 가기란 쉬운 일이 아니니까요. 인간 세상에 대한 경험이 없는 당신 혼자 나라 하나를 지나고 또 다른 국경을 넘을 수 있을 거라고는 생각하지 않거든요. 거기다 엔더비 산맥도 넘어야 하고……."

그렇게 말하며 레이언이 공터 뒤쪽부터 이어져 있는 산을 슬쩍 바라보며 말끝을 흐리자 듀비도 그 시선을 따라 자신의 뒤쪽을 바라보더니 다시 우리를 돌아보았다.

"그럼 무슨 이야기를 하시려는 건지……."

레이언은 잠시 뭔가를 생각하는 듯하더니 되려 듀비에게 질문을 던졌다.

"궁금한 게 있는데… 당신은 은혜를 갚기 위해 여기 있는다고 했잖아요. 그 정도가 얼만큼이죠?"

"예?"

듀비가 금방 이해하지 못한 듯 어리둥절한 표정으로 되묻자 레이언이 조금 더 자세하게 설명했다.

"그러니까… 몇 년 동안 있는다든지, 아니면 얼만큼 상회에 도움이 된다든지 뭐 그런 거 말예요. 정확히는 당신도 말하기 힘들 테니까 대충이라도."

그 말에 듀비는 잠시 망설이는 듯하다가 천천히 입을 열었다.

"노예 매매상에게 잡혔을 때 저는 죽음을 생각하고 있었습니다. 그럴 때 저를 구해주신 거죠. 단순히 노예 매매상에게서 구한 차원이 아니라 제 목숨을 구해주신 것입니다."

왠지 이야기가 거창해져서 나는 약간 불안함을 느끼며 그를 바라보았다.

"이 은혜는 제가 죽는 날까지 보답해도 모자라다고 생각합니다만."

"에엑?"

나는 기껏해야 한 몇 년 정도 봉사하다 돌아가겠다고 할 줄 알았다. 그런데 평생이라니…….

레이언도 무지 놀란 표정으로 듀비를 바라보고 있었다.

그렇게 우리 둘이 놀라움을 숨김없이 나타내자 평소 무표정한 듀비의 얼굴에 그늘이 생겼다.

"제가… 여기 있는 게 불편하신 겁니까? 최대한 신경 쓰지 않게 해드린다 생각하고 있었습니다만, 제 노력이 부족했던 모양입니다."

그의 말에 나와 레이언은 누가 먼저랄 것도 없이 황급히 손을 내저었다.

"아닙니다, 아니에요. 절대 불편하지 않아요."

"불편이라니요. 당신이 우리 상회에 얼마나 큰 도움이 되고 있는데 그런 소릴 합니까?"

"그럼, 왜들 그렇게 놀라시는 건지…….”

해명을 요구하는 눈빛에 나는 은근슬쩍 레이언을 바라봄으로써 모든 설명을 그에게로 떠넘겼고, 레이언은 그걸 아는지 모르는지 당혹스러운 표정으로 머리를 벅벅 긁다가 입을 열었다.

"난, 아니, 우리 집단은 상회입니다. 이익을 추구하는 집단이죠. 하지만 내가 지금까지 상회의 일을 꾸려오면서 깨달은 원칙은 모든 이익에는 그만한 대가가 있다는 겁니다."

"무슨 소리입니까?"

나도 묻지는 않았지만 갑자기 상인이 어쩌고저쩌고 이야기를 꺼내는 레이언을 이해하기 힘들어 뭔 소리냐는 시선으로 레이언을 바라보았다.

"내가 치른 대가보다 더 많은 이익을 얻을 수 있다면 나로서는 그것만큼 더 바랄 게 없겠죠. 하지만 대가와 비교할 수 없을 만큼 큰 이익을 얻게 된다면 나중에 그 이익에 대한 다른 대가를 치르게 된다는 소리입니다. 그렇기에 정말 현명한 상인이라면 대가를 치르지 않고 얻는 이익은 두려워할 줄 알아야 합니다."

앞서 이야기한 말의 내용은 대충 이해가 가는데, 그거하고 듀비가 뭔 상관이란 말인가? 여전히 풀리지 않는 의문이 담긴 시선으로 레이언을 바라보자 레이언은 재차 입을 열었다.

"듀비, 당신이 우리에게 고마워하는 심정은 충분히 이해할 수 있습니다. 그동안 우리가 구해준 이종족들 모두가 그랬으니까요. 하지만 우리가 당신의 목숨을 구할 수 있었던 것은 단지 운이 좋아서였습니다. 그러니까 당신이 그때 죽을 운이 아니었던 것뿐이죠. 목숨을 구함받은 데 대한 감사는 당신의 명을 길게 정해놓은 신께 하세요. 우리에게는 단지 운이 좋은 만남에 대한 고마움이면 충분합니다. 당신이 평생 우리에게 은혜를 갚을 필요는 없다는 겁니다. 그건 우리가 치른 대가에 비해 너무나 엄청난 이득이라 도저히 받을 엄두가 안 나는군요."

레이언의 말을 다 듣고 난 뒤에도 듀비는 그의 말을 곰곰이 생각해보려는 듯 잠시 가만히 있더니 가라앉은 어조로 입을 열었다.

"그러니까… 결국은 제가 부담스럽다는 말이군요?"

빙빙 돌려서 말했지만 바로 그 말을 한 거였기에 레이언이 삐질 웃으며 고개를 끄덕였다.

“그렇죠.”

그에 듀비는 작게 한숨을 쉬더니 슬쩍 시선을 돌려 나를 바라보았다. 그래 나 또한 괜히 그의 시선에 찔려 삐질삐질 웃는데 듀비가 진지하게 물어왔다.

“그럼 제가 어떻게 했으면 좋겠습니까? 해인님께서 원하시는 대로 하겠습니다.”

그가 진지하게 묻는데 난처한 표정으로 대답하면 그게 또 듀비한테는 실례일 것 같아 나도 애써 듀비처럼 진지한 표정을 고수하며 조심스레 입을 열었다.

“있잖아요… 솔직히 이야기하면 처음에 듀비한테 이야기했듯이 내가 듀비를 구한 것도 아닌데 당신이 나에게 은혜를 갚는다고 해서 되게 부담스러웠거든요?”

그에 듀비가 움찔하며 뭐라고 입을 열려는 것 같아 나는 얼른 손을 들어 그를 제지했다.

“아, 잠깐만요. 당신이 무슨 말을 하려는지 알아요. 내가 아니면 다른 이들은 믿을 수가 없다는 거죠? 사실 나도 은혜는 갚아야 한다고 생각하기 때문에 이 녀석(레이언)의 말이 아니라도 당신이 곁에 있겠다면 그것도 좋을 거라고 여겼거든요.”

거기서 잠깐 말을 끊은 나는 긴장한 표정으로 내 말을 듣고 있는 듀비에게 배시시 웃어 보인 뒤 재차 말을 이었다.

“하지만… 내가 부담스러워한다는 거 알고 조용히 있어주는 바람에 내가 신경 많이 못 쓴 것 같아서 듀비에게 무지 미안해요. 게다가 요즘 기분도 안 좋은데 그것도 눈치도 못 채고… 집에 가까이 왔는데 돌아가지 못해서 마음 아프지 않아요?”

내 말이 정곡을 찔렀는지 듀비의 표정이 눈에 띄게 흔들렸다.

하기야 자신이 살던 곳 가까이 왔는데 가보지도 못하고 그대로 발걸음을 돌려야 하는데 마음이 안 아프다면 그게 이상한 것이 아닐까? 그런데 우리의 고지식한 청년 듀비는 미안함을 표하는 내 말을 자신을 질책하는 것으로 알아듣고는 고개를 숙이며 사과하는 것이었다.

"신경 쓰게 해드려 죄송합니다. 앞으로는 주의하도록 하겠습니다."

그 말에 나는 속으로부터 안타까움이 절절 배인 한숨이 흘러나오는 걸 느꼈다.

"그게 아니에요. 오히려 이제야 알아채서 듀비에게 내가 너무 미안한걸요. 그래서 말인데, 이제나마 나도 듀비에게 뭔가 도움을 주고 싶어요."

나는 듀비가 다시 고개를 들어 날 바라보는 걸 확인하고 입을 열었다.

"레이언에게 말해 봤더니, 아까 그가 당신에게 이야기했듯이 이제까지 당신이 상회를 도와준 것만으로도 당신을 구해준 대가는 충분하대요. 짧은 기간이었지만 이곳까지 오는 여정은 순탄치 않았잖아요. 그때 당신이 보여준 활약이라면 은혜를 다 갚다 못해 오히려 레이언이 사례를 해야 할 정도인걸요. 그러니 당신만 원한다면 드워프의 마을에 갔다 온 뒤 우리가 약간 시간이 더 걸리더라도 블루 엘프 족이 살고 있는 새클턴 국의 정글까지 데려다 줄 수 있대요. 물론 블루 엘프 족의 마을까지는 같이 동행하지 못하겠지만."

내 말이 끝나자 듀비는 갈등이 생기는지 잠시 동안 망설였다.

하지만 역시나 그의 고지식한 사상이 집으로 돌아가고 싶다는 감정을 이겼는지 듀비는 처연한 미소를 지으며 고개를 저어 보였다.

"괜찮으시다면 그냥… 해인님 곁에 있겠습니다. 두 분이 그렇게 말씀하셔도 이대로 간다면 저는 은혜를 다 갚지 못했다는 죄책감에 평생 시달릴 것 같습니다. 그러느니 차라리 집에 돌아가는 시기를 조금 더 늦추는 게 나을 것 같습니다."

'에휴우~'

나는 속으로 깊이 한숨을 내쉬고는 옆에 있는 레이언 녀석을 힐끔 돌아보았다. 레이언은 우리가 어쩌겠냐는 뜻으로 어깨를 슬쩍 으쓱해 보였다.

"뭐, 정 그러시다면… 하지만 들어보니까 드워프의 마을까지 가는 것도 쉬운 일은 아닌가 보던데요. 그것만으로도 충분히 은혜는 갚지 않을까 싶은데… 뭐, 아직 다시 배를 타고 출발하기까지 시간이 있으니까 생각해 보세요."

"아, 그리고……."

내가 말을 끝맺으려고 하자 레이언이 얼른 끼어들었다. 그래 듀비와 내가 그를 바라보자 레이언이 나를 향해 눈짓을 주며 말을 이었다.

"혹시라도 이번 여행으로는 충분하지 않다고 생각이 된다면, 한 3년이나 5년 동안이라면 은혜를 갚기 충분한 시간이 아닐까 생각하는데요? 이번에 돌아가면 다시 올 때까지 그 정도의 시간이 걸리거든요. 그 때는 드워프의 마을에 오기 전에 먼저 새클턴 구에 들르는 게 어떨까 싶은데요."

'앗! 그걸 깜빡했다.'

레이언이 말을 안 했으면 듀비에 대한 안타까움에 젖어 있느라 잊어버릴 뻔했다. 그래 머쓱함과 고마움이 담긴 시선을 레이언에게 보내는데 듀비의 목소리가 들려왔다.

"…신경 써주셔서 감사합니다. 그러겠노라고 약속은 못하겠지만 유념해 두도록 하겠습니다."

여전히 거절하는 분위기였지만, 다음에도 다시 올 기회가 있다는 걸 알았는지 듀비의 얼굴에 있던 그늘이 조금은 가신 것 같았다.

"그래요. 뭐, 솔직히 이야기하면 당신이 여기 머물러 준다면 우리야 좋긴 하죠. 단지 너무 과한 이익을 꿀꺽해서 소화 불량에 걸리지 않을까 걱정이 되지만. 자, 그럼 이야기는 이걸로 끝내고, 나는 내일을 위하여 이만 자러 가야겠군요. 먼저 실례할게요."

레이언은 듀비에게 고개를 꾸벅 숙인 뒤 내 어깨를 두어 번 툭툭 치며 씨익 웃어 보이고는 자신의 숙소 쪽으로 가버렸다. 덕분에 갑자기 둘만 덩그러니 남아버리자 나는 무지 어색함을 느꼈다.

그동안 듀비와 있을 때면 항상 해민이도 같이 있었던 것이다. 그리고 그때는 해민이가 듀비를 질투하는지 미워하는지 모르겠지만 듀비에게 시선을 보내지 못하도록 계속 곁에 들러붙어서 내 시선을 잡고 있었다.

그런데 그러던 해민이를 아까 린제이 손에 재우러 보내 버렸으니 나는 익숙하지 않은 상황이 되자 되게 당황스러웠다.

이럴 줄 알았으면 진작진작 듀비와 대화도 좀 해보고 친해질 걸… 하는 후회를 했지만.

'후회는 아무리 빨라도 늦은 법이라고 누가 그랬더라?

나는 속으로 쓸데없는 말을 주절거리며 이 익숙하지 않은 분위기를 어떻게 해보려고 입을 열었다.

"저기……."

"저어……."

그런데 그 순간 듀비 또한 뭐라고 말을 하려고 입을 여는 것이었다. 그리하여 우리 둘은 서로 말을 하려 했다는 걸 알고 놀라 멈칫거리며 입을 닫았다.

그렇게 둘 다 입을 다무니 또다시 주위에 침묵이 내려앉아 나는 피식거리며 입을 열었다.

“하실 말씀 있으면 하세요.”

그러자 이에 질세라 듀비도 입을 열었다.

“아닙니다. 먼저 말씀하십시오.”

“저는 별거 아니니까 먼저 말씀하세요.”

“저도 중요한 이야기는 아니었습니다.”

이러다가는 끝도 없을 것 같아 나는 하는 수 없이 먼저 하려던 말을 꺼냈다.

‘아… 정말 별거 아니었는데…….’

“아니… 나는 그동안 듀비에게 너무 무관심했던 것 같아서 사과하려고요. 생각해 보면 갑자기 낯선 곳에 떨어져 당황스럽고 아는 이도 없어서 혼자 힘들었을 텐데…….”

내가 그 기분 잘 안다.

나만큼 살던 곳에서 멀리 떨어져 본 사람 있겠는가? 기껏 떨어져 봐야 바다 건너 다른 대륙이겠지, 설마 차원을 넘어온 사람이 지금까지의 세월 동안 과연 몇이나 있었을지.

그런 경험을 한 주제에 듀비에게 동병상련은 느끼지 못할망정 무관심했었으니…….

‘에휴, 매번 새로이 미안함을 깨닫게 되는구만.’

그러면서 듀비의 눈치를 힐끔힐끔 살피는데 놀랍게도 듀비의 얼굴에 부드러운 미소가 감돌고 있는 거였다.

그동안 항상 무표정을 유지하고 무슨 일 있을 때 잠깐 어두운 표정을 유지했지 이처럼 그가 웃는 모습은 한 번도… 아니다, 그와 맨 처음 만났을 때 기습적으로 내 입술에 뽀뽀하면서 약하게 웃어줬던 거 같기는 하다.

어쨌든 그렇게 희귀하고 보기 힘든 그의 미소를 다시 보게 되자—그것도 되게 멋진 미소를—나는 순간적으로 놀라움에 두 눈을 휘둥그레 뜨면서 나도 모르게 얼굴에 피가 몰려 화끈거렸다.

그렇지 않아도 평소에 듀비가 무뚝뚝하게 굴기는 해도 잘생겼다고 여기고 있었는데, 거기에 미소까지 더불어 있으니… 이런 게 바로 금상첨화련가?

'아앗, 그래도 이게 웬 요상한 반응이람?

내가 예상치 못한 나의 반응에 당황하고 있는데 듀비의 음성이 들려왔다.

"괜찮습니다. 절 부담스레 여겨주시지 않는 것만으로도 감사하고 있습니다. 사실… 제가 은혜를 갚는다고 해인님 곁에 머무는 것이 약간 억지라는 것을 알고는 있었습니다. 하지만 그래도 해인님 곁이 아니라면 안심이 되지 않아 고집을 부린 것이었는데, 그런 절 받아주셨잖습니까? 물론 탐탁지 않게 여기시기는 했지만."

화끈거리는 얼굴을 진정시키면서 듀비의 말에 귀를 기울이던 나는 화들짝 놀라 얼른 손을 내저었다.

"아니, 그게 그런 게 아니라니까요. 그러니까……."

그러자 듀비가 다시 피식거리며 웃는다.

"이제는 아무래도 상관없습니다. 제가 원하는 대로 해인님 곁에 있으니까 말이죠."

"아니, 뭐… 그게… 어쨌든 이제는 조금 더 신경 쓰도록 노력할게요."

듀비의 말에 나는 머쓱해진 표정을 감추고자 슬쩍 고개를 숙이며 거의 중얼거리다시피 말했는데 쿡쿡거리는 웃음소리가 들려오는 거였다. 그래 설마… 하는 생각에도 반사적으로 고개를 드니 놀랍게도 내 앞에 있는 듀비가 작지만 그래도 소리를 내어 웃는 게 아닌가?

나의 놀란 시선과 마주치자 겸연쩍어하면서 얼른 웃음을 그쳤지만, 그의 얼굴에는 여전히 웃음기가 남아 있었다.

'헤에, 오늘은 듀비의 새로운 면모를 보게 되네.'

"크흠, 아, 죄송합니다. 하지만 제게 신경 쓰시기는 어려울 것 같습니다만… 훗훗, 해민이가 계속 방해할 거 아닙니까? 해인님께서 전보다 더 제게 신경을 쓰는 걸 본다면 아마 더 더욱 심하게 방해를 할 것 같습니다만. 후후후."

살짝 주먹을 쥔 손으로 입가를 가리며 웃는 듀비의 모습은… 되게 멋져 보였다.

레이언 녀석도 잘생긴 건 인정하지만, 그 녀석은 항상 웃음을 헤프게 흘리고 다녀서 기생오라비라고 여겨질 뿐 멋있다고 생각하지는 않았고, 듀비의 웃음은 후히 볼 수 있는 게 아니라서 그런지 오랜만에 활짝 웃는 그의 모습이 생각지도 않게 멋지게 보였다.

그에 넋을 잃고 뚫어져라 바라보자 그가 쑥스러운 듯 슬그머니 내게서 얼굴을 돌리고는 입을 열었다.

"흠흠, 그런데… 이제 주무셔야지요? 평소 주무시는 시각보다 많이 늦었지 않습니까?"

"예? 아, 자야지요. 그래요, 우리도 얼른 자러 가죠?"

듀비의 말에 또다시 화들짝 놀란 나는 얼른 몸을 돌려 화끈거리는 얼굴을 가리면서 대꾸했다. 그리고 먼저 저벅저벅 우리의 숙소로 걸어가며 갑자기 떠오른 생각에 그날 마지막으로 다시 한 번 화들짝 놀랐다.

'헉! 그, 그러고 보니 나 듀비랑 같은 방을 쓰지? 그런데 오늘은 해민이가 없으니… 단둘… 뿐이네?'

제 20 화 거기 서! 아, 영감이 떠오른다

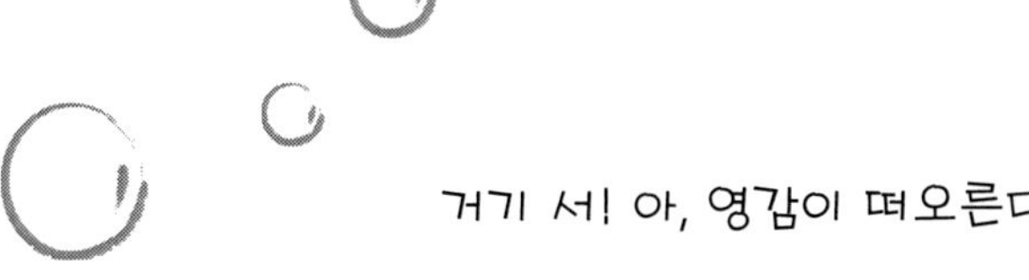

거기 서! 아, 영감이 떠오른다

다음날 아침, 나는 항상 그랬던 것처럼 해민이가 내 품에서 꼼지락대면서 나를 가지고 장난치는 걸 깨달으며 서서히 잠에서 깨어났다.

"우웅… 해민아, 간지럽다니까……."

내 투덜거림에도 목덜미의 간지러운 느낌이 가시지 않자 나는 가지 않으려고 들러붙는 잠을 아쉬운 마음으로 쫓아내며 눈을 떴다.

그러지 역시나 황금색의 눈동자를 가진 쪼끄마한 녀석이 날 보고 방긋 웃는다.

"요 녀석, 간지럽다니까～!!"

그 귀여운 모습에 참지 못하고 벌떡 몸을 일으킨 나는 해민이를 잡아 옆구리를 마구 간지르려고 했다. 하지만 그전에 문득 떠오른 생각에 대신 놀란 눈으로 그 아이를 바라보았다.

"어? 그러고 보니 너 어떻게 여기 있는 거니?"

내 말에 해민이가 뚱한 표정으로 웃음을 싹 지우고는 삐쳤다는 듯이 고개를 팩 돌려 버렸다. 어제 자신만 린제이 손에 떨궈놨던 것이 못내 서운한 모양이었다.

그 모습에 미안해 하하 웃으며 해민이의 머리를 쓰다듬으면서도 고개를 갸웃거리는데 듀비의 목소리가 들려왔다.

"아까 그 여자 마법사가 데리고 왔더군요. 아침에 일어나자마자 여기로 오고 싶어했나 봅니다."

목소리가 들린 곳을 돌아보니 벌써 일어나 씻고 깔끔한 모습으로 서 있는 듀비의 모습이 보였다.

"아, 잘 잤어요? 일찍 일어났나 봐요."

어제 일도 있고 해서 방긋 웃으며 아침 인사를 건네는데 해민이가 갑자기 뛰어오르더니 내 얼굴을 덮치는 거였다.

"우게~!"

덕분에 기껏 일으켰던 몸이 뒤로 넘어가 나는 다시 간이침대에 눕고 말았다.

"우엑, 해민아~!"

키잉~

그렇게 잠시 해민이와 장난 섞인 실랑이를 하고 일어나 보니 듀비는 나갔는지 보이지 않았다. 그에 해민이 머리를 살짝 쥐어박고는 나도 얼른 일으켜 침대에서 일어났다.

머리는 해민이랑 장난치느라 완전 엉망인데다 정전기까지 일어나 사방으로 뻗어 있었고, 잠옷 대신 입은 편안한 티셔츠도 엉망으로 구겨져 있었다.

어젯밤에 듀비와 단둘이서 잔다고 해서 되게 긴장했었지만, 어차피 한 침대도 아니고 일인용 간이침대가 따로 떨어져서 있었기에 아무 일도 없었다. 그걸 알고도 긴장한 내가 한심스럽게 느껴지게 말이다.

'뭐, 그렇다고 뭔 일이 있기를 바란 것도 아니잖아? 도대체 뭔 생각을 하고 있는 거야, 나는?'

요즘 들어 가끔 헛된 망상을 하는 날 정신 차리게 하기 위하여 운디네에게 아주 차가운 물을 달라고 해서 머리까지 감고 나자 그제야 머리가 좀 맑아지는 것 같았다.

해민이를 돌아보니 아직 씻지도 않고 자다가 일어난 상태 그대로 나에게 달려온 듯해서 씻기고 옷 갈아입히고, 나도 머리 빗고 옷 갈아입고 나서 느긋하게 천막을 나오는데 밖에서 듀비가 가만히 서서 기다리고 있는 거였다.

"어라? 여기서 계속 기다리고 있었던 거였어요?"

내가 준비한 시간이 꽤 걸린 걸 생각하며 미안함과 놀라움이 뒤섞인 얼굴로 묻자 듀비가 빙긋 웃으며 고개를 저었다.

"아닙니다. 잠시 어디 갔다가 왔습니다. 여기 도착한 건 방금 전이었는걸요."

"아, 그렇다면 다행이지만… 기다리게 했다면 정말 미안해요."

"기다리지 않았으니 미안해하실 필요 없습니다."

어제 일 덕분인지 조금 더 친근한 대화가 오가는 듯했는데, 그건 나만의 느낌이 아니었는지 내 옆에 딱 달라붙어 있던 해민이가 듀비를 향해 인상을 꽉 찡그리며 가볍게 으르렁거리더니 나를 끌고 앞으로 나가는 거였다.

"그래, 그래, 간다니까."

캠프가 차려진 공터에는 많은 사람들이 벌써 일어나서 모여 있었다. 그러나 엉망인 폼을 보아하니 어제 신나게 술을 마시고 그대로 여기서 엎어져 자다가 일어난 듯 보였다.

'그러길래 왜 술들을 마시는지 모르겠다니까?

얼마나 마셔댔는지 그들 가까이 가자 술 냄새가 코를 찔렀고, 숙취 때문인지 사람들의 안색이 다 누렇게 떠 있었다.

공터 가운데에는 세 개의 모닥불이 모여 있었는데 각각의 모닥불에 커다란 솥이 올려져 있었고 그 안에는 스튜가 보글보글 끓으며 맛있는 냄새를 풍기고 있었다. 그리고 그 앞에서는 어제 자신의 일은 잭슨에게 떠넘기고 술 파티에 참여했다가 결국 뻗어버린 주방장이 누렇게 뜬 것도 모자라 퉁퉁 부은 얼굴에다 반쯤 풀린 눈을 한 채 커다란 국자를 들고 스튜를 휘젓고 있었다. 그러면서도 용케 실수 안 하고 스튜를 젓고 있는 게 신기했다. 역시 관록이란 무시하지 못하는 걸까나?

하지만 가끔가다 그 큰 입을 있는 대로 다 벌려 하품을 해대는 폼을 보아하니 그 스튜가 맛있는 냄새를 풍기기는 하지만 과연 맛이 있을지 의문이었다.

잠시 후에 그 모닥불 근처로 빵이 가득 든 커다란 바구니를 가져온 주방 보조가 스튜의 상태를 힐끔 보더니 활활 타는 모닥불에서 나무를 몇 개 빼내어 불을 줄이더니만 주위 사람들에게 소리쳤다.

"알아서 퍼가세요! 오늘 아침은 닭고기 스튜에 빵이에요."

그러자 사방에서 기운없이 대답하는 소리가 들렸고, 곧 이어 하나둘

어기적어기적 일어나 그 커다란 솥으로 다가갔다.

그러는 동안 다른 주방 보조들이 또 다른 빵이 담긴 바구니들을 비롯하여 수많은 그릇과 스푼이 가득 담긴 통들을 가져왔고, 멍하니 서 있는 주방장의 손에서 국자가 빼앗아지더니 솥에 살짝 걸쳐졌다.

그 모습에 나도 다가가서 내 아침을 챙기려는데 그 순간 뒤에서 나를 부르는 소리가 들렸다.

"여~ 해인아, 잘 잤어?"

그곳에는 어제 가레스에게 잡혀서 수다를 들어주느라 제대로 술을 마시지 못해(?) 지금 현재 멀쩡한 모습을 보이고 있는 마일즈가 있었다.

"아, 잘 잤어요?"

그래 나도 같이 웃어주며 인사를 하는데 그가 무지 반가운 얼굴로 다가와 내 두 손을 부여잡더니 입을 열었다.

"정말 반갑다. 잘 만났어."

"에에?"

그러면서 어리둥절한 나를 이끌고 이제 막 모여드는 사람들 틈을 헤치고 잽싸게 자신이 맨 앞 자리를 차지하더니만 내 손에 그릇들을 올려놓는 거였다.

"에에에?"

그것도 모자라서 해인이의 손과 듀비 손에도 올려놓고는 싱글벙글 웃어대는 거였다.

"아, 정말 다행이야. 사실 나 혼자 이걸 다 어떻게 가지고 갈지 걱정이었는데."

그러면서 우리가 들고 있는 그릇에 스튜를 가득 퍼 담더니 숟가락과 빵을 챙겨 들고는 씨익 웃는 얼굴로 나를 돌아보았다.

"너를 만나서 정말 다행이지 뭐냐? 자, 어서 가자."

아무래도 폼을 보아하니 자신의 것 말고도 다른 사람들 아침까지 나르는 임무를 받은 듯한데, 그가 가레스와 같이 있고 린제이의 남자 친구이니 그들 것을 챙기는 건 이해가 갔지만, 그들의 식사라고 하기에는 그릇 숫자가 좀 많았다.

'으음… 마일즈하고 가레스님 거하고 린제이, 나, 듀비, 해인이 거니까 여섯 개면 되는 거 아닌가? 그런데 그릇은 총 아홉 개이니… 누가 또 있는 거야?'

이러한 나의 의문은 얼마 지나지 않아 쉽게 풀렸다.

사람들이 옹기종기 모여 있는 공터를 지나 한적한 곳으로 가자 그곳에는 무지 상태가 안 좋아 보이는 가레스를 비롯하여 내가 예상한 린제이 말고도 레이언 녀석과 그 녀석의 보좌관, 그리고 잭슨까지 앉아 있는 거였다.

"여~ 혼자 어떻게 우리 것을 가져오나 했더니만, 해인이를 끌어들인 거야?"

우리를 보자마자 손을 들어 흔들면서 반갑게 인사하는 레이언 녀석의 모습에 나는 같이 미소를 지으며 인사하기보다는 인상을 팍 찡그리며 녀석을 째려보았다.

"뭐냐? 너는 손이 없냐 발이 없냐? 왜 가만히 앉아서 받아먹으려는 거야?"

그러자 레이언이 들었던 손을 내리며 무지 억울하다는 표정을 지어 보였다.

"그런 게 아니야. 마일즈가 가위바위보에 져서 혼자 갔다 오게 된 거라고. 그리고 가면서 자기 혼자 충분하다고 했단 말이야.”

“뭐? 그럼 우리는 왜 끌고 온 건데요?”

레이언의 말에 따라 다시 마일즈를 째려보며 묻자 그가 머쓱하게 웃으며 슬그머니 내 시선을 피했다.

“아니, 나는… 그냥 너희가 보이길래 같이 아침을 먹으면 좋겠다고 생각한 것뿐이야.”

“뭐야, 그게… 쳇.”

내가 투덜거리자 잭슨이 내 손에서 그릇을 받아 들면서 웃었다.

“뭐, 좋잖아? 덕분에 같이 아침도 먹고 말야. 음~ 육지에서 처음 맞는 아침이라 그런지 기분이 되게 좋은걸? 공기도 짠 내음보다 신선한 내음이 더 많이 나고 말야.”

바다가 바로 옆에 있어서 여전히 짠 소금기가 배인 바람이 불어왔지만, 그래도 산이 바로 옆에 있어서 그런지 흙의 향기와 풀 내음이 같이 날려와 상쾌한 기분을 느끼게 해주고 있었다.

그래 나도 기분을 풀고 가져온 그릇을 주위 사람들에게 나누어 주고 있는데 그 와중에 마일즈는 린제이에게 다가갔는지 둘이 속닥거리는 소리가 들려왔다.

“그러게 내가 같이 가겠다고 했잖아요.”

“하지만 어제 늦게 자서 피곤하잖아.”

“당신보다는 일찍 잤는걸요.”

“나는 체력이 받쳐 주잖아. 그리고 이건 나 혼자서도 할 수 있었다고.”

“그래도……”

“무사히 왔으니 다 잘되었잖아. 자자, 그만 하고 식기 전에 어서 먹어."

"당신도 어서 드세요."

'으윽… 저들이 저렇게 닭살스러운 커플이었던가?'

그들의 대화를 듣고 있자니 나는 온몸에서 닭살이 마구 돋는 것만 같은 느낌이었다. 왠지 안 그럴 것 같은 사람들이 그래서 더욱 그런지 모르겠다. 저들은 자신들의 감정을 표현할 때도 점잖게… 에, 그러니까 다른 사람들이 보기에는 좀 닝숭냉숭하게 할 줄 알았지—서로를 부를 때도 정중하게 '부인~' 그러면서 말이다—보통 연인들처럼 찌인~하게 할 줄은 몰랐던 것이다. 게다가 평소 사람들 앞에서는 잘 티를 안 내더니만 오늘은 왠지 마구마구 하트를 날리고 있으니 더 더욱이나 어색해서 내가 몸 둘 바를 모르겠다.

"에구에구, 속이야. 역시 나이는 속일 수 없는 건가? 예전에는 이 정도에 끄떡없었는데…….."

그들이 옆에서 그러든 말든 가레스는 퀭한 눈을 한 채로 투덜거리며 힘겹게 스튜를 떠먹기 시작했다.

그러자 그 모습을 본 주위에 있던 이들이 저마다 작게 소리 죽여 웃기 시작하는 거였다.

'아니, 노인네가 숙취로 힘겨워하는 게 그리 웃기남? 자기들도 늙어 보라지.'

그래 동방예의지국에서 자라 노인 공경을 일상생활화해야 한다고 생각(만?)하던 내가 좋지 않은 시선으로 그들을 째려봤지만, 그들은 전혀 웃음을 멈출 생각을 안 했다. 오히려 잭슨은 나에게 다가와 웃음기 가득 담긴 목소리로 속삭이기까지 하는 거였다.

"푸후후후. 너 말야, 어제 가레스님이 술을 얼마나 드신 줄 알아?"

내가 비록 마법사 일행 근처에 앉아 있었기는 하지만 그들을 계속 지켜본 것도 아니고 나 먹는 데만 신경 쓰고 있었는데 알게 뭐겠는가?

그래 부루퉁한 얼굴로 고개만 저어 보이자 이번에는 옆에서 웃던 레이언 녀석이 끼어들었다.

"맥주 딱 세 잔이라고. 맥주 세 잔."

그러자 잭슨 녀석이 눈을 둥그렇게 뜨며 놀랍다는 표정을 지어 보였다.

"호오, 놀랍네요? 그래도 저번 달보다 늘었잖아요? 그때는 맥주 한 잔에 와인 한 잔에 갔는데."

"맥주… 세 잔?"

내 비록 술을 안 마시는 대한민국의 모범 학생이지만, 맥주는 술과 음료 사이에 꼽사리 끼는, 그러니까 알코올 도수가 극히 낮은 술이라는 건 안다.

그래 맥주 한두 잔이면 그냥 음료 마시는 것과 같은 거라고 들었는데…….

"그거 마시고 취하신 거란 말야?"

나의 황당하단 말에 레이언과 잭슨이 다시 한 번 키득거렸다.

"쿡쿡쿡, 가레스님은 술을 못하시거든. 그러면서 술자리는 꼬옥 끼려고 하신다니까."

"키득키득키득, 그리고 그 다음날은 숙취로 고생하시면서 꼭 하시는 말씀이 저거야. 매번 레파토리가 똑같다니까."

"푸후후후. 그러게 말야. 이제는 바뀔 때도 되었는데."

그러면서 둘이 서로를 부여잡고 또 키득대며 웃는 거였다.

가레스가 아직 술이 덜 깨서 정신이 온전치 못해 다행이었지, 아마 정신만 또렷했다면 이들은 머리에 매직 미사일을 한 방씩 맞아도 찍소리 못했을 정도의 모습이었다.

"나원 참, 누구 모습이 더 웃긴 건지… 그렇게 웃어대는 너희들도 꼴불견이다."

그들에게 설명을 들었음에도 차마 동방예의지국의 바른 사상이 가득 든 나는 같이 웃지는 못하고 대신 그 두 녀석의 모습에 혀를 끌끌 차주며 아침을 먹기 시작했다.

평소 아침 먹을 때면 항상 하는 생각을 오늘도 하면서.

'아, 김치 먹고 시포라~ 배추김치도 좋고, 딸랑 무도 좋고, 열무김치도 죽이고, 크윽… 깍두기도 먹고 시포~ 오이김치도… 어무이… 그립습니다~'

어제저녁 오랜만에 긴장을 풀고 신나게 술독에 빠져서 그런지 사람들은 오후가 되어서야 하나둘 완전히 정신을 차렸다.

폼을 보아하니 아무래도 오늘 출발하기는 글렀다… 생각했는데 역시나 오후가 되어 사람들이 완전히 제정신을 차리자 그제야 머튼이 모든 사람들을 불러 모아 나머지 일정을 설명해 줬다.

뭐, 대략적인 내용을 이미 레이언에게 들었던 나는 집중해 듣지는 않았지만, 우선 북 드워프의 마을에 갈 사람들과 이곳에 남아 있을 사람으로 나뉘는데, 남아 있을 사람들은 이곳 캠프와 배를 지킨다는 그런 내용이었다.

그런데 의아한 것은 이곳에 남아 캠프와 배를 지키는 이들은 몇몇의 무사들과 이번에 배를 움직여 온 선장을 비롯한 선원 절반가량뿐이었다. 그리고 나머지 모든 사람들은 다 드워프의 마을로 이동한다는 거였다.

물론 캠프 주위에는 어젯밤 같은 대단한 결계는 아니더라도 몇몇의 만약을 대비한 결계가 쳐 있을 테고, 마법사 중에서 가장 강한 가레스가 남아 있다고 하지만 사람 없는 곳에 너무 인원을 적게 남기는 게 아닌가 걱정스러웠다.

어제오늘 아무 일이 없었지만 그래도 배와 캠프 양쪽을 지키는 인원이 30여 명 정도라는 것은 한쪽에 있는·이들이 15명 정도, 그것도 하루를 세 타임으로 나눠 지킨다고 계산하면 한 타임에 보초를 서는 이들은 다섯 명이라는 결론이 나온다.

그러니 이런 데에 경험이 전무한 나까지 괜찮을지 걱정스러웠던 것이다.

'그 정도로 충분하려나?'

그러나 다른 사람들은 당연한 듯, 아니, 오히려 몇몇 무사들이 속삭이는 소리로는 전보다 조금 인원이 많아졌다니 그러한 의문을 속으로 삼킬 수밖에 없었다.

게다가 그 다음날이 되자 나는 왜 선원들까지 가능한 한 많은 이들을 드워프의 마을로 데려가려는지 알아차렸다.

드워프의 마을로 가져가야 할 짐이 엄청났던 것이다.

처음에 배에서 많은 짐들을 내려 캠프에 기져다 놓을 때 북 드워프의 마을로 뭔가 거래할 것들을 가져간다는 것을 알고 있었지만, 그거 말고도 우리가 북 드워프의 마을에 갔다 올 동안 이곳에 남을 사람들이—그때는 선원들은 모두 남고 무사들도 절반 정도는 남을 거라고 생각했었으니까—사용할 것이라고 생각했었다.

그런데 그 많은 것들을 몇 개 안 남기고 다 가져가니 나는 순간적으로 그럼 우리는 갈 때 뭘 먹고 갈 것인가 하는 걱정이 들 정도였다.

그도 그럴 것이, 이렇게 많은 짐의 90%가 식품이었던 것이다.

제일 많은 것은 와인과 맥주, 그 다음으로 밀과 쌀, 보리 같은 산에서는 구하기 어려운 곡식류, 그리고 요리하는 데 사용되는 여러 가지의 양념과 향신료, 기름 같은 것들이었다.

'누가 보면 마트 하나 새로 생기는 줄 알 거야.'

그 많은 짐들을 바라보며 입을 떠억 벌리는데 잭슨이 나에게 다가와 꾸러미를 내밀었다.

"자, 배급 식량."

"응?"

나에게 주기에 순순히 받아 들었지만 열어보니 커다란 빵 한 덩어리와 치즈, 그리고 말린 고기를 비롯한 비스킷 등이 들어 있었다.

"드워프의 마을에 도착하기 전까지는 산길을 가야 하니까 요리를 못해 먹거든. 그러니까 각자 자신의 식량을 가지고 끼니 때마다 그걸 먹는 거야. 빵과 치즈는 며칠 있으면 상하니까 제일 먼저 먹고, 그 뒤에 빵 대신 비스킷을 먹도록 해. 그거는 오래가니까."

"으응."

"그리고 자신의 식량은 자기가 챙기도록 되어 있지만, 해민이는 어리니까 네가 잘 챙겨주고. 아, 물통도 각자 가지고 가야 하니까 챙겨두도록 해."

"으으응……."

물이야 뭐, 언제든지 운디네를 소환할 수 있었으니 따로 물통을 가져가지 않아도 걱정없었다.

잭슨도 곧 그걸 깨달은 모양인지 머리를 긁적이며 씨익 웃었다.

"아, 그렇군. 넌 물의 정령과 계약을 맺었으니 꼭 챙기지 않아도 되려나? 후후, 나중에 물이 없을 때 잘 부탁한다."

"아니, 뭐… 그래도 일부러 안 가지고 갈 생각은 없는데 말야."

아침을 먹고 나자 일행은 곧바로 공터에 모여 각자 짐을 챙기고 출발 준비를 했다.

짐이 얼마나 많았던지 최소한의 인원만 남기고 모든 사람들이 같이 감에도 불구하고 몇몇 사람들을 제외한 나머지 사람들은 모두 커다란 짐을 짊어져야 했다. 그리고 나도 거기서 예외는 아니어서 어른 남자 둘이 양팔을 쭉 뻗어야 겨우 감쌀 만큼 커다란 맥주 세 통이 배당되었다.

"에엑? 이걸 어떻게 나 혼자 들고 가란 말이야?"

커다란 세 개의 통이 하나로 묶어져 내 앞에 놓이자 나는 눈을 매섭게 치켜뜨며 레이언 녀석을 노려보았다. 그건 다른 건장한 남자 무사들보다도 더 많은 양이었던 것이다. 게다가 이건 사람이 들고 갈 수 있을 한계를 초월해도 한참이나 초월한 양이라 더 더욱 기가 막힐 수밖에 없었다.

하지만 레이언은 능글맞은 미소를 띠며 태연히 나의 매서운 눈초리를 받아냈다.

"네가 충분히 그걸 들고 갈 능력이 되니까 맡기는 거 아니냐. 원래는 한 통 정도는 더 맡겨도 될 것 같았는데 말야."

"뭣이라?! 너는 내 힘이 그리 세다고 생각했단 말이야?"

"충분히 세다고 보는걸? 혼자 배 하나는 보호할 능력이니까 말야."

그 말을 듣자 나는 순간적으로 허탈해져서 눈에서 힘을 뺐다.

"뭐, 뭐냐… 그러니까 너, 지금… 정령들을 불러서 이걸 운반하라고?"

"그렇지. 설마 내가 순수한 너의 육체적 힘만으로 이걸 들라고 하겠어? 다 너의 뛰어난 능력을 믿으니까 이렇게 맡기는 거지. 그럼 잘 부탁해."

생글생글 웃으며 저만치 몸을 돌려 달아나듯 빠르게 걸어가는 레이언을 한번 노려봐 준 뒤 나는 한숨을 내쉬며 나에게 할당된 짐덩어리(?)를 보다가 듀비에게 몸을 돌렸다.

그 또한 커다란 밀이 담긴 자루를 두 개나 짊어지고 가야 할 운명이었던 것이다.

"듀비, 무거우면 내가 하나 정도 들어줄까요?"

그걸 굵은 천으로 된 끈으로 묶어 막 어깨에 짊어지려던 듀비에게 말하자 그가 빙긋 웃으며 고개를 저었다.

"아닙니다. 생각보다 무겁지 않습니다."

그러자 옆에서 머튼의 말소리가 들려왔다.

"당연하지. 여기에 있는 모든 것들은 실제 무게보다 가볍게 하려고 마법을 걸어놨으니까 말야. 안 그러면 이 많은 물건들을 옮길 엄두는 못 냈지."

머튼도 이번 산행에 짐을 안 짊어지고 가는 몇 안 되는 사람들 중 하나였다.

레이언 녀석과 힘쓰는 데 전혀 도움이 안 되는 그의 보좌관, 그리고 마법사 둘과 아직 어린 해민이를 제외한 머튼을 비롯하여 11명의 무사였다.

이들은 만약을 대비해 일행의 앞뒤, 그리고 사이사이에 포진하여 사람들을 보호할 것이다. 그렇다고 그 무사들이 드워프의 마을에 도착할 때까지 빈손으로 가는 게 아니라 한 번 휴식 시간을 가질 때마다 다른 이들과 교대를 하게 된다. 하지만 이번에 길 안내를 한다는 레이언과 일행 맨 뒤에서 가게 될 머튼은 교체를 안 한다나?

'그 말인즉슨, 나는 드워프 마을에 도착할 때까지 짐을 들고 가야 하고 레이언 녀석은 안 들고 간다는 소리잖아? 에잉… 맘에 안 들어.'

속으로 궁시렁거리면서 나는 바람의 중급 정령 슈리엘을 불렀다.

그는 매의 모습을 하고 있어서 짐을 들게 하기에는 쬐게 미안했지만, 그렇다고 이런 일로 상급 정령을—우람한 거인의 모습이라 짐 들게 하기에는 딱이지만—부르기는 뭣해서 어쩔 수가 없었다.

뭐, 그래도 딱 한 명을 불렀는데 그 가늘고 작은—물론 내 짐에 비해서지만—발로 짐을 쥐더니 거뜬히 허공으로 날아오르는 거였다. 아무리 가볍게 하는 마법을 걸어놨다지만, 그래도 최소한 통 하나 무게는 나갈 텐데 말이다.

사실 거기에는 맥주가 꽉 차 있어서 한 통만으로도 성인 남자 혼자가 들기 버거운 무게였던 것이다.

'뭐, 정령은 겉으로 보이는 모습과 실제 힘과는 별로 관련이 없지만, 그래도 약한 매에게 너무 힘든 일을 시키는 것 같아서 별로 기분이 안 좋네.'

속으로 머쓱하게 중얼거리며 저쪽을 보니 잭슨이 실프 네 명을 불러내서 커다란 맥주 통—으로 보이는—두 개를 들게 하는 걸 보니 비실 웃음이 나왔다.

잭슨도 스스로의 힘으로는 어려우니 정령들을 이용해 옮길 생각인 듯했다.

“자, 준비가 다 되었으면 이제 출발하도록 하겠습니다.”

공터 중앙 바닥에 놓여 있던 짐들이 사람들의 등과 어깨 위로 모두 올라간 듯하자 맨 앞에서 상황을 주시하고 있던 레이언이 큰 소리로 외쳤다. 그리고 그가 몸을 돌려 걸어감으로 인하여 일행이 움직이기 시작했다.

“잘 다녀오십시오!”

“조심해서 다녀오십시오!”

“어이, 몸조심들 해~!”

“길 잃고 울지 말고 사람들 잘 따라가라~!!”

“나중에 보자.”

뒤에서 남아 있는 사람들의 배웅을 받으며 일행은 드디어 드워프의 마을이 있다는 엔더비 산맥—정확히 말하면 산맥에 속한 산이지만…—을 올랐다.

산은 처음부터 가파르지는 않았지만, 사람들의 왕래가 거의 없어서—아마도 상회 사람들이 몇 년에 한 번씩 사용하지 않았다면 아예 없었을 것이다—길이라곤 나 있지 않았다. 그래 앞에서 가는 무사들이 일일이 나뭇가지를 쳐내고 풀을 베어 길을 내어야 했다.

이런 상황인데도 제대로 드워프의 마을을 찾아갈 수 있을지 심히 불안했지만, 레이언이 몇 번이나 와본 데다 자신의 핏줄을 믿으라고—그동안 잊고 있었지만 그는 하프 엘프였다—큰소리를 치니 한번 믿어볼 뿐이었다.

아니, 믿는 것 외에 어쩔 도리가 없었다. 대충 눈치를 보아하니 한 번쯤은 와본 사람이 몇몇 있지만, 레이언 녀석처럼 몇 번이나 와본 인물이 없어서 길 안내를 맡을 수 있는 이가 레이언밖에 없었던 것이다.

그런 사정이 아니었다면 나는 빡빡 우겨서라도 길 안내자를 바꿨을 거다.

산속에서의 밤은 빨리 찾아왔다.

점심도 정오가 되자마자 아침으로 먹은 게 겨우 소화되어 뱃속이 비어갈 무렵에 먹었는데… 그 점심이 채 다 소화되기도 전에 사방이 어둑어둑해지기 시작했던 것이다.

그리하여 일행은 어둑어둑해질 기미가 보이자 행군을 멈추고 재빨리 근처에서 공터를 찾아 자리 잡았다.

인원이 너무 많아 같이 있을 만한 넓은 공터를 찾기가 어려웠기에—찾기도 전에 어두워져서 결국 그 정도에서 만족해야 했다—인원을 세 팀으로 나누어 조금씩 떨어진 곳에 자리를 잡고 앉아야 했다. 그래 봤자 아주 평평한 공터를 찾지는 못했지만, 편안하게 천막을 치고 잘 것이 아니었기에 크게 불편하지는 않았다.

사방 여기저기에서 모닥불이 타오르기 시작했고 내 앞에도 듀비가 피워놓은 자그마한 모닥불이 타오르기 시작했다.

산행이라고 해봐야 한국에 있을 때 중학교 수학여행 때 설악산에 가 본 것 하고, 아버지와 친하신 두 아저씨들이 의논하여 휴가 때 세 가족이서 지리산을 갔다 온 것, 그리고 고등학교 수학여행 때 제주도에 있는 한라산을 올라가 본 것이 전부였기에 나는 거의 맨 몸으로 올라왔음에도—무거운 짐은 정령이 들어줬으니까—지쳐서 저녁을 먹기 위해 자리를 잡았을 때는 빵을 꺼내 먹기도 힘들 정도가 되었다.

하기야 한국에 있는 유명한 산에는 관광객들을 위하여 길이 다 나 있었고 산장도 있어 힘들면 편히 쉬기도 할 수 있었지만, 여기는 그런

게 전혀 없는 완전 서바이벌이지 않는가?

"에구, 힘들어… 산에서는 해가 일찍 진다는 게 이렇게 반가울 줄이야… 에고고고."

해민이는 나와 같이 걸어 올라왔건만 아직도 생생해 보였다. 물론 그 애는 나처럼 짐을 들고 올라오지 않았건만, 그래도 아직 어린애인데도 나보다 더 팔팔하다는 게 신기했다.

역시 산속에 사는 수인족이라서 그런 건가?

듀비는 짐을 짊어지고 올라와서 그런지 약간 피곤한 기색을 보이기는 했지만 그것뿐이었다. 폼을 보아하니 앞으로 몇 시간은 더 올라갈 수 있을 듯했다.

그런 그 둘 사이에 끼어 있으려니 왠지 내가 한심해지는 듯한 기분이었다.

"벌써 그렇게 지치면 어떻게 해? 아직 며칠 더 이러고 가야 하는데."

잭슨 또한 힘들어 보였지만 나만큼 지쳐서 완전 파김치가 되어 보이지는 않는 데다가 열받게도 마법사들까지도 나만큼은 아니었다.

하긴 마법사들이 나만큼 지치지 않을 수 있었던 것은, 그래도 전공이 마법이라고 마법을 사용하여 올라왔기 때문이었다.

그러니까 한 사람이 레비테이션(부유) 마법을 사용하여 허공에 살짝 떠오르면 다른 한 사람이 떠오른 사람을 잡고 올랐던 것이다. 그리고 한 사람이 지치면 교대하고.

레비테이션 마법은 2클래스 마법이라 각각 4클래스까지 도달한 그들로서는 크게 어려운 일도 아니었을 테고 말이다.

'에휴, 사실 나도 정령을 불러 편하게 올라왔으면 했는데……'

그런데 그렇게 나 혼자 편히 가려니 양심에 찔리고, 듀비와 해민이를 같이 데리고 가자니 또 다른 사람들이 걸리고… 그래 결국 나는 씩씩하게 내 두 발로 걸어 올라왔던 것이다. 덕분에 지금 이렇게 축 늘어져 있게 되었지만.

'으윽… 내일도 이 고생을 해야 하나? 그냥 양심이고 뭐고 혼자 편하게 갈까?'

그나마 내가 다른 이들보다 나은 것은 다른 이들은 이 더운 날 열심히 땀을 뻘뻘 흘리면서 올라왔음에도 불구하고 이 근처에서 물을 찾지 못해 그냥 찝찝한 가운데 자야 하지만, 나는 씻고 잘 수 있다는 거였다. 더불어 내가 안고 자는 해민이도 씻기고 듀비도 원한다면 해주려고 했는데, 해민이의 끈질긴 방해로 인하여 듀비가 그냥 포기했다.

해민이 녀석이 요즘 유난히 듀비를 미워하는 것 같던데 이러다가 또 전처럼 듀비에게 무관심하게 되는 건 아닌지 약간 걱정이 됐다.

완전히 해가 져서 사방이 깜깜해지자 한쪽 모닥불가에서 편히 앉아서 쉬고 있던 마일즈가 갑자기 자리에서 벌떡 일어났다. 그래 의아하게 쳐다보기는 했지만 화장실에라도 가려는 건가 하고 관심을 끊었더니만 이런 내 예상을 깨고 마법을 시전하는 거였다.

대단한 마법은 아니고 환각 마법을 응용한 듯싶은데, 깜깜한 밤하늘의 높은 상공에다 마치 불꽃놀이를 하는 것처럼 아름다운 빛의 문양을 수놓았다. 그 문양은 상회를 상징하는 야생 꽃 모양이었는데 깜깜한 밤하늘에 반짝이는 별들을 배경으로 갑자기 나타난 빛의 문양은 무척 예뻤다.

그러나 갑작스런 그의 행동에 나는 밤하늘의 색다른 쇼의 아름다움에 감탄하기보다는 어리둥절하여 마일즈만 황당하다는 시선으로 바라보았다.

‘이 산에 있는 모든 이들에게 우리 여기 있어요~ 라고 선전하는 것
도 아니고, 도대체 아닌 밤에 홍두깨라고 뭔 짓을 하는 거야?’

그러자 이런 내 시선을 알아챈 것인지 잭슨이 피식 웃으며 설명해
줬다.

“드워프들에게 우리가 오늘 아침에 출발했다는 걸 알리는 거야. 매
번 올 때마다 산을 출발한 첫날 밤에 이런 표식을 하도록 약속이 되어
있거든. 그럼 며칠 내에 우리가 도착한다는 걸 알고 그쪽에서도 나름
대로 준비를 하고 마중 나오니까 말야.”

“아… 그런 거였어?”

“후후, 그럼 하릴없이 그러는 줄 알았냐?”

장난기가 가득한 잭슨의 짓궂은 말에 나는 머쓱하게 웃어 보이며 슬
그머니 시선을 돌렸다.

“아니, 뭐…….”

다음날 아침이 되자 산행은 다시 시작되었다.

한국에 있을 때보다 빨리 회복되는 체력 덕분에 거뜬히 일어나서 오
르기 시작했지만, 이런 산행을 하루도 아니고 며칠간 해야 한다고 생각
하면 지금이라도 쓰러지고 싶은 심정이었다.

‘도대체, 왜, 드워프라는 종족들은 산속 깊이에서 사는 거지? 산속
에 뭐가 있다고… 에휴~’

하지만 아무리 산을 좋아하는 종족이라 하더라도 산꼭대기라든지,
아니면 엄청나게 깊은 산속에서 살 거라고는 생각되지 않았다. 그 드
워프들도 단체로 터전을 마련해서 살아간다는데, 집도 짓고 길도 내고
하려면 어느 정도 공터는 필요하지 않겠는가?

그러니 이 고비만 지나가면 드워프들이 자주 들락날락거리며 만들어놓은 산길이 보일 거라 생각하고 있었다.

이곳에서 산다면 한 며칠 거리 정도의 산속 정도는 왔다 갔다 했을 것 같았기 때문이다. 그러나 이런 내 생각을 비웃기라도 하듯 우리의 앞에는 여전히 무성한 숲만 보일 뿐, 길이나 그 비스무리한 것은 보이지도 않았다.

게다가 거기에 더해 어쩐지 레이언 녀석은 수상하게끔 자꾸만 산속 깊이, 깊~이 들어가는 듯 보였다. 처음에는 산속에 살고 있다는 종족이라서 그렇겠거니 했지만, 가도 가도 누군가가 산다는 흔적은커녕 보통 동물들도 살기 힘든 곳으로만 줄창 들어가는 거였다.

'이상하다… 이상하다……'

자꾸만 그런 생각을 해서 그런지 내 머리 속에 산행을 출발하기 전 가레스에게 들었던 말이 슬그머니 떠올랐다.

'저번에 레이언 녀석이 길을 잘못 들어가지고 산속을 꽤 오랫동안 헤맸었다고… 에이, 그래도 장난 삼아 그런 듯 보였는데 뭐.'

그래도 출발하기 전 레이언 녀석이 호언장담한 걸 일부러 생각하며 나는 스멀스멀 피어오르려고 하는 불안감을 애써 내리눌렀다.

아무래도 이렇게 사람 발길이 닿지 않는 산속을 지나가면서 몬스터의 공격은커녕 산속에서 볼 수 있는 그 흔한 동물 한 마리 보지 못해서 괜히 쓸데없는 생각만 하는 것 같았다.

"이상하다. 보통 산속으로 가면 동물 한 마리쯤은 볼 수 있는 거 아냐? 하다못해 토끼 한 마리 안 보이네."

나는 괜히 주변을 살펴보며 소리 내어 중얼거리자 옆에서 같이 가고 있던 듀비가 피식 웃으며 설명해 줬다.

“동물들은 예민한 감각을 가지고 있답니다. 특히나 자신의 안전에 관한 한 무척 예민하죠. 그러니 이렇게 많은 사람들이 우르르 가는 길목에 자신의 모습을 드러내지는 못한답니다. 만약 동물의 모습이 보고 싶으시다면 몇 사람과 조용히 오르셔야 할 겁니다.”

역시 정글에서 오래 산 블루 엘프답게 동물에 대해 아는 점도 많았다.

“호오, 그런가요? 그럼 몬스터는 왜 안 나타날까요? 나는 위험하다고 해서 무척 긴장하고 있었는데 말이죠.”

“몬스터도 마찬가지일 겁니다. 많은 무리가 몰려다니는 종족이 아닌 이상 아무리 자신의 힘을 과신하는 녀석이라 하더라도 나타나지 못할 테죠. 음… 가고일이나 와이번 정도라면 모를까요. 하긴 와이번이나 가고일 녀석들도 다 떼를 지어 사는군요.”

“그, 그래요?”

역시 아는 것도 많다.

“그럼 혹시 그 녀석들이 나타나는 건 아닐까요?”

“그런 녀석들은 이렇게 숲이 많이 우거진 곳에는 잘 안 나타나요. 하늘에서 먹이를 낚아챌 때 이렇게 나무들이 빽빽하게 있으면 어려우니까요. 보통 작은 나무들이 있는 곳이나 평원을 노리죠.”

“오오… 그렇군요.”

그의 설명에 왠지 학생이 된 기분으로 듣고 있는데 내 팔에 거의 매달리다시피 가던 해민이 녀석이 갑자기 듀비와 나 사이에 끼어들었다. 그러니까 해민이는 내 왼쪽에서, 듀비는 오른쪽에 있었는데 해민이가 내 오른쪽으로 옮겨온 것이었다.

그 아이는 아직 말을 못해서 대화가 불가능하여 거의 바디 랭귀지로 자신의 뜻을 표현했는데 그게 요즘 들어 되게 불만스러운 모양이었다.

아무래도 듀비와 이야기하는 게 점점 늘어나서 그런가?

은근히 나와 듀비 사이를 벌리며 자신만 보라는 듯이 매달리는 해민이를 쓰다듬어 주며 나는 슬그머니 걸음을 빨리해서 일행의 앞쪽으로 갔다.

아무래도 혼자 불안을 안고 끙끙거리기보다 차라리 탁 터놓고 물어보는 게 나을 것 같아서였다.

"이봐, 레이언."

"응?"

레이언은 저 앞의 길을 가늠해 보며 열심히 손에 든 손바닥보다 조금 더 긴 날카로워 보이는 도로 길을 만드는 데 열중한 채 나는 돌아보지도 않고 대꾸했다.

"있지, 너 지금 제대로 가는 거 맞아?"

그에 레이언은 잠시 손을 멈추고 황당하다는 눈으로 나를 돌아보았다.

"그게 무슨 뜬금없는 소리야?"

그의 눈초리에 나는 왠지 그를 의심하는 것만 같아 미안한 마음에 그의 시선도 제대로 못 맞추고 우물쭈물 입을 열었다.

"아니, 계속 산속 깊이로만 들어가는 것 같아서……."

"내가 길 안다고 했잖아. 이 길 맞으니까 걱정 마."

"정말 맞아?"

"그렇다니까."

"나중에 여기가 아닌가베… 하는 건 아니지?"

예전에 한국에 있을 때 읽은 우스개 이야기에서 나폴레옹이 적이 포진해 있다는 제보를 받고 군대를 이끌고 산에 올라갔는데 적은 없었다고 했다. 그래 이 산이 아닌가베… 하고 다시 군대를 이끌고 그 옆 산으로 갔는데 그곳에도 적이 없자 나폴레옹이 산을 둘러보더니 이렇게 말했다고 한다.

"아까 그 산이 맞는가베."

그러자 뒤에 있던 졸병 하나가 이렇게 말했다지?

"저거 대장 아닌가베."

한국인이라면 대다수 알고 있는 이야기라 내가 이렇게 말했으면 농담 삼아 하는 말인 줄 알아챘겠지만 레이언은 그걸 곧이곧대로 받아들인 모양이다.

"걱정 말라니까. 날 그렇게 못 믿냐?"

나는 차마 대답을 하지 못하고 슬그머니 시선을 돌린 채 속으로만 대꾸했다.

'물론 믿고야 싶지.'

하지만 그 다음날이 되도록 우리는 여전히 누구의 손길도 없는 산속을 걸어가고 있었다.

"레이언, 정말 이쪽으로 가는 거 맞아?"

"맞다니까."

그러나 그 다음날에도 우리는 드워프의 손길이 닿지 않는 산속을 걷고 있었다.

"레이언, 지인~짜 맞는 거지?"

"아, 그렇다니까."

그리고 그 다음날…

"레이언~!!"

내가 레이언을 부르자마자 레이언이 휙 돌아보았다.

"아, 정말! 이 길이 진짜 지이이인~짜 맞다니까 그러네!!"

레이언은 자신의 말이 사실임을 증명하기 위하여 온몸을 부르르 떨며 외쳤지만, 나는 녀석의 그런 처절한 몸짓을 무시한 채 한쪽을 바라보며 입을 열었다.

"이봐, 이봐, 저기 있지, 저쪽에 있는… 그… 어쨌든 저기 있는 사, 아니, 분이 그… 드워프라는 종족?"

"엥?"

차마 손으로는 가리키지 못하고 눈으로 그쪽만 뚫어져라 바라보며 묻자 레이언이 내가 보는 쪽으로 고개를 돌렸다.

그곳에서는 나무 그늘에 가려 실루엣만 보이고 있던 자그마한 인영이 일행 모두가 걸음을 멈추자 앞으로 걸어나와 자신을 우리 시선 속에 완전히 드러냈다.

"여어~ 에… 그러니까, 이름이… 레이칸이라고 했던가?"

대충 130이나 140㎝로 보이는 키에 단단한 근육이 붙어 키에 어울리지 않는 굵은 몸집을 가지고 있고, 텁수룩한 갈색 머리에 그와 같은 색의 수염이 뺨과 턱에 띄엄띄엄 나 있는 그는 레이언을 알아보고 활짝 웃으며 말을 걸어왔다.

그러나 레이언은 그를 보고 마주 웃어주는 대신 버럭 성을 내었다.

"레이언이라고 했잖아, 레이언! 그새 또 잊어버린 거냐?"

레이언을 레이칸이라고 잘못 발음했다가 레이언에게 호통 들은 그

키 작은 종족은 머쓱한 표정으로 머리를 북북 긁으며 투덜댔다.

"아, 그래, 레이언… 뭐, 레이칸이나 레이언이나 그게 그거구만."

"그게 그거라니! 남의 이름은 좀 확실하게 알아두면 덧나냐?"

"쳇, 별거 가지고 쫀쫀하게 굴긴. 역시 쫀쫀한 엘프의 피를 타고나서 그런가?"

"뭣이라? 너희 종족을 위해 그 먼 길을 마다않고 달려와 준 이에게 할 말이 그거냐?"

"그러니까… 사람, 아니… 저분이 드워프?"

레이언과 아옹다옹하는 작달막한 인영을 보고 중얼거리자 어느새 앞으로 나온 마일즈가 내 질문에 답을 해줬다.

"맞아. 출발한 날 밤에 쏘아 올린 표식을 보고 마중 나와준 모양이군."

"헤에, 그럼 맞게 왔다는 소리였네?"

이런 내 중얼거림을 들었는지 그 마중 나온 드워프와 종족의 핏줄을 가지고 아옹다옹하던 레이언이 휙 돌아보았다.

"그러니까 내가 몇 번이나 말했잖아!"

"아, 그래그래. 미안해."

뭐, 드워프까지 만난 이상 레이언의 말에 토 달 이유가 없었던 나는 순순히 사과했고 그러자 레이언이 다시 그 드워프에게로 시선을 돌려 뭐라고 하려 했다. 하지만 그전에 드워프가 먼저 입을 열어 레이언의 말을 막는 거였다.

"나도 사과하지. 사과할 테니 그만 하고 가자고. 여기서 밤샐 거야?"

그 드워프에게 쌓인 게 많은데 다 풀지 못했다는 듯 레이언은 불만스러운 표정이었지만, 그 드워프의 말이 옳은 데다 사과까지 하니 뭐라 더 할 수가 없었던지 어쩔 수 없이 넘어가 준다는 표정을 노골적으로 드러내며 토닥거림을 멈췄다.

"우리는 지금까지 걸어왔다고. 이왕 멈춘 거 여기서 조금만 쉬었다가 가도록 하지."

"좋도록 해."

레이언의 쨍알거림을 멈출 수만 있다면 아무래도 좋다는 표정을 여실히 드러내며―아무래도 이 드워프는 레이언의 천적인 듯싶었다―어깨를 으쓱거리는 드워프를 레이언은 한번 째려봐 준 후 일행에게 쉬었다 가자는 손짓을 했다.

그동안 힘든 산행에 비해 턱없이 휴식 시간이 적었던 일행으로서는 정말 반가운 손짓이 아닐 수 없었다.

게다가 이제 미중 나온 드워프까지 만난 이상 드워프의 마을도 가까웠다는 생각이 들었는지, 그동안 묵묵히 걸음만 옮기던 일행들의 표정이 많이 밝아지며 여기저기에서 시시껄렁한 잡담들도 오가기 시작했다.

하지만 곧 도착할 수 있으리라고 믿어 의심치 않았던 드워프의 마을은 그곳에서부터 다시 산꼭대기로 더 올라갔다가 그 꼭대기를 넘어서 어느 큰 골짜기 밑으로 내려가자 그제야 보이기 시작하는 거였다.

그래도 더 이상 길을 잃었을까 봐 불안해하지 않아도 되어서 그런지 그렇게 크게 힘이 들지 않아 나는 드워프의 마을이 보일 즈음에도 아직 기운이 남아 있어 찬찬히 그곳을 살펴볼 수 있었다.

골짜기의 밑바닥은 원래 공간이 좁아 보였지만, 아예 양 옆의 절벽을 파고들어 가 공간을 크게 넓혀 2, 3백 가구는 넉넉히 들어가 살 정도의 터전을 마련해 놓고 있었다. 게다가 골짜기 가운데로 냇물이 졸

졸 흘러 물 걱정은 안 해도 될 것 같았다.

골짜기를 따라 내려오면서는 절벽 중간중간에 마치 오목 거울 같은 커다란 유리로 보이는, 대략 십여 개가 넘어 보이는 장치를 볼 수가 있었다. 처음에는 그게 뭔지 몰랐는데 밑으로 내려와 골짜기 때문에 하늘이 좁게 보이는데도 불구하고 마치 평지에 있는 것처럼 빛이 잘 들어오는 것을 깨닫고서야 겨우 눈치 챌 수 있었다.

아마 그것들은 골짜기 위에서 빛을 모아서 아래로 보내주는 역할을 하는 듯했다. 덕분에 골짜기 아래에 있는 마을에서는 꽤 깊은 골짜기에 위치해 있음에도 불구하고 어둠침침하게 지내지 않을 수 있었다.

'밤에는 달빛을 모아주려나?

게다가 골짜기를 내려올 때는 날카롭고 차가운 바람을 맞으며 내려왔는데 그 마을에다는 무슨 수를 썼는지 마을로 들어서자마자 지금까지 우리가 맞으면서 왔던 바람이 거짓말처럼 사라지는 거였다.

바람도 없지, 빛을 잘 받아서 환하고 따뜻하지, 물 있지, 먹는 문제만 빼면 생물 살기에는 참 좋은 조건들을 갖추고 있는 곳이었다.

마을 주위에는 적을 방어하는 목적인 듯한 튼튼하고 커다란 성벽이 쌓여 있었고 거기에는 커다란 입구가 있었는데, 입구에는 그 큰 성벽에 잘 어울리는 커다란 청동으로 된 문이 달려 있어 웬만한 공격에는 끄떡없어 보일 정도로 튼튼함을 자랑하고 있었다.

청동 문에는 그 큰 문에 걸맞는 엄청나게 큰 드워프가 음각으로 새겨져 있었는데, 한 손에는 망치를 들고 다른 한 손에는 끌을 들고 있었다. 그리고 그 드워프의 뒷배경에는 드워프를 다 감쌀 정도로 커다랗게 타오르는 불이 새겨져 있었는데, 이 모든 것은 문 두 개가 딱 맞물

렸을 때 제대로 보였고, 문을 열 때에는 불과 드워프가 세로로 두 쪽으로 쪼개지게 되어 있었다.

우리가 마을 입구에 도착했을 때에는 마침 문이 닫혀 있어서 그 그림을 볼 수 있었다.

우리를 안내한 드워프가 문에 다가가서 드워프의 키에 걸맞도록 밑에서 약 100㎝ 높이에, 그러니까 내 허리만한 높이에 장치된—자세히 보면 있는지도 모르는 틈새를 미닫이문처럼 열자 그제야 보이게 되어 있었다—손잡이를 잡아당기자 그게 초인종 역할을 하는 것이었는지 문 안쪽에서 마치 실로폰 소리 같은 맑은 소리가 들려왔다.

딩~ 동댕~ 딩~ 동댕~ 딩~ 동~ 댕~

처음 들어보는 간단한 멜로디 소리가 안쪽에 있을 드워프를 부르자 멜로디가 채 끝나기도 전에 기다렸다는 듯이 문 위쪽에서 소리가 들려왔다.

[아, 프레스냐? 어서 들어와라.]

고개를 들어보니 성벽 위로 빠꼼하게 내밀어진 두 개의 깔때기 같은 장치가 보였는데, 하나는 망원경처럼 생겼고 다른 하나는 가운데가 뻥 뚫린 것이 나팔이거나 소리를 증폭시키는 장치 같았다. 아마 성벽 위에서 그 장치로 방문자를 확인하고 방문자에게 이야기를 하는 모양이었다.

평소 다른 데서는 보기 힘든 그 모습에 듀비와 해민이를 비롯한 몇몇 무사들은 놀라움에 찬 시선과 감탄사를 터뜨렸지만, 이곳에 몇 번 온 이들은 익숙한 듯 태연한 표정이었다.

나 또한 한국에 있을 때 그보다 훨씬 시설 좋은 것들을 많이 봤기에 놀랍지는 않았다. 단지 이 세계만의 독특한 장치로 변화된 모습에 호기심을 느꼈다고나 할까? 뭐, 솔직히 이야기하면 골동품을 보는 것처럼 느껴지기는 했지만 말이다.

이곳에 오기 전에 드워프라는 종족에 대해서 듣길 뛰어난 장인에 발명가에 예술가라고 하더니만 입구에서부터 그런 걸 조금씩 확인하게 되는 것 같았다.

그 말이 들리고 얼마 안 있어 안쪽에서 무슨 드르륵거리는, 그러니까 마치 기계의 톱니바퀴가 돌아가며 나는 듯한 소리가 희미하게 들리더니 그 커다란 청동 성문이 부드럽게 양 옆으로 열렸다. 그러자 프레스라는 그 드워프는 안으로 들어서는 대신 옆으로 비키더니 자부심에 가득 찬 표정으로 우리를 향해 정중하게 상체를 숙이는 거였다.

"저희 북 드워프의 세계에 오신 것을 환영합니다."

그 모습을 보자니 한국에 있을 때 새로 가게가 오픈되어 그 앞에서 예쁜 언니들이 가게를 홍보하고 있는 모습을 보는 듯했다. 물론 한국에서는 늘씬하고 예쁜 옷을 입은 예쁜 언니들이었고 여기는 짜리몽땅한 드워프라는 점이 다르지만.

'음음, 외모 가지고 비교한다는 거 알면 기분 나쁘겠지?

일행 맨 앞에 서 있던 레이언이 그런 드워프의 모습을 한번 일별하고는 스스럼없이 척척 안으로 들어가자, 그의 곁에 있던 나도 자연스레 앞으로 걸음을 옮겼다.

문 옆에 서서 우리 일행이 들어가는 걸 보고 있던 프레스라는 드워프가 일행이 모두 안으로 들어가자 성벽 위를 향해 뭐라뭐라 소리치더니 그 짧은 다리로 도도도 달려와 일행 앞쪽 대열에 끼어들었다.

"상회에서 온다는 걸 알고 족장님께서 기대하고 계셔."

그의 말에 레이언이 그 드워프와 만난 뒤 처음으로 느긋한 미소를 띠며 입을 열었다.

"아아, 이번에 새로운 여러 가지를 가지고 왔으니 충분히 만족시켜 드릴 수 있을 거야."

자신있게 레이언이 대답했건만, 아쉽게도 레이언의 대답이 프레스가 기대한 대답과는 달랐던 모양이다.

"아니, 그게 아니라… 너희들이 오기 얼마 전에 대회 시작이 선포되었거든."

그 말이 떨어지자마자 레이언을 비롯한 몇몇의 무사들이 그 자리에서 얼어붙었다.

"엑!!"

"어억~!"

"큭!!"

"서, 설마……."

하지만 그들 외에 나머지 사람들은 뭔 일인지 감을 잡지 못한 채 어리둥절한 표정으로 레이언과 프레스를 번갈아 바라볼 뿐이었다. 그들 중에 어느 누군가가 설명해 주길 기다리면서 말이다. 그러나 레이언은 충격에서 헤어나느라 설명을 못하고 있었고, 프레스는 다른 설명 없이 단지 이렇게만 말했을 뿐이었다.

"그래서 이번에도 기대하고 있지. 때맞춰서 잘 왔지 뭐야? 뭐, 아쉬운 게 있다면 이번에 우리 아버지는 제비뽑기에서 떨어져서 못 나가신다는 거지만, 만약 뽑혔다면 내가 도움이 되어드렸을 텐데……."

도대체 뭔 소린지 하나도 몰랐지만, 분위기가 물어볼 엄두도 못 내게 만들고 있었기에 우리는 묵묵히 있을 수밖에 없었다.

"크윽… 젠장! 때를 잘못 맞췄잖아! 어휴, 운도 지지리도 없지."

레이언이 오만상을 찌푸린 채 투덜거리자 프레스가 무지 기분 좋다는 듯 히죽 웃으며 걸음을 재촉했다.

"자자, 어서 오라고. 족장님이 기다리실 거야."

프레스의 뒤를 따라 마을 안으로 들어서자 나는 주위를 둘러보기에 바빴다.

한국에 있을 때나, 아니면 이 세계에 있을 때에도 큰 도시라 해도 비슷비슷하게 생긴 건물들이—달라봐야 크게 다르지 않은—쭈욱 늘어서 있는 모습에 익숙했던 내게 이곳은 별천지처럼 보였다.

건물—정확히 말하면 집이지만—이 쭈욱 늘어서 있는데 놀랍게도 이 건축물들이 전부 생김새가 달랐던 것이다.

게다가 쭈욱 늘어서 있다고 해도 똑바로 늘어선 게 아니라 서 있는 위치가 각각 달랐고 각도 또한 달랐다.

어차피 햇볕은 사방에서 내리쬐니 꼭 남향을 지향할 필요도 없었겠지만, 심지어 울타리라든지 앞마당에 있는 화원이라든지, 아니면 길 앞에 난 골목길 하나조차도 비슷비슷하게 생긴 곳이 없었다.

각자의 개성을 최대한 살린 그러한 모습들에 저절로 감탄이 나오는 걸 느끼며 걸음을 옮기는데 갑자기 쿵쾅쿵쾅 하는 소리가 들리며 커다랗고 굵은 목소리가 울려 퍼졌다.

"거기~! 거기 섯! 이봐, 거기 좀 서라니까!"

불리는 당사자가 아니라 하더라도 그 소리를 들은 사람이라면 호기심에 한번 걸음을 멈추고 돌아보겠지만, 나는 주변을 구경하느라 정신이 없었던 데다, 설마 나를 불렀으랴 하는 생각에 그냥 걷다가 듀비가 나를 잡아 멈춰 세우는 바람에 그제야 걸음을 멈췄다.

그리고 주위를 둘러보니 일행이 모두 멈춰 선 채로 쿵쾅쿵쾅 달려오는 한 인영을 바라보고 있었다. 그래 나도 그쪽으로 고개를 돌리니, 프레스보다 약간 더 크고 듬직한 체구를 가진 드워프가 그 굵고 짧은 다리를 열심히 놀리며 이쪽으로 달려오고 있었다.

그 모습에 레이언이 약하게 떨며 프레스에게 말을 건네는 것이 내 귀에 들려왔다.

"으윽! 버, 벌써 시작인 거냐?"

그에 반해 프레스는 무척 여유로운 말투로 대답했다.

"아니, 저분이 이번 족장님이셔. 제비를 잘못 뽑으신 바람에 대회에 출전하지 못하시게 된 불운한 드워프시지."

"그, 그러냐? 그럼 우리를 마중 나오신 건가?"

"그럴걸?"

그들이 거기까지 대화하는 동안 열심히 뛰어오던 드워프가 우리 일행과 약간 떨어진 곳에서 좀 멈칫하더니 그것도 잠깐, 득달같이 다가왔다.

그 모습에 일행의 대표인 레이언이 가만있을 수가 없었던지 앞으로 나서며 그 드워프를 향해 정중히 고개를 숙였다.

이제 와서 이야기지만, 레이언과 그 프레스라는 드워프가 평어체로 대화를 주고받는 이유는 그동안 몇 번 이곳에 오면서 계속 만났던 데다 둘 다 100세 약간 넘은 비슷한 나이였기 때문이다.

하지만 족장은 나이도 훨씬 더 많은 어른이니 편하게 대할 수는 없을 터였다.

"안녕하십니까, 족장님. 오랜만에……."

그런데 참으로 허망하게도 그 족장 드워프는 정중하게 인사하는 레이언을 그냥 지나치더니 그 뒤쪽에 서 있던 내 팔을 덥석 잡는 거였다.

"에엑?!"

반사적으로 그의 손길을 뿌리치고 싶었지만 족장 드워프의 팔 힘이 얼마나 센지 나는 옴짝달싹하지도 못했다.

그렇게 날 잡은 족장 드워프는 까치발을 해서 내게 얼굴을 들이밀어 이모저모 살펴보곤 금방 손을 놓고 뒤로 물러나더니만 부르짖는 거였다.

"오오~ 영감이 떠오른다, 영감이! 너, 여기 가만히 있어. 내 곧 갔다 올 테니 꼼짝 말고 여기 있어야 한다!"

그러더니 다시 부리나케 달려가는 거였다.

"이, 이게… 도대체 무슨 일이냐?"

너무나 순식간에 지나간 일이라 나는 정신을 차리지 못한 채로 레이언을 돌아보자 그가 쓴웃음을 지으며 나에게 다가와 내 어깨를 툭툭 치는 거였다.

"힘내. 아마도 이곳에 머무는 동안 너뿐만이 아니라 이곳에 있는 모든 일행이 그러한 일을 겪을 테니… 어쩌겠냐? 재수없이 때를 잘못 맞춘 것이 죄라면 죄이거늘. 다 운명이려니 생각해라."

"엉뚱한 말만 늘어놓지 말고 알아듣게 설명 좀 해봐라. 뭐가 어떻다는 거야? 이곳에 머무는 동안 일행이 다 겪을 거라니."

내가 인상을 팍 쓰며 묻자 프레스가 슬그머니 끼어들었다.

"뭐, 이왕 설명해 줄 거 가면서 하죠? 어차피 족장님은 집으로 가셨을 테고, 우리도 목적지가 그쪽이니 말입니다."

그렇게 하여 걸음을 옮기면서 시작된 레이언과 프레스의 설명을 간단하게 요약하자면 이러했다.

드워프의 마을에서는 일정 기간에 대회를 연다고 한다.

최고의 장인이자 예술가로 칭송받는 이들이니 당연히 여는 대회도 '누가 누가 멋진 물건을 만드는가?' 하는 슬로건을 내건 대회라고 한다.

그런데 인간 세계에서의 대회와 다른 특이한 점이 있는데―종족과 문화가 다르니 그게 당연한 거겠지만―그것은 인간 세계에서는 물건이 다 만들어져 모이는 날을 정하지만 이곳에서는 만들기 시작하는 날을 정한다고 한다.

'자, 오늘부터 만들기 시작합니다!' 라고 족장이 선언하면 그때부터 작업에 들어가는데, 기간은 무제한이라고 한다. 언제까지 만들어야 한다고 기간을 정하는 것은 최고의 물건을 만드는 데 지장이 된다나 어쩐다나 하는 이유로 말이다.

뭐, 그들이야 인간보다 오래오래 산다고 하니―여기서 잠깐 설명하자면, 드워프의 수명은 평균 500살 정도라고 한다. 성년은 100살. 하프 엘프와 수명이 비슷하여 프레스와 레이언이 서로 말을 놓을 수 있었던 듯―상관이야 없지만, 그래도 5년이고 10년이고 참석자 개개인이 모두 다 마음에 드는 대회 출전 물품을 완성할 때까지 기다려 그제야 대회의 하이라이트인 출품작 품평회와 전시회가 열린다니 무지 황당하게 여겨졌다.

하기야 출품작을 만들어내기까지 수십 개를 만들었다 부쉈다 하는 일이 허다하다니 기간이 엄청 오래 걸릴 것 같기는 하다. 그러니 대회가 열리는 기간이 일정치 않은 것이겠지만.

그런데 그러한 대회 기간 중 처음 대회를 시작하겠다고 선언한 뒤 한 일 년 정도는 참가자들이 대회에 출품할 물건에 대한 영감이나 아이디어를 얻기 위해 별의별 짓을 다 한다고 한다. 어떤 자는 온 산을

돌아다닌다거나, 어떤 자는 몇 날 며칠이고 물 한 모금 입에 대지 않고
방구석에 처박힌다거나, 어떤 자는 죽어라 일을 한다거나.

아이디어 때문에 대회 참가자들의 신경과 스트레스가 극에 달해 있
기 때문에 그 기간 동안은 그들을 거스르지 않기 위하여 온 마을이 초
긴장 상태가 된다나?

그러는 와중에 외부에서 들어온 신선한 자극, 그러니까 외부에서 들
여온 물품이라든지, 아니면 외부 인사—딱 우리 같은—들이 왔다 하면
득달같이 달려드는 경향이 심하다고 한다.

그런 데다 이 마을 풍토가 '대회에 참여하는 자들에게 최대한 배려
를 해줘야 한다' 이기 때문에 외부 인사든, 이 마을에 사는 자든 대회
참여자가 이리 와라 하면 가야 하고 손 들어봐라 하면 들어봐야 한다
는 거다.

그렇게 거의 왕에 가까운 대우를 받을 수 있는 이 대회 참여는 아무
나 할 수가 없다고 한다.

일을 가르친 스승이나 아버지가 '이제 너에게 가르칠 것이 없으니
하산하거라(물론 하산하지는 않겠지만)' 란 소리를 들은 드워프만 자격이
주어지는데, 그 연령대가 보통 300살 이후라고 한다.

그러한 규칙 덕분에 대회 참가자들은 다 마을의 어른인 상황이라 말
을 듣지 않는다는 것은 꿈도 꾸지 못할 터였다.

그래서 그 대회 시작한 후로 일 년을 '마의 일 년' 이라고 한다나?

그래도 시작한 지 일 년 후가 되면 모두 웬만큼 출품작을 정해 만들
기 시작하기 때문에 괜찮은데 하필 우리가 그 수많은 기간을 놔두고
그 마의 일 년에 딱 맞게 온 거였다.

심사위원은 너무 오랜 세월을 살아 일선에서 물러난 원로들과 네 명

의 장로, 족장이라고 한다.

드워프의 세계는 여덟 명의 장로가 관리하는데, 족장은 매번 대회가 끝났을 때 제비뽑기를 통하여 장로 중 한 명을 뽑는다고 한다.

그러니까 매번 대회가 끝난 뒤 다음 대회를 위하여 여덟 장로들이 제비뽑기로 네 명을 뽑는데, 그중 한 명이 족장이 되어 나머지 네 명의 장로들과 다음 대회를 준비하고 제비에 안 뽑힌 세 명의 장로들은 대회에 참여할 수 있는 영예를 얻는 거라고 한다. 그리고 족장과 프레스의 아버지는 이번에 불행하게도 제비를 뽑아서 대회 출전은 못하고 준비 운영을 맡은 불행한 장로 중 한 명이고.

거기까지 설명을 들은 나는 다른 의문이 떠올랐다.

"잠깐만! 대충 이해는 하겠는데 그럼 나는 아까 왜 붙잡힌 거야? 족장은 대회에 참가할 수 없다면서?"

내가 질문을 다 끝내자마자 레이언의 대답 대신 아까 그 드워프 족장의 우렁찬 목소리가 들려왔다.

"이봐, 어디 가는 거야? 내가 가만히 있으라고 했잖아?"

놀라서 고개를 돌려보니 그 근처에 있던 어떤 버섯같이 생긴 앙증맞고 귀여운 집에서 정말 집에 안 어울리는 집주인인 아까 그 족장 드워프가 문을 걷어차며 득달같이 뛰어나오는 거였다.

그의 양손에는 기타처럼 생겼지만 그보다 작은 악기와 종이와 펜 등이 들려 있었다.

"족장님이 집에 가실 것 같으니까 여기로 모셔온 거예요. 덕분에 족장님과 빨리 만날 수 있었잖아요."

무섭게 달려오는 족장의 모습에 내가 얼어붙어 아무 말도 하지 못하고 있자 프레스가 끼어들어 대신 입을 열었다.

"그래? 뭐, 좋아. 어쨌든 다시 만났으니까. 자, 잠시만 그러고 있어. 내 금방 끝날 테니."

"에? 에에에?"

그는 나를 확보한 이상 아무래도 좋다는 듯 그의 굵고 투박한 손으로 내 팔을 잡아끌어 사람들이 아무도 없는 공간에 세우더니 나를 본 채 뒤로 물러나며 신신당부를 하는 거였다.

그 족장 드워프가 그렇게 신신당부하지 않았어도, 그전에 레이언의 말도 있고 해서 나는 당혹감을 감추지 못하면서도 그 자리에 엉거주춤 가만히 서 있었다.

족장 드워프는 그렇게 나를 앞에 세워두고는 떡하니 흙바닥에 앉아서 아까 같이 챙겨온 딱딱한 판 위에 종이를 올려놓고 뭔가를 열심히 휘갈겨 써 내려가기 시작했다.

그러기를 대략 30여 분쯤, 아니, 그것은 조금 안 됐으려나? 하여간 그 정도의 시간이 흐르자 환호성을 지르며 벌떡 일어나는 거였다.

"좋았어! 다 됐다~ 음음, 내가 봐도 멋진 작품이란 말야."

나를 모델로 한 것이 분명한—비록 뭔지는 모르겠지만—최고의 장인이라고 일컬음받는 드워프가 완성한 멋진 작품이라는 게 은근히 기대되어 볼 수 있나 싶어 그에게 슬금슬금 다가가는데 족장 드워프가 그런 나를 보고는 의미심장하게 씨익 웃어 보였다.

"너도 내 작품이 기대되지? 보여줄까?"

그걸 기대하고 간 건데 거절할 이유가 없어 얼른 고개를 끄덕끄덕했다.

이러한 내 모습에 족장 드워프의 뒤쪽에 서 있던 레이언과 프레스라는 드워프가 묘한 미소를 흘렸지만, 나는 개의치 않고 어서 그가 완성한 '무엇인가'를 보여주길 기대했다.

족장 드워프는 내 반응에 기분 좋은지 만족스러운 미소를 흘리면서 자신이 들고 나왔던 기타와 비슷하게 생겼지만 조금 작은 악기를 떡하니 손에 쥐고는 그 굵고 짜리몽땅한 손가락으로 줄을 딩딩 튕겨보는 거였다.

'오호라, 나를 모델로 노래를 지었나 보지? 과연 무엇이라 지었을까나?'

그 모습에 족장 드워프가 무엇을 끄적거렸는지 대충 감을 잡은 나는 더 더욱 기대감에 눈을 빛내며 족장 드워프를 주시했다.

그의 목소리가 굵기는 했지만 성악가들도 그런 목소리로 멋진 노래를 하지 않는가?

'아아, 역시 목소리가 크다 했더니만 노래를 하는 드워프였구나.'

잠시 악기의 음을 잡은 족장 드워프는 흠흠 하며 목청을 다듬더니 드디어 딩가딩가하면서 밝고 명랑한 리듬의 전주를 시작하고는 입을 열었다.

음바음바 음바바바~
신비한 색의 머리칼을 가진 소년이
산길을 걷고 있었다네.

음바음바 음바바바~
햇빛이 소년의 머리카락에 내려앉자
소년의 머리카락은 푸른 하늘빛으로 빛났지.

음바음바 음바바바~
허공을 자유로이 날아다니던 산비둘기 한 마리가
소년의 머리 또한 푸른 하늘인 줄 알고
그대로 통과하려다 꽝~ 하고 부딪쳤다네.

눈에서는 불이 번쩍, 천지는 핑그르르~
산비둘기는 그대로 땅으로 떨어지고 말았지.

그러자 하늘을 날던 제비가
너무 우스워 배꼽을 잡고 웃다가
나는 걸 깜빡하고 자신도 떨어지고 말았다네.

푸하하하~ 아이고, 우스워라.
푸하하하~ 이럴 수도 있었구나.

순식간에 두 마리의 새를 땅으로 떨어뜨린
신비스런 하늘빛 머리카락 소년~

자신이 만든 노래의 흥에 빠져 어깨와 발로 박자를 맞춰가며 열심히 부르던 족장 드워프는 노래의 끝을 멋들어지게 맺고는 기대에 찬 눈으로 나를 바라봤다.
"어때, 멋지지? 환상적이지? 배우고 싶지?"
"하… 하. 하. 하… 하. 하. 하. 하……."
기대에 차서 노래를 듣고 있던 나는 차마 말이 나오지 않아 어이없는 웃음만 흘리고 있었다.

물론 내 머리카락이나 눈의 색은 빛의 각도나 양에 따라 약간씩 차이를 보이기 때문에, 이렇게 햇빛을 정면으로 받고 있을 때는 언뜻 구름 한 점 없는 파아란 하늘빛으로 보이기도 했다.

'그런데… 그런 걸로……'

웃어넘겨야 할지, 예의상 괜찮다고 아부를 해야 할지 갈등하고 있는 사이 말이 나오지 않아 흘린 웃음을 어떻게 생각한 것인지 족장 드워프가 반색을 하며 다가왔다.

"호오, 너무 감격하여 말을 못하는구먼? 좋아, 좋아, 내 노래의 모델이 된 기념으로 내가 친히 이 노래를 가르쳐 주마. 너도 좋지?"

'허걱! 그, 그 딴 노래는 배우고 싶지도 않단 말이닷!'

나는 속으로 기겁했지만 상황이 상황인지라 거절의 말을 할 수가 없었다. 그렇다고 배우겠다고 말하기도 싫었기에 아무 말도 못하고 우물쭈물하며 서 있었다.

그런데 그때 날 구원해 준 것은 지금까지 우리를 인도해 준 프레스란 드워프였다.

"족장님, 지금은 그럴 때가 아닌 것 같은데요? 우선은 상회 일원들을 숙소로 안내해 준 다음에 그들이 가져온 식품을 저장고에 가져다 놔야 하지 않겠습니까? 이렇게 햇볕에 노출되도록 놔두면 맥주랑 와인들이 다 뜨끈뜨끈해집니다."

그의 말에 족장 드워프가 아차 하는 표정으로 나에게서 시선을 돌렸다.

"그렇군. 큰일 날 뻔했어. 자자, 어서 움직이지. 자네들이 묵을 곳은 저번과 같은 곳이니 어서 서두르자고."

우리들이 가져온 식품들은 오랜 기간 동안 배로 운반을 해와야 했기에 오랜 시간이 지나도 상하지 않는 것들로 구성되어 있었고, 특히나 맥주나 와인 같은 경우에는 발효 기간—맥주나 와인은 발효 기간과 숙성 기간을 거쳐야 진정한 와인과 맥주로 거듭난다—만 거친 제품들이었다.

물론 우리가 먹기 위한 것들은 숙성 기간까지 거친 거지만.

그리하여 이 술들은 모두 배로 옮겨지는 동안 숙성된 거였는데, 이 숙성 기간 동안에는 숙성 온도—처음 며칠간은 통에서 재발효를 해야 하기 때문에 실온(18~25도 사이)에 있어야 하지만 그 뒤에는 쭈욱 저온(냉장 온도 3~5도)에서 있어야 함—를 맞춰서 보관해야 하기 때문에 모두 저온 마법에 걸린 통 속에 담겨 있다(통은 저온 마법에, 온도 보존 마법, 거기에 무게를 가볍게 하기 위한 마법까지 걸린 마법 물품이다).

하지만 아무리 그렇게 마법에 걸렸다고 해도 역시 직사광선은 피해야 했기에 족장 드워프가 서두르는 거였다.

그렇지 않아도 이렇게 드워프의 마을까지 운반하는 동안 알게 모르게 햇볕을 쐬었을 텐데 여기에다 더 쐬면 안 좋을 테니 말이다.

일행은 거기에서 둘로 나뉘어 한쪽은—그래 봤자 10여 명의 사람들—일행의 짐을 가지고 우리가 묵을 곳으로 향했고, 나를 비롯한 나머지 많은 인원들은 서두르는 족장 드워프와 프레스를 따라 드워프 족 공동 창고로 향했다.

그곳은 절벽 사이에 자연적으로 생긴 동굴을 조금 다듬어 창고로 쓰는 듯했는데, 동굴 앞에 튼튼하게 달아둔 문을 족장 드워프가 열쇠로 잠금쇠를 풀고—여기도 몰래 훔쳐 먹는 이가 있었는지 커다란 자물쇠로 잠겨 져 있었다—문을 열자 시원한 냉기가 화악 몰려나왔다.

역시나 식량 창고라서 그런지 창고 내 온도를 낮게 유지시키는 모양이었다.

그곳에다 들고 간 식량을 창고 구석에 조심스레 쌓아두자 같이 갔던 마일즈와 린제이가 식량 부대들과 술통에 걸어놓은 모든 마법들을 해제시켰다.

아무래도 마법사들을 동행시킨 이유가 운행에 닥칠 위험을 방어하는 이유도 있기는 하지만, 이런 통 같은 데에 마법을 걸거나 해제시키기 위해 같이 동행하는 이유도 있는 듯했다.

이런 마법들은 계속 유지시키려면 마나를 모으는 결계를 따로 새겨 넣거나 그러한 마법을 걸어줘야 하는데, 이 마법이 고난위의 마법이라 가레스도 할 수 있을지 없을지도 모르겠고 그러한 결계 하나를 치는 것도 가격이 많이 드니까 아무래도 가레스를 비롯한 동행 마법사들이 자주자주 바꿔 걸어주어야만 했던 것이다.

그러나 드워프 족 창고에 들어간 이상 그럴 필요가 없을 테니 그들의 임무도 한 가지가 끝나 이제는 어깨 위의 짐이 한결 가벼워졌을 것이다.

우리는 그곳에 식량들을 놓고 내려왔지만 족장 드워프와 프레스는 그곳에 남았다. 아마 우리가 가지고 온 것들을 점검하고 정리하는 일들이 남아 그런 듯싶었다.

게다가 레이언 녀석이 이곳에 온 석이 몇 빈 있어서 우리가 머물 숙소를 알았기에 따로 안내는 필요없어 그럴 수 있었던 것이다.

"아… 어쨌든 이것으로 운반은 끝난 건가?"

상회 일행이 우르르 창고에서 나와 숙소로 걸음을 옮기는 동안 나는 이제 내 일이 거의 끝이 났다는 것에 기뻐서—어차피 갈 때는 인어들이 없으니 내가 할 일은 배에서 뒹굴뒹굴하는 것뿐. 음, 심심하겠군—기지개를 켜며 중얼거리자 레이언이 무지 미안하다는 표정으로 입을 열었다.

"그게 있지… 갈 때도 운반할 게 좀 있는데……."

"윽!"

기지개를 켜던 모양 그대로 굳어버리자 레이언이 조금 더 설명했다.

"아니, 이곳에는 거의 물물 교환을 하러 온 것이기 때문에… 드워프들에게 물건을 가져다 줬으니 또 받아가야지."

"그, 그러냐?"

내가 힘 빠진 얼굴로 중얼거리자 레이언이 웃으며 내게 다가와 어깨를 툭툭 쳤다.

"힘내. 내가 돌아가면 맛난 것 사준다니까."

그러자 뒤에서 따라오던 무사 한 명이 슬그머니 끼어들었다.

"아, 그러고 보니 이번에는 대장의 노래를 듣지 못했네? 쿡쿡쿡, 대장의 노래도 아까 해인이 노래처럼 재미있는데 말야."

아무래도 그 무사는 전에 레이언과 함께 이 드워프의 마을에 왔던 다른 이들 중 한 명이었던 모양이다.

그런데 그 무사가 끼어들며 그 말을 하자마자 레이언이 다급해하면서 무사의 입을 막으려고 했다.

"왁, 왁~ 그건 말하지 맛!"

하지만 그걸 가만두고 볼 내가 아니었다.

나는 재빨리 레이언의 손길이 무사에게 닿으려고 하는 걸 차단하면서 무사에게 물었다.

"그건 또 무슨 말이에요? 레이언의 노래라뇨?"

그 무사는 나의 지원에 힘입어 슬그머니 레이언의 손길을 피하면서 싱글싱글 웃는 얼굴로 입을 열었다.

"아니, 전에 왔을 때는 너 대신 대장이 아까 그 드워프에게 잡혀서 노래의 모델이 되어줘야 했거든. 그 노래도 참 웃겼는데… 내용이 뭐였더라?"

"으악~ 말하지 말라니까!!"

레이언의 말에도 불구하고 잠시 생각에 잠겼던 무사의 입에서 그 노래의 내용이 흘러나왔다.

"아, 맞아. 햇빛에 반사되어 반짝반짝 빛나는 은빛 머리카락이 정말 은인 줄 알고 멀리에 있던 까마귀가 날아와서 머리카락을 한 움큼 뽑아갔다네~ 음음, 그랬더니 그 소년이 아파서 눈물을 찔끔찔끔~"

그 무사는 이야기하는 도중 멜로디가 기억났는지 떠듬거리며 엉성한 노래까지 불러댔다.

"호오, 레이언 노래는 그거였단 말이죠?"

내 노래에 비하여 정말 손색이 없는 노래에 내가 씨익 웃어 보이자 레이언이 냉큼 반박했다.

"무슨 소리야? 내 노래는 그게 아니라고. 너 말이야, 기억하려면 제대로 기억할 것이지… 내 노래는 가고일이 나타나서 내 머리카락을 잡아채려고 했지만 그걸 오히려 내가 역습해서 한 방에 가고일을 날려버린다는 내용이라고."

"에이~ 정말?"

내가 믿지 못하겠다는 투로 레이언을 바라보자 아까 그 무사가 다시 끼어들었다.

"그러니까 처음에는 내가 부른 노래였는데, 대장이 내가 그렇게 약해 보이냐고 펄쩍 뛰어가지고 다시 가사를 바꾼 게 그 내용이 된 거야."

"헤에, 그래? 으음, 그럼 아까 나도 펄쩍 한번 뛰어볼 걸 그랬나?"

"넌 뭘 가지고? 그래도 너는 약해서 까마귀에게 머리 뽑히고 우는 건 없었잖냐?"

"쿡쿡쿡. 아, 그건 그렇네."

약간 불만인 듯 투덜대는 레이언의 모습에 주위 사람들이 쿡쿡거리는 동안 계속 걷고 있던 덕에 우리는 숙소에 도착할 수 있었다.

그곳은 처음에 만들어졌을 때부터 이곳을 방문할 상회 사람들을 위해 맞춰진 거라 다른 드워프의 건물에 비하면 큼직큼직했다.

그렇다고 드워프들의 건물이 그에 비해 모두 작다는 건 아니다.

우리의 숙소 건물은 이 드워프의 마을에서 가장 개성이 없는, 단순한 직사각형 모양의 2층 건물이었다.

단순히 층수만 따지자면 드워프의 건물들 중 낮은 축에 속하지만, 드워프들의 집은 자신들의 작은 키를 고려해서 그런지 문도 낮고, 한 층의 높이도 작고 아담한 사이즈로 만들어졌는데 그것들을 보다가 우리에게 맞는 건물을 보니까 큼직하게 느껴진 것이었다.

게다가 희한하게 생긴 건물들 사이에서 익숙한 모습의 건물을 보자니 왠지 반가운 기분까지 들었다.

안으로 들어가니 우리가 드워프의 식량 창고로 갔다 오는 동안 먼저 이곳에 왔던 이들이 청소를 하느라 부산하게 움직이고 있었다.

드워프들이 이 건물을 지어서 우리에게 주었지만, 그건 임대를 해줬다는 것일 뿐 관리까지 해주는 건 아니었기에 우리가 와서—물론 이곳에 올 때만—직접 청소하고 사용하다가 다시 정리해 놓고 간다는 거였다.

이곳을 비워놓는 동안 가구들 위에 먼지가 쌓이지 않게 하기 위해 덮어두었던 천들이 현관문과 직통해 있는 넓은 거실에 한 가득 쌓여 있었다.

몇 년 만에 온 것이라 그런지 그 천들에는 먼지가 뽀얗게 쌓여 있었는데, 그 덕분인지 하얀색이었던 천이 거의 회색으로 변해 있었다.

거기에다 그 천들에서 날린 먼지들 때문에 거실 공기에 먼지가 그득히 들어차 있었다.

그걸 좀 해소하고자 사방의 문이란 문은 다 열어놨지만, 워낙 먼지가 많았기에 별로 효과가 없는 모양이었다.

하기야 한쪽에서는 먼지를 가라앉힌다고 문을 몽땅 열어놨지만 다른 한쪽에서는 집 안 구석구석에서 가구 커버를 벗겨내 자꾸 가져다 던져 놨으니 먼지를 내보내도 내보내도 소용없을 것 같았다.

"이런, 이왕 가져다 놓을 거 뒤뜰에다 가져다 놓지, 왜 여기에다 가져다 놓는 거야?"

허공을 꽉 채우는 먼지를 조금이나마 덜 마시기 위하여 입과 코를 막으며 잭슨이 투덜댔지만 모두들 먼지를 피해 다시 밖으로 나가느라 제대로 듣는 사람은 없는 듯했다.

나 또한 그 안에 먼지가 가득한 것을 보자마자 얼른 해민이를 데리고 뒤로 물러나느라 그가 뭐라 중얼거린다는 것만 알 수 있었다.

그래 저 먼지 속에서 잘도 입을 벌린다고 생각하는데 잭슨이 자신의 말에 아무도 동의를 안 해주자 한숨을 내쉬더니 실프들을 불러서 거실에 쌓여 있는 먼지투성이 천들을 들어서 밖으로 나르기 시작했다.

"뭐 하게?"

어차피 집 안에는 사람들이 청소한답시고 먼지를 마구 날리고 있었기에 나는 잭슨의 뒤를 쫄래쫄래 따라다니면서 물었다.

"뭐 하긴. 어차피 며칠 머물다가 돌아갈 때 다시 가구들을 덮을 거아냐? 그때 이 먼지투성이들을 그대로 덮을 수는 없으니 빨아둬야지."

"헤에, 네가 빨려구? 너, 빨래도 하냐?"

"너도 혼자 몇 년만 살아봐라. 그럼 빨래뿐이냐? 청소에다 요리에다, 심지어는 쓰레기를 처리하는 것에까지 요령이 생긴단다."

"에? 너, 혼자 살아? 뭐, 레이언이나 아니면 크리스와 같이 사는 거아니야?"

"처음 상회에 들어왔을 때에는 몇 년간 같이 살았는데… 다 커서까지 같이 살고 싶은 마음도 없고, 나도 독립해야겠다 싶어서 혼자 산 지한 5년쯤 되었나?"

"그래? 흐음… 혼자 살면 귀찮을 텐데… 집안일을 너 혼자 다 해야하잖아?"

내 말에 잭슨이 날 돌아보며 싱긋 웃었다.

"보통 사람들이라면 말이지. 후후후, 사실 청소 같은 건 실프들에게거의 맡기다시피 하고 있어. 그래서 물의 정령과도 계약을 맺으려 했는데… 물과 나는 상성이 잘 안 맞는 모양이야."

"정령들이 니 쫄따구냐? 그런 걸 다 시키게."

나는 허공에 있는 실프들이 잭슨의 말을 듣고 눈을 부라리는 걸 보고는 심히 동감한다는 시선을 보내주며 투덜거렸다.

어쩌면 나는 집 안 전체에 마법이 걸려 있어 청소할 필요가 없었기에 이렇게 말할 수 있었던 것일지도 몰랐다.

만약 내가 다 청소해야 하고 빨래해야 했다면… 아마 잭슨처럼 변하게 되었을지도…….

'하지만 나는 설거지는 내가 하는데… 음, 빨래는… 엇……!'

그러고 보니 집에 있을 때 나는 한 번도 내가 빨래를 안 했었다.

'에구머니나! 그럼 그동안 벗어놓은 옷들은 누가 빨아놓은 거였지?'

내가 집에 머문 지 꽤 되었는데 그동안 한 옷만 계속 입고 있었던 건 아니다.

돈은 어느 정도 있었기에 필요할 때마다 계속 쇼핑을 해온 데다, 친엄마의 옷들도 꽤 많았기에 옷을 매일매일 갈아입으며 살았던 것이다(음, 그리고 보니 어째 나도 꽤 부자인 듯).

가만 생각해 보니 매번 옷을 갈아입을 때 나중에 빤다고 생각하고 한쪽 구석에 놓곤 했었는데… 그 다음 나갔다 오면 감쪽같이 사라져 있었다.

나중에 보면 다시 옷장으로 들어가 있는 걸 발견하긴 했는데, 지금까지 그런 것에 대해서 진지하게 생각해 본 적이 한 번도 없었던 것이다.

'헤구미~ 나는 도대체 신경이 얼마나 둔한 걸까?'

한국에서 살 때도 항상 부모님과 같이 살았으니 세탁 같은 건 다 엄마가 해줘서 그런 데 신경을 안 쓰고 살았더니만, 이곳에 와서도 그 버릇 그대로 남았었나 보다.

'아니, 그럼 도대체 누가 빨래를 한 거지? 설마… 아버지가? 에이, 그건 정말 설마다. 아냐, 어쩌면 그럴지도… 자신이 직접 빨래할 필요가 없잖아? 자기 쫄다구를 시키면 되는 거니… 아니, 그렇다면 계속 신경 써줬다는 건데… 정말 그랬나? 아니면 그냥 한 정령을 불러놓고 다 맡겼나? 왠지 그게 제일 사실에 가까운 것 같은데…….'

내가 이런저런 생각을 하는 동안 우리는 뒤뜰에 도착해 있었다.

그곳에는 앞뜰과 마찬가지로 쭈욱 푸른 잔디가—물론 잔디는 아니고 여러 잡초들이 섞여 있었지만, 모두 발목 아래로 낮게 관리가 되어 있었기에 잔디 깔린 것과 비슷했다. 게다가 난 뜰에 깔린 거 보면 모두 잔디라고 생각하기 때문에—깔려 있었는데 그 중앙 쪽에는 판판한 돌이 넓게 깔린 공터가 있었고, 그 공터 중앙에는 작은 우물이 있었다.

조금만 걸어가면 계곡을 따라 흐르는 물이 있는데도 불구하고 이런 데 우물을 만들어놓다니 좀 황당하기는 했지만, 뭐, 덕분에 아침마다 물 길러 가는 일이 없을 테니 편할 것 같기는 했다.

그 우물에는 한국에서 옛날에 쓰던 방식으로 두레박을 깊은 우물 안으로 던져 넣어 물을 떠 올리는 것이 아니라—작은 우물이라 깊지도 않았다. 잘은 모르겠지만 대략 120~150㎝ 정도? 초등학생 애 하나가 빠져도 충분히 빠져나올 수 있을 정도로 보였다—우물 한쪽 구석에 어떤 장치가 달려 있었는데 손잡이를 잡고 돌리면 우물 안으로 들어간 관을 통해 물이 빨려 올라와서 밖으로 뻗어 나온 관으로 물이 나오게 되어 있었다.

'변형된 펌프로구만.'

잭슨은 그 변형 펌프 앞에다가 천들을 쌓아두더니 뒷문을 통해 다시 건물 안으로 들어갔다가 커다란 나무통을 들고 나왔다.

"해인아, 하릴없으면 나랑 같이 빨래나 하지?"

"그러지 뭐. 어떻게 하면 돼?"

"이렇게 큰 천들은 일일이 손으로 빨기 힘드니까 발로 빨아야 해."

"발?"

왠지 그렇게 말하니까 이불 빨래가 생각났다.

내가 아직 한국에 있었을 때, 중학생이 되고 난 뒤에 울 집에 성능 좋은 새 세탁기를 들여놔서 그럴 필요가 없어졌지만, 그전에는 봄이나 가을 즈음에는 엄마랑 같이 이불 빨래를 했었던 것이다. 봄에는 겨울 이불을, 가을에는 여름 이불을.

이불 빨래란 욕조에 물을 받아두고 그곳에 가루비누를 풀어 비눗물을 만든 다음 이불을 넣고 그 위에 올라가서 신나게 밟는 것이다.

이게 그냥 평지를 밟는 것과 같다고 생각하면 크나큰 오산이다.

발 밟는 데에 물이 있고 이불이 있어 물컹물컹하기 때문에 일반 평지를 걷는 것보다 무척 힘든 일이다. 그래서 한 30분 정도만 밟고 나면 온몸에 기운이 쫘악 빠질 지경이다.

혹시나 그것처럼 하는 건가 했더니 아니었다.

'헛헛헛, 사람 예측이 가끔은 틀릴 수도 있지 뭐.'

잭슨 뒤로 세 명의 무사가 끙끙거리면서 아주 커다란 솥을 들고 나오는 거였다.

갑자기 웬 솥인가 싶어서 바라보고 있는 동안 그 공터에 무사들이 솥을 놓고 가버리자 잭슨은 뜰 구석에서 커다란 돌 세 덩어리를 들고 와 솥 밑에 받치더니만 날 돌아보았다.

"해인아, 이 솥에 물 좀 채워주라."

"그러기야 하겠는데… 이 솥은 뭐냐?"

처음에는 펌프로 물을 퍼서 채우려고 했는데 솥이 너무 커 직접 할 엄두가 안 났다. 그래 좀 치사하지만 운디네를 불러 부탁한 후 잭슨을 돌아보자 그가 피식 웃었다.

"뭐긴 뭐야? 빨래를 삶아야지."

"삶아? 아니, 왜?"

웬만한 비누칠로 잘 안 빠지는 때가 끼었거나, 아니면 하얀 면 옷감이 너무 오래 입고 있어서 누렇게 변했을 때 하얗게 되라고, 아니면 소독하기 위해 빨랫감을 비눗물에 넣어 푹푹 삶는다는 건 알고 있다(이래 봬도 가사 점수는 좋은 편이었던 것이다).

그러나 이건 밖으로 입고 나다닐 옷도 아니고, 그렇다고 속옷도 아니고 단순한 가구 커버이면서 먼지만 쌓인 것뿐인데 꼭 삶을 필요가 있나 싶었다.

'그냥 비누칠해서 빨면 되는 거 아닌감?'

이라고 말하고 싶었지만, 이곳에 와서 빨래를 한 번도 안 해본 주제에—물론 한국에 있을 때도 대부분 엄마가 해주셨지만—이래라저래라 할 수는 없어 그냥 입을 다물고 그만 바라보았다.

그렇다고 이 세계에 비누가 없는 것도 아니었다.

급할 때면 그냥 정령들에게 부탁하지만, 그렇지 않은 경우 세수하거나 머리를 감거나 목욕을 할 때 나는 분명히 비누를 사용했던 것이다.

게다가 이곳에는 내가 살던 한국보다 문화가 뒤처지기는 했지만 그래도 나름대로 발전해 있기 때문에 비누라고 해서 무궁화표 빨래비누 같이 생긴 것이 아니라 모양도 예쁘고 향기도 좋은 것들도 많았다.

더욱이 샴푸나 린스, 혹은 바디 클렌저 같은 것들처럼 머리 감을 때 쓰는 비누, 목욕할 때 쓰는 비누, 세수할 때 쓰는 비누 등등 미용 비누들이 다양하게 개발되어 시판되고 있었다.

물론 이것들은 돈이 있는 사람들이나 소유할 수 있을 정도로 비쌌지만 어쨌든 종류도 다양하게 있기는 있었다.

그러니 당연히 빨래할 때도 하이타이 같은 가루비누는 아니라 하더라도 무궁화표 빨래비누 같은 비누가 있을 거라고 생각했던 것이다.

'직접 보지 않아서 모르겠지만.'

우리 집에는 그런 비누가 없었고—아예 모든 비누가 없어서 내가 사 와야 했다—그런 비누를 볼 수 있는 맥알파인 공작가에 있을 때…

'아, 그때 빨래를 한 적이 있긴 하다. 처음 해럴드 집사님께 벌받을 때 많이 하기는 했었는데… 그때는 할 일이 너무 많아 피곤해서 그런 거는 다 정령들에게 부탁해서 있었는지도 모르겠네. 물론 그 뒤에는 하녀들이 내 옷까지 다 빨아줬고 말야. 헉스! 그러고 보니 나도 잭슨과 다를 바가 없잖아?

이런 내 의문을 알아챘는지 잭슨이 흐뭇한 표정으로—왜 그런 표정을 짓는지는 모르겠지만—입을 열었다.

"훗훗훗, 살림살이 5년차 선배가 충고하는 건데, 빨랫감이 적을 경우에는 일일이 비누칠을 해서 주물럭대는 게 빠르지만, 이렇게 빨랫감이 엄청 많을 때는 한꺼번에 삶았다가 헹구는 게 더 편해. 언제 이 많은 빨래에 비누칠을 해서 주물럭거리고 있을래? 그럴려면 반나절이 다 가도 모자를걸?"

"오, 그런 거야?"

"그렇다니까."

"그럼 이거—엄청난 빨랫감—솥에 넣기만 하면 돼?"

"잠깐만. 그전에 이것들을 먼저 넣어야지. 빨랫감을 넣은 뒤 넣으면 완전히 물에 안 풀려서 어떤 빨래는 잘 안 빨린단 말야."

그러면서 잭슨은 물이 가득 찬 솥에 내 주먹 반의 반만한—그러니까 1/4만한—하얀 덩어리 세 개를 집어넣었다.

"그건 뭔데? 비누야?"

"비누는 아니고 빨래 삶을 때 같이 넣는 건데, 이걸 넣으면 때가 완전히 지고 빨래가 하얗게 돼. 자, 그럼 빨래를 집어넣어."

잭슨은 나에게 그렇게 지시를 하고 자신은 불의 중급 정령을 불러내

솥을 달구기 시작했다.

빨랫감은 먼지투성이라 직접 손대기 싫었던 나는 정령들을 불러—역시 나도 이런 놈이었다니까. 위에 잭슨을 향해 뭐라뭐라 했던 건 다 취소해야겠다—빨랫감을 솥 속에 넣었고, 그 뒤에 잭슨이 솥뚜껑을 닫았다.

잠시 후에 솥뚜껑과 솥 틈 사이에서 김이 뿜어져 나오며 열심히 삶아지고 있다는 증거가 나타나자 잭슨은 솥뚜껑을 열고 언제 챙겨왔는지 길고 커다란 나무 주걱—처럼 생긴 것—으로 안에 있던 빨랫감을 휘휘 젓고는 다시 뚜껑을 닫았다.

그런데 그 폼이 너무나 익숙해 보여서 나는 왠지 웃음이 나왔다.

"이야, 되게 익숙한데?"

"당연하지. 매년 봄과 가을에 집 안 커튼이나 시트를 다 갈아야 하거든. 그러니 많이 해봤지."

"호오, 그렇구나. 너, 장가가면 부인에게 사랑 많이 받겠다."

내 말에 잭슨은 의기양양한 표정이었다.

"훗훗훗, 당연한 말씀. 나 같은 일등 신랑감이 어디 있겠냐? 거기에 집도 있겠다, 안정적인 수입 있겠다, 얼굴 잘생겼겠다, 이제 참한 신부감만 구하면 딱이지."

"헤에, 결혼할 맘이 있는 거야?"

"그걸 말이라고 하냐? 그럼 넌 평생 혼자 살 거야?"

"글쎄… 나는 아직 생각을 안 해봐서."

"헤에, 그래? 그게 넌 아직 어리다는 거야. 그래도 애인 사귈 생각은 있겠지?"

"음… 그건 그렇지만……."

'중성인 나는 누굴 사귀어야 하는지… 아니, 둘 다 사귈 수 있을라

나? 그래도 여자랑 사귀는 건 좀…….'

"후후후, 아직 연애도 안 해봤지? 나중에 좋아하는 사람 생겨봐라. 그럼 결혼할 생각 들게 될 거다."

"엥? 뭐야, 그럼 잭슨은 좋아하는 사람 있다는 소리야?

"우헤헤헤헤~ 그건 비밀이야."

그렇게 말하면서 헤벌쭉 벌어지는 입을 보니 누군가 있기는 있는 모양이다.

'과연 누구일는지… 나중에 레에언에게 살짝 물어봐야겠군.'

그러는 동안 이제 충분히 삶아졌다고 생각되었는지 잭슨은 불의 정령을 돌려보내고 솥뚜껑을 열었다.

척 보기에도 엄청 뜨거워 보이는, 김을 모락모락 솟아내는 천들이 제법 먼지를 떨어낸 채 동동 떠 있었는데, 잭슨은 그걸 한 번 휘휘 저어 뒤집어 보더니 만족스러운 표정으로 고개를 끄덕이고 나를 돌아봤다.

"자, 해인아. 저 통 있지? 저기에다 찬물 좀 채워줘."

그러고서 그는 커다란 통에 채 물이 채워지기도 전에 솥에서 빨랫감들을 건져 통에 집어넣기 시작했다.

하지만 다 채우지는 않고 한 1/3쯤 채우자 빨랫감 옮기는 걸 멈추고는 신발을 벗고 양말도 벗고 바지도 걷어 올렸다.

"자자, 너도 가만히 있지 말고 이렇게 해. 해민아, 너도 할래? 이거 참 재미있는 거란다."

해민이는 신기하다는 표정으로 보고 있다가 잭슨이 권유하자 잽싸게 자신의 신발을 벗고 바지를 걷어 올렸다.

잭슨은 듀비도 끼어들게 하고 싶은지 그를 슬그머니 돌아보았지만,

듀비는 재빨리 고개를 저으며 뒤로 물러나는 바람에 차마 말도 꺼내지 못하고 포기해야 했다.

역시나 내가 통에 물을 가득 채우자 잭슨은 우물에서 퍼 올린 물로 간단히 자신의 발과 해민이 발을 씻긴 다음 그 통에 들어가 철벅철벅 밟아대기 시작했다.

"자자, 뭐 해? 빨리 들어와."

왠지 그 폼을 보니 한국에서 봤던 TV 프로 '그때 그 시절을 아십니까?' 가 생각났다.

세탁기는커녕 빨래비누도 없었던 시절, 빨래를 빨아야 하는 아낙네들이 냇가 빨래터에서 커다란 솥에 잿물(볏짚을 태워서 생긴 재에 물을 부어 만든 물)을 넣고 빨래를 넣고 삶았다가, 거기서 건진 빨래를 냇물에 넣고 발로 밟아 빨던 모습이 방영된 적이 있었었다.

그런데 지금 우리 모습이 딱 그 모습이었다.

물론 TV에서는 냇가였고 여기는 우물가라는 것이 다르지만.

'그리고 나는 한국에 있을 때 이불 빨래를 해봤기 때문에 이런 게 전혀 신기하지도 재밌지도 않단 말이다.'

라고 말하고 싶었지만, 아까 도와준다고 했는데 투덜댈 수는 없는 일이라 순순히 신발 벗고 양말 벗고 통 속으로 들어갔다.

찬물을 집어넣었다고 해도 빨랫감이 푹푹 삶아져 뜨거웠었기 때문에 물은 따뜻했다.

거기에 천은 물속에서 부드럽게 흔들려 밟는 감촉도 기분 좋아서 나는 인상을 풀고 철벅철벅 밟기 시작했다.

해민이는 처음 해보는 발 빨래에 신이 나서 물을 사방으로 튀기면서 밟아대고 있었고, 그 옆에서 잭슨은 잘한다며 해민이를 은근슬쩍 띄워줘 해민이로 하여금 더욱더 큰 힘을 내도록 유도하고 있었다.

덕분에 거기 말려들어 그날 빨래를 거의 혼자 하다시피 신나게 밟아대던 해민이는 저녁을 먹기도 전에 고꾸라져서 누가 업어가도 모를 만큼 깊은 잠에 빠져들게 되었다.

이게 보기에는 쉬워 보여도 아까 말했다시피 엄청 힘든 작업이었던 것이다.

뭐, 해민이 덕분에 뒤처리만 한─그것도 대부분 정령들에게 부탁해서 했다. 역시… 여어어억시 나도 이런 놈이었던 것이다─잭슨과 나는 멀쩡했지만 말이다.

그래도 그 많은 빨래를 했다는 이유만으로 이곳에 있는 며칠 동안 운 좋게도 설거지 당번에서 제외될 수 있었다(이곳에 있는 동안 우리가 밥 해먹고 있어야 했기에 식사 당번과 설거지 당번이 필요했던 것이다).

하지만 그 다음날이 되자 나는 그런 당번 뭐 하러 정했나 싶었다.

전혀 필요가 없었는데 말이다.

하긴 그날 저녁에는 필요가 있었다.

저녁이 되자 집 안 곳곳이 깨끗하게 청소가 되었고, 식사 당번들은 우리가 가지고 온 식량 말고도 드워프 족에서 공급해 주는─이곳에 있는 동안 집과 식량은 드워프들이 준다─싱싱한 식료품으로 오랜만에 식사다운 식사를 만들었다.

그 모습을 본 나는 항상 식사할 때면 생각했던 김치를 바라는 마음이 쏙 들어갔다.

김치고 뭐고 제대로 된 식사만 있으면 감사하는 마음을 갖자는, 내가 생각해도 기특한 생각을 갖게 된 것이다.

그동안 이 산속을 헤매면서 제대로 된 식사 대신 매일 말린 건어물이나 육류를 그냥 먹거나 불에 구워 먹거나 해서 때웠으니… 반찬 투정하는 녀석들은 한 이삼 일만 이런 생활을 하게 한다면 그런 투정은 그 다음부터 쏙 들어가게 될 것이다.

그렇게 정말 오랜만에 지붕이 있는 진짜 집에서 식사다운 식사를 하고 뜨거운 물로 목욕을 한 뒤 폭신폭신한 침대에 몸을 누이면서 행복함에 온몸을 부르르 떨었다.

"역시… 이런 게 바로 사람 사는 맛이지. 우헤헤헤~"

그리고는 이런 행복함이 이곳을 떠나기 전까지 계속되리라 나는 믿어 의심치 않았다.

그 다음날이 되기 전까지는.

아직 새벽이라고도 할 수 없는 늦은 밤, 보통 사람이라면 꿈속에 빠져 있어야 할 그 시각, 보통 사람들과 마찬가지로 달콤한 잠 속에 빠져 있던 나는 누군가가 다급하게 우리 방 안으로 쳐들어오는 바람에 놀라 잠에서 깨어났다.

황당한 건 우리 방의 침략자는 노크도 없이 그대로 방문을 벌컥 열고 들어왔다는 것이었다.

노크를 했다면 내가 못 들었어도 해민이나 듀비가 먼저 듣고 일어나 방문자를 알아보았을 테니 말이다.

그래 이 겁없는 놈이 누구든 가만두지 않을 거라 속으로 이를 빠드득 갈면서 몸을 일으키려는데, 그보다도 먼저 이 못된 침략자가 성큼성큼 내가 누워 있는 침대로 다가오더니만 아직도 내가 잠에 빠져 있는 줄 아는지 거칠게 내 몸을 흔들어 깨우는 거였다.

"이봐, 이봐아~ 얼른 일어란 말야. 어서, 어서."

너무나 익숙한 목소리에 나는 치미는 짜증을 억누르지 못한 채 오만 상을 쓰며 눈을 뜨고 그 익숙한 목소리의 주인공을 노려보았다.

"우쒸! 무슨 일이야? 너, 별일 아니면 대장이고 뭐고 반은 죽여놓을 줄 알아."

졸음이 가득한 목소리로 협박해 봤자 별로 큰 효과는 없었겠지만, 설사 엄청난 효과를 볼 수 있었다 하더라도 내 방에 침입한 간 큰 녀석 은 그런 데 눈 하나 깜짝하지 않을 만한 녀석이라 그렇게 말한 나도 큰 기대를 하지는 않았다. 단지 내가 화가 났다는 사실이라도 말하지 않 고는 못 견딜 것 같아서 입을 열었던 것뿐이었다.

역시나, 그놈은 이런 내 반응에도 꿈쩍하지 않고 입을 열었다.

"별일이니까 문제지. 그러니까 빨리 일어나. 급하단 말야!"

내가 눈을 떴음에도 불구하고 제대로 정신을 차리지 못하자 레이언 은 다시 내 몸을 흔들어가며 다급하게 속삭였다.

그의 그러한 모습에 급한 일이라는 걸 깨달은 나는 몸이 엄청나게 반항함에도 불구하고 억지로 일어나 고개를 흔들어 정신을 차렸다.

"도대체 무슨 일인데 그래?"

눈을 비비며 녀석을 바라보자 이런 내 말에 동의하는 목소리가 들려 왔다.

"그건 나도 부지 알고 싶은 사항이야."

"엥?"

의아해하면서 바라본 그곳에는 나처럼 졸음에 겨워하는 잭슨이 서 있었다.

"너는 또 여기 웬일이냐?"

"글쎄, 그건 나도 알고 싶은 사항이라니까? 잘 자고 있는데 갑자기 깨우더니 이리로 끌고 왔단 말이야."

그러면서 레이언을 바라보는 잭슨의 눈에는 불만이 가득 들어 있었다.

하지만 레이언은 이런 우리들의 시선에 전혀 기죽지 않은 채, 아니, 아예 신경도 쓰지 않은 채 우리 방 창으로 다가가 밖을 살펴보며 재촉했다.

"지금 그렇게 투덜댈 때가 아니라니까. 빨리 여기서 몸을 피해야 한다고!"

그렇게 말하면서 창문을 열고 몸을 내밀어 좀 더 자세히 밖을 살피는 레이언의 모습에 방에 있던 다른 사람들은 어리버리할 뿐이었다.

"갑자기 왜 그러는 건데? 빚쟁이라도 쫓아와?"

"그보다 더 지독한 작자들이 쫓아오니까 그렇지. 자자, 정신 차렸으면 빨리 나가자."

그러면서 레이언이 먼저 창문을 통해 밖으로 뛰어내리자—내가 머무는 방은 2층에 있었지만 검기까지 다루는 실력자인 레이언에게는 크게 높은 곳이 아니었다—우리도 얼떨떨했지만, 어찌 된 일인지를 알기 위해서는 그의 뒤를 따라가는 수밖에 없었다.

듀비 또한—레이언과 비해 어떨지 모르겠지만—뛰어난 실력을 가지고 있었기에 내가 어떻게 해주기 전에 가볍게 창문에서 뛰어내렸고, 잭슨과 나는 각각 실프를 불러내 편안하게 날아 내려왔다.

해민이는 스스로의 힘으로 충분히 뛰어내릴 수 있었겠지만, 나에게서 떨어지기 싫은지 내 품에 안겨 같이 날아 내려왔다.

그렇게 우리가 땅에 섰을 때는 아직 해도 뜨지 않아 주위가 캄캄했다.

"도대체 무슨 일입니까?"

"맞아. 이렇게 나왔으니 이유라도 좀 알자."

잭슨과 나의 채근에도 레이언은 사방을 주의 깊게 살피면서 자신의 입가에 손가락을 가져다 댔다.

"쉿! 큰 소리로 말하지 말란 말야. 자, 빨리 이쪽으로."

몸을 작게 숙이고 재빠르게 이동하는 그 모습을 보자니 검은 옷만 입었다면 영락없는 도둑의 폼이었다.

어찌 됐든 자꾸 대답은 안 해주면서 재촉만 하는 레이언의 태도에 우리는 작게 한숨을 내쉬며 그의 뒤를 따랐다.

상회 사람들이 머무는 건물 주위에서 벗어나자 곧바로 드워프들의 개성적인 집들이 우리에게 다가왔고 우리는 집들만큼이나 개성적인 정원의 그늘에 숨어 이동해 갔다.

어디로 가는지는 모르겠지만, 한 가지 확실한 건 이렇게 숙소에서 멀어지니 아침을 제시간에 먹기는 틀린 것 같다는 거였다.

그렇게 우리가 조심스레 움직이는 동안 서서히 시간은 지나 드디어 동이 트고 주위가 밝아왔다. 그러자 드워프 족들은 부지런한 종족인지 여기저기에 있는 집에서 일어나 움직이는 기척이 느껴졌다.

"이런… 너무 늦었어. 최소한 성벽 가까이는 가야 하는데……."

그런 기척을 느낀 레이언은 낭패스러운 표정을 지으며 더욱더 빠르게 움직였다.

그리고 드디어… 드워프의 마을의 가장 변두리에 위치한 집에 닿았다.

이제 이 집만 지나친다면 레이언이 말하는—어딘지는 모를—목표에 도착하게 될 듯했다.

그래도 레이언은 긴장을 늦추지 않은 채 조심스레 그 집 뒤쪽으로 슬그머니 돌아갔고, 우리 또한 덩달아 긴장한 채로 그의 뒤를 따랐다.

하지만…

"허어, 일찍 일어났구먼? 그래, 아침 산책이라도 가는 건가?"

갑작스러운 목소리에 레이언을 비롯한 우리는 죄지은 것도 없건만 화들짝 놀라서 몸을 바로 폈다.

그런 우리를 싱글벙글 웃으며 바라보고 있는 사람… 아니, 드워프는 바로 어제 날 붙잡고서 웃긴 노래를 지은 족장 드워프였다.

이름이… 토드라고 했던가?

레이언은 토드 족장의 모습을 보고 작게 낭패다… 라고 중얼거렸지만, 토드 족장에게 다가갈 때는 그런 기색이 씻은 듯이 사라져 있었다. 역시나 상회를 이끌어가는 대표다운 표정 관리였다.

"아니, 족장님께서 여기는 어쩐 일이십니까? 여기는 족장님의 집도 아닌데 말이죠."

그러자 변두리에 있는 독특한 모양의 집 정원에 뒷짐을 진 채로 느긋하게 서 있던 토드 족장이 허허 웃었다.

"허허허… 어제 이 집 주인 녀석이 나를 초청하는 바람에 여기서 묵었다네. 하지만 우리 집이 아닌지 일찍 잠이 깨어서 아침 산책이나 하러 나왔더니만 이렇게 손님과 만났네그려."

하지만 토드 족장의 눈에 날카로운 빛이 잠시 번뜩이는 것을 보아하니 그가 말한 그런 단순한 이유만이 아님을 짐작할 수 있었다. 그리고 이러한 짐작은 레이언의 작은 속삭임으로 인하여 더욱더 확신을 가질 수 있었다.

"젠장… 지키고 있었군."

도대체 우리를 왜 지키고 있었다는 건지는 모르겠지만 말이다.

"자자, 이렇게 만났는데 아침이나 같이하는 게 어떻겠나? 아직 아침 식사 전이지?"

아주 부드러운 토드 족장의 제안에 레이언의 얼굴이 일순 경직되는 것 같았지만, 그건 아주 잠깐의 순간이었고 이내 표정은 무지 안타까운 것처럼 침울해졌다.

"아, 정말 고마운 제안이십니다. 하지만 아무래도 저희는 숙소로 돌아가 봐야 할 것 같아서요. 말도 안 하고 나와서 그대로 아침 먹을 때까지 모습을 보이지 않는다면 일행이 걱정할 것입니다."

"허허허, 그런 걱정은 할 것 없네. 내 아이를 시켜 자네들 숙소에 연락해 줄 테니 말야. 오랜만에 온 손님과 아침을 먹게 된다면 이 집 주인 녀석도 무지 기뻐할 거야. 그러니 사양 말고 어서어서 들어오게나."

그러면서 토드 족장은 레이언이 다른 말을 하지 못하도록 사전에 차단한 채 레이언의 손을 꼬옥 붙잡고—아무것도 모르는 사람이 본다면 무지 다정한 이종족 간이라고 생각하겠지만, 내가 보기에는 어쩐지 도망 못 가게 잡는 듯했다—집으로 향했다.

그러니 레이언의 뒤만 졸졸 좇아온 우리들도 자연스레 그 뒤를 따라 집으로 들어가야 했다.

그 집은 드워프의 마을에 있는 아주 개성적인 집들 사이에 그나마 우리가 흔히 보는 집 모양을 가지고 있었는데, 나무와 황토로만 지어져 그 집을 본 순간 떠오르는 건 황토 찜질방이었다.

안으로 들어가니 황토를 그대로 드러낸 벽과 천장, 그리고 바닥과 황토와 비슷하지만 옅은 색을 가진 나뭇결을 그대로 드러낸 가구가 배치되어 있어 너무나 아늑하고 황토 특유의 싱그러운 흙 냄새와 나무 냄새가 은은하게 풍겨 나오는 멋있는 집이었다.

거기다 혹시라도 어두우면 집 안 전체가 칙칙하게 보일까 봐 햇볕이 들어오는 창문이 집에 비해 꽤 크게 나 있었고, 현관문 바로 들어가면 보이는 거실 한쪽 구석에는 황토색의 벽돌을 차곡차곡 쌓아 만든 벽난로가 보였다.

그 벽난로 위에는 매끈하게 다듬어진 베이지 색 돌이 얹혀져 있었는데 분위기와 잘 어울리는 우아한 기하학 무늬가 새겨져 있었고, 그 무늬를 좀 더 잘 보이게 하기 위해서인지 대리석에 파여진 홈에는 금으로 보이는 노란 이물질이 채워져 있었다(이 집 주인인 드워프는 부자였던 모양이다).

"오오, 어서 오게나. 밖에서 하는 이야기는 잘 들었네. 좀 있다가 손님들을 한번 보러 가려고 했는데 손님 쪽에서 먼저 오다니 무척 반갑구먼."

회색 머리를 가진, 그러나 토드 못지않은 건장한 몸을 자랑하는 드워프가 거실에 있는 밝은 베이지 색의 낮지만 좌우로는 널찍해서 날씬한 사람이라면 두 사람은 충분히 앉을 수 있는 의자를 혼자 남김없이 차지한 채 앉아 있다가 우리가 들어서자 일어나며 반겼다.

"오랜만에 뵙습니다, 장로님. 여전히 건강해 보이시는군요."

안면이 있는 드워프였는지 레이언이 그를 보며 인사하자 그 장로라는 드워프가 활짝 웃었다.

"허허허, 자네는 여전히 비리비리하구먼. 한 대 치면 부러질 것 같으이. 그동안 많이 먹고 살 좀 찌지 그랬나."

"하하하, 저야 체질이 이런 것이라니까요."

한국의 여자들이 들으면 엄청 부러워할 말을 내뱉으며 레이언은 토드 족장에게 이끌려 거실에 있는 큼지막한 소파에 앉았다.

이곳 대부분의 집들이 보통 사람보다 키가 작은 드워프의 신체에 맞게 건축되어 있다고는 하지만, 그렇다고 우리가 허리를 굽히고 들어가야 할 정도로 낮은 건 아니었다. 뭐, 내 키 정도면 살짝 뛰어오르면 머리가 천장에 닿을 정도의 높이기는 했지만 그래도 집 안에서 뛰어다니지 않는 이상 움직이는 데 크게 불편하지는 않았다.

단지 천장이 우리가 생활하던 집들보다 너무 낮아서 잘못 움직이면 부딪칠까 봐 괜히 걱정이 되기는 했다.

"얘들아, 손님이 오셨단다! 어서 나와서 인사해야지?"

레이언에게 비리비리하다고 한 그 드워프 장로가 안쪽을 향해 소리치자 곧 이어 대답하는 소리가 들리면서 안쪽에서 한 드워프가 걸어나왔다.

그는 우리가 왔다는 것을 짐작이라도 하고 있었다는 듯 별로 놀라지 않는 담담한 표정이었지만, 나는 그 드워프를 바라보고 놀랐다.

그는 바로 우리를 안내해 드워프 마을로 왔던 프레스였던 것이다.

"여, 잘 잤냐? 족장님께 잡히다니, 재수 더럽게 없는 녀석들이구나?"

"엥?"

저렇게 말하는 프레스의 태도를 보아하니 그 또한 뭔가를 알고 있는 듯했지만, 족장과 자신의 아버지 앞이라 그런지 거기까지만 말하고 입을 다물었다.

게다가 그것만이 아니라고 해도 우리는 그를 다그칠 수도 없었다.

왜냐하면 프레스가 나온 쪽이 아닌 그 옆쪽에서 다른 드워프가 나타났기 때문이다.

"아버지, 손님이시라구요? 그럼 식사를 더 준비할까요?"

프레스와 약간 큰 키에—그래 봤자 도토리 키 재기지만. 어쨌든 엄밀히 말하면 조금 더 컸다—더 듬직한 체구를 가진 그 드워프는 커다란 앞치마를 두르고 한 손에는 야채를, 그리고 다른 한 손에는 식칼을 들고 있었다.

'그런데… 아버지라고?'

보통 이런 가정집에 들어오면 부엌에서 나오는 쪽은 여성이 아니었던가?

물론 나도 남자도 집안일을 해야 한다는 주의였지만, 아무래도 그동안 자라온 환경의 영향을 아예 배제할 수는 없었는지 가정집에서 앞치마를 두르고 나오는 사람이라면 으레 어머니나 아내를 떠올렸던 것이다.

이런 내 생각과는 상관없이 프레스의 아버지가 자신의 아들들을 우리에게 소개시켰다.

"자자, 내 아들들을 소개하지. 레이언 자네는 알겠지만 이번에 새로 오신 손님들은 모르실 테니… 저쪽에 있는 애가 내 큰아들로 테릭이라고 하네. 진로를 요리 쪽으로 선택했지. 그리고 저쪽은 여러분들을 마중 나갔을 테니 이미 안면이 있을 테지? 프레스라고 내 둘째 아들이야. 아직 진로를 결정하지는 않았지만, 폼을 보아하니 내 뒤를 이을 것 같아."

'진로?'

의아했지만 속으로만 그랬을 뿐 겉으로는 티를 안 냈는데 레이언이 설명해 줬다.

"드워프라고 모든 장인 기술을 다 섭렵할 수는 없으니까 자신이 좋아하는 분야를 선택해서 그쪽 일을 배우는 거야. 그걸 자신의 진로라고 하지. 이건 보통 성년을 전후로 결정하게 돼."

"헤에……."

역시 드워프와 그동안 교류를 해온 탓인지 잘 알고 있었다.

"맞았어. 나는 건축 쪽의 길을 걷고 있고 이 친구는 악기 쪽 길을 걷고 있지. 스스로도 자칭 음유 시인이라 주장하고 있으니 말이야."

레이언의 말에 고개를 끄덕이며 수긍한 테릭과 프레스의 아버지가 덧붙여 설명을 했다.

역시 그 족장 드워프는 툭하면 노래를 짓는다고 하더니만 악기 쪽을 전문으로 하고 있어서 그런 모양이다. 아니면 노래 짓는 걸 좋아해서 진로를 그쪽으로 택했던 것이든지.

'아무래도 상관은 없지만.'

"그렇게 말해 봤자 이번에는 둘 다 대회에 나가지 못하는 떨거지 신세인 걸 뭐. 안 그래, 호세?"

족장 드워프는 우리에게 손짓하며 자신이 먼저 그 호세라고 불리는 장로 앞으로 가서 털썩 주저앉았다.

"쳇, 제비를 잘못 뽑은 탓이지 뭐. 아쉽지만 다음번을 기약하는 수밖에. 아, 그래, 테릭아. 이 손님들 식사도 같이 준비하거라."

"알겠습니다. 재료가 부족하니 조금 더 가지고 와야겠군요. 프레스, 나 좀 도와줘."

그렇게 테릭이 프레스를 데리고 거실을 나가 버리자 우리는 족장 드워프의 손짓에 따라 주춤거리며 낮지만 무지 넓고 편해 보이는 소파에 조심스레 엉덩이를 걸쳤다.

"그런데 두 분의 부인들께선 어디 가셨습니까? 안 보이시는군요."

모든 이들이 자리를 잡고 앉자 순간적으로 침묵이 깔리면서 분위기가 어색해지자, 역시나 이들과 전부터 안면이 있는 레이언이 입을 열었다.

"아아, 그녀들은 이번 대회에 나갈 수 있게 되어서 말이야. 지금 아이디어를 찾겠다고 서재에 틀어박혀 있어."

"호오, 그렇습니까? 그 두 분은 대회에 나가시는군요."

"운이 좋았지. 에잉, 내가 뽑으려던 제비를 그녀가 뽑아가지고서리……."

족장이 투덜거리자 호세 장로가 받아쳤다.

"쯧쯧, 제비 뽑은 날부터 그러더니만 아직까지 투덜거리고 있나? 몇 번만 더 하면 천 번일 거다."

"시끄러워. 그럼 네가 족장 할래?"

"네가 족장 제비를 뽑아서 족장이 된 건데 누굴 탓해?"

"누가 뽑고 싶어서 뽑았냐?"

"네 운이 나빴던 거지. 나도 재수없게 이번 대회 운영위원이 되었잖아? 그러니 투덜거리지 좀 마라. 나이가 몇인데."

"너보다 50살밖에 더 안 먹었다, 꼬맹아."

"정확하게 말하면 49세야."

우릴 초대해 놓고는 안중에도 없이 두 사람, 아니, 드워프의 언쟁에 본의 아니게 소외된 우리는 그렇다고 이 자리를 피할 수도 없어서 그저 멀거니 앉아 있을 수밖에 없었다.

그렇게 우릴 소외시킨 채 둘이서만 투닥거리던 드워프는 잠시 시간이 지나 멀거니 그들만 바라본 채 앉아 있는 우리를 눈치 채고는 자기

네들도 미안한지 머쓱하게 웃어 보였다.

"허허, 이거 우리가 손님들을 앉혀놓고는 추태를 부렸구먼."

"이게 다 너 때문이잖아. 나이도 어린 게 어른에게 대들기는……."

하지만 사과한 지 채 일 분이 지나지 않아 다시 투닥거리기 시작하는 두 드워프였다.

"하여간 아무도 알아주지 않는 자칭 음유 시인인 주제에 속까지 밴댕이 소갈딱지만해요."

"뭣이라?! 감히 날 모욕하다니! 내 오늘 손님들도 있어 인심 좀 써서 이번에 새로 지은 노래를—그 순간 나는 괜히 가슴이 덜컹 내려앉았다—불러주려고 했더니만, 도저히 안 되겠다. 네놈에게는 내 노래를 들려주지 않을 테다!"

"누가 네 엉터리 노래를 듣고 싶다고 했어? 매번 노래 지을 때마다 들어달라고 애원애원하기에 잠시 트롤 괴성을 들어주는 셈 치고 들어줬더니만……."

"뭣이라? 트롤 괴성?!"

"사실이지 뭘 그래? 네놈 노래를 듣느니 차라리 탄광 속에 들어가서 곡괭이 소리를 듣던가, 아니면 대장간에 들어가서 망치질 소리를 듣는 게 훨 낫다."

"네놈이 내 예술의 세계를 이해 못하다니… 어허… 이런 녀석이 우리 드워프 마을의 장로라는 것이 한탄스럽도다."

"놀고 있네. 네놈이야말로 진정한 예술이라고는 모르는 주제에 예술이랍시고 엉터리 노래를 부르고 다니니 우리 드워프 족의 수치야."

"뭐, 뭣?! 이놈이 한번 해보겠다는 거야!"

"그러면 누가 무서워할 줄 알아?"

"그래, 그렇다면 오늘 한번……."

족장 드워프가 자리에서 벌떡 일어나 두 팔을 붕붕 휘두르며 선전 포고를 하려는 찰나, 형처럼 앞치마를 두른 프레스가 뛰어나와 소리쳤다.

"식사 준비 다 되었으니 오시래요~!!"

그러자 그 순간 족장 드워프와 호세 장로 사이에 흐르던 험난한 기류가 거짓말처럼 싹 사라지는 거였다.

"호세야, 식사가 다 되었단다."

"그래, 우리 우선 먹고 놀자. 배고팠다."

손님이라는 존재조차도 안중에 두지 않고 투닥거리던 것을 순식간에 해결한 식사의 위대함을 새삼 깨달으면서 우리가 멀거니 앉아 있기만 하자 막 발걸음을 옮기던 두 드워프가 의아하다는 듯 돌아보았다.

"뭐 하는 겐가? 식사 안 할 겐가?"

"아니, 자네들은 배도 안 고픈가?"

"예? 아, 예."

그제야 제정신을 차린 레이언이 얼른 대답하며 자리에서 일어나자 우리도 분분히 자리에서 일어나 그 뒤를 따랐다.

이 집에 있는 식당은—다른 곳은 어찌 되었는지 모르니까—한국에서 보던 것과 마찬가지로 부엌과 연결되어 있었다. 그리고 그곳에서는 프레스와 그의 형 테릭이 분주하게 넓은 식탁에다 여러 가지 음식을 옮겨 놓고 있었다.

"자자, 어서들 앉게나. 이래 뵈도 내 아들 요리 솜씨는 좋다네. 이제 겨우 50년차인데 이 정도라니 이쪽 길로 꽤 소질이 있었던 거지."

'5, 50년… 그 정도면 능력없는 사람이라도 충분히 대단한 요리사가 되어 있겠다.'

나는 속으로 약간 기가 막혔지만 내색은 못하고 그들이 권하는 자리에 앉았다.

그런데 좀 황당하게도… 소파는 편히 앉으려는 의자였으니 약간 낮아도 아무런 상관이 없었지만, 딱딱한 식탁 의자가 낮으니 이건… 왠지 초등학생 의자에 앉아 있는 기분이었다.

그렇다고 못 앉을 정도로 불편한 건 아니었지만, 무릎이 의자에 닿지 못한 채 허공에 뜨고 다리를 똑바로 펴지도 못하니 자세가 엉거주춤할 수밖에 없었다.

그러나 이런 우리와는 달리 너무나 편안한 자세로 자리를 잡은 드워프들은 무지 맛있는 냄새를 풍기는 음식들을 만족스러운 표정으로 바라보고 있었다.

"자자, 드시게나. 음식은 제때에 먹어야지 식으면 맛이 없다네."

아까는 애들처럼 티격태격하면서 싸우더니만, 음식을 앞에 두자 인자한 어른이 되어 우리에게 권하고는 먹기 시작하는 두 드워프의 모습에 헛웃음이 나왔다.

하지만 음식을 두고 가만히 있을 수는 없었기에 우리도 각자 포크와 스푼을 들고 먹기 시작했다.

이 음식을 만든 테릭은 그래도 50여 년 동안 요리를 배웠다더니 제법이 아니라 무척 맛있는 요리를 만들어내었기에 나는 먹는 와중 아까까지만 해도 엄청나게 쌓여 있던 레이언을 향한 원망이 스르르 녹는 기분이었다.

그래 이번만은 그냥 봐주겠다는 눈짓을 보내려고 레이언을 슬쩍 쳐다보는데, 웬일인지 레이언 녀석이 음식을 먹는 둥 마는 둥 하며 무지 안절부절못하는 모습을 보이고 있는 거였다.

물론 드워프들에게 티를 안 내려는 듯 얼굴은 침착해 보였지만, 한 번 찌르면 충분히 잡아 올릴 고기 조각을 여러 번 계속 찔러대어 걸레로 만든다든지, 자그마한 빵 조각 하나 가지고 완전 물이 될 때까지 계속계속 씹고 있는 모습이 무척 불안해하는 그의 심리를 대변해 주고 있었다.

그래 왜 저러나 하고 쳐다보고 있는 그 순간, 갑자기 꽝~! 하는 소리와 함께 누군가가 집 안으로 난입하는 소리가 들려왔다.

"어디야? 어디 있는 거야?!"

"야, 빨리 안 나와!!"

"호세! 여기 있는 거 다 알고 왔어!! 당장 나오란 말야!!"

"토드, 너도 여기 있지?"

무지 화가 난 듯한 급박하고 거친 목소리를 들어보니 갑자기 난입한 인물은 한둘이 아닌 듯싶었다.

그런데 황당하게도 아까부터 불안해하던 레이언이 그 소리를 듣자마자 놀라 사레가 들려 캑캑거리는 거였다.

"어어, 괜찮아요? 자자, 이거……."

옆에 앉아 있던 잭슨이 놀라 물을 건넸지만 레이언은 손을 저어 그걸 거절하면서 가슴을 두들기며 캑캑댔다.

그러는 동안 집 안에 난입한 이들은 여기저기 들쑤시고 다니더니만 기어코 식당을 발견했는지 문을 박차고 우르르 몰려 들어왔다.

"여기 있다!!"

"여기 있었구나!!"

그 바람에 레이언이 한층 더 놀랐지만, 정말 우습게도 그 덕분에 목에 걸렸던 음식물이 쑥 내려가 그가 기침을 멈출 수 있게 되었다.

"으힉, 캑… 콜록… 아, 내려갔다."

그런데 그런 모습을 보고도 웃지 못하는 게, 족장 드워프와 호세 장로를 신나게 찾던 드워프들은 정작 자신들이 찾던 이들은 본체만체하고는 기껏 조용히 식사하고 있는 우리 일행들을 무서운 기세로 에워싸는 거였다.

"어어어?"

그 모습에 황당함을 감추지 못하고 있는데 우리를 에워싼 드워프들 중 한 드워프가 상석에 앉아 여전히 태연한 표정으로 식사를 마저 하고 있는 족장 드워프와 호세 장로를 향해 분노에 찬 목소리로 소리쳤다.

"뭐냐, 네놈들은? 이번 대회에 나가지도 않는 주제에 외부 손님들을 차지해?"

그러자 그 드워프의 말에 동조한다는 듯 우리를 둘러싼 드워프들이 일제히 상석의 두 드워프에게 살기 어린 시선을 보내기 시작했다.

한데 정작 그 많은 드워프들의 살기를 받는 두 드워프는 눈썹 하나 까딱하지 않은 채 태연하게 대꾸하는 게 아닌가!

"무슨 소리야? 우리가 도망가는 녀석들을 잡아서 너희들이 올 때까지 기다려 줬잖아. 자, 이제 우리 역할은 끝났으니 마음대로 데려가게."

"헉!"

족장 드워프의 그 말로 인하여 나는 모든 사항을 파악할 수 있었다.

어제 대회를 선포한 지 얼마 안 되어 아마 우리를 되게 못살게 굴 거라고 레이언에게 충고를 들었음에도 불구하고 우리가 잠자리에 들 때까지 프레스와 족장 드워프 외에 다른 드워프들이 코빼기도 안 보이자 안심하고 있었던 것이다.

그들이 왜 안 보이는지 의심도 안 한 채 말이다.

'크윽… 내가 이렇게 단순했을 줄이야……'

스스로 자책을 하면서 이 상황을 어떻게 해줄 수 있는 유일한 인물인 건너편에 앉은 레이언의 얼굴을 바라보니, 절망스럽게도 그의 얼굴에는 체념의 빛이 서려 있었다.

"휴, 결국은 붙잡히고 말았군. 이럴 줄 알았으면 잠이나 푹 자둘걸."

그러자 족장 드워프가 껄껄 웃으면서 그의 말을 받는 거였다.

"허허허, 그러지 그랬나? 내 그대들을 신경 써줘서 손님 쟁탈전을 오늘 아침까지 미뤄줬건만."

그런데 그 순간 나는 내 뒤쪽에서 놀라움에 찬 목소리를 듣고 흠칫 놀랐다.

"우와~ 이 녀석 머리카락 좀 봐. 이런 신비한 색이 있나? 오오~ 영감이 떠오를 듯 말 듯… 좋았어! 이 녀석은 내가 데려간다!"

그러면서 그 드워프의 손길이 내 팔에 닿는 순간 듀비와 해민이가 움찔거렸지만, 그보다도 먼저 다른 드워프의 손이 그 손길을 쳐냈다.

"무슨 소리야? 이 녀석은 내가 여기 들어오자마자 발견해서 찜해놓은 거란 말이야. 네 녀석은 다른 걸 찾아봐."

'다른 걸? 우쒸~ 우리가 무슨 물건인가?'

그 드워프의 말이 마음에 들지 않아 항변하고 싶었지만, 내가 채 입을 열기도 전에 먼저 드워프의 분노에 찬 목소리가 들려왔다.

"뭣이라! 눈으로 찜해놓으면 다냐? 먼저 잡은 자가 임자 아니냐?"

"웃기지 마. 이건 내가 찜한 거니 내 거야!"

그 순간 다른 드워프는 듀비의 모습을 이제야 알아차린 듯 감탄사를 중얼거렸다.

"오옷! 이자는 이 파르스름한 빛이 도는 피부 하며 뾰족한 귀로 볼 때 블루 엘프 족이구먼. 오오, 말로만 들었지 실제로 보기는 처음이야. 거기다… 오오오옷, 이 근육 좀 봐! 우리 드워프보다는 못해도 저 허약하고 히멀건한 엘프보다는 낫잖아?"

"이봐, 이 아이는 나에게 양보해. 넌 가구 전문이지만 난 무기 전문이란 말야. 마침 이번에 가녀린 여자 드워프들을 위해 특이한 걸 만들어보고 싶었는데 이 아이에게 맞추면 되겠군."

"잠깐만 기다려. 나도 왠지 이 녀석에게 영감을 받을 것 같단 말이야."

"뭐? 하지만……."

"아아, 이러면 되겠다. 너는 이 애를 계속 데리고 있어야 할지 모르지만, 난 스케치만 해놓으면 되거든. 그러니까 잠깐만 빌려줘. 스케치만 하고 너에게 넘길 테니까."

"좋아. 그렇게 하지. 그럼 네 작업실에 들렀다 가자."

그렇게 합의를 끝낸 두 드워프는 사전의 양해 한마디 없이 다짜고짜로 양쪽에서 듀비의 팔을 하나씩 잡고 번쩍 일으키는 거였다.

그래 봤자 듀비가 그 둘보다 키가 컸기에—듀비는 나보다도 키가 크다—완전히 일어나는 데 무리가 있었지만, 그 두 드워프는 그런 거에는 상관 안 하고 무작정 그를 끌고 식당을 나서는 거였다.

듀비는 그들의 손길을 뿌리치려고 했지만 두 드워프의 힘이 워낙 강했던지 여의치 못해 질질 끌려 나갔다.

"듀비!!"

그의 그런 모습에 놀란 내가 벌떡 일어서자 그 순간 나 또한 다른 드워프의 손길에 잡혀 버렸다. 그리고 그 순간 내 품에 있던 해민이 또한 다른 드워프의 손에 넘어가 있었다.

"캬옹~ 크르르~"

아직 말을 못하는 해민이가 한껏 이빨과 손톱을 드러내며 으르렁거렸지만 그 드워프는 오히려 그 모습이 마음에 드는지 껄껄 웃는 거였다.

"허허허, 귀엽기도 하지. 암암, 이렇게 성깔있는 녀석이어야 해. 아, 영감이 떠오르는 듯하구먼. 지워지기 전에 빨리 가야겠다."

"해민아아아~!!"

평소 해민이가 이빨과 손, 발톱을 빼고 위협을 하면 아무리 쬐끄만 녀석이라도 꽤 위협적으로 보였는데, 그 드워프에게 잡혀 있는 모습을 보자 오히려 안 되는 일을 가지고 애쓰는 것 같아 애처로워 보였다.

그런 상태로 멀어지는 해민이를 바라보며 안타까이 부르던 나 역시 다른 드워프의 손에 잡혀 질질 끌려가다시피 하고 있었다.

하지만 이런 나를 도와주는 손길은 하나도 없어서 원망 섞인 시선이나마 보내려고 뒤를 돌아보았지만, 잭슨과 레이언도 어느새 끌려갔는지 사라져 있었고 몇몇 드워프들은 여전히 거기서 소리 높여 다투고 있었다.

하지만 대부분의 드워프가 사라진 걸 보니 아마도 그들은 먼저 내 일행을 데리고 간—정확히 말하면 강제로 끌고 간—드워프의 뒤를 쫓아간 것 같았다.

그 예로 나를 끌고 가는 드워프가 내가 안 끌려가려고 버티고 있자 아예 번쩍 들어 어깨에 들쳐 메고 그 짧은 다리로 열심히 뛰어가는데, 뒤쪽으로 세 명의 드워프들이 '게 섯거라~!'를 외치며 열심히 쫓아오는 모습이 보였기 때문이다.

"에휴……."

물론 목숨이 왔다 갔다 할 정도로 위급한 상황이라면 정령들을 불러내서 어떻게든 해결하겠지만, 어제 레이언이 신신당부한 말도 있고 또 나를 데려가서 뭔가 대단한 작품의 모델로 쓰겠다니 은근히 기대도 되어서 이 정도에서 가만히 있는 거였다.

뭐, 한편으로는 어제의 그 우스꽝스러운 노래 같은 작품이 나오는 건 아닐까 걱정이 되기도 했지만, 이들이 이렇게 거의 광적으로 우릴 잡아가는 게 대회에 출품할 작품 때문이니 그냥 아무렇게나 만드는 게 아니라 열과 성을 다해 만들 작품의 모델이 되는 거라 은근히 기대가 되는 건 당연했다.

하지만 나를 이렇게 들쳐 메고 열심히 뛰어가던 드워프는 나를 데려가 모델로 삼을 행운아는 아니었던 모양이다.

그렇게 열심히 뛰었건만, 너무나 안타깝게도―뒤에서 쫓아오던 드워프들에게 따라잡힌 게 아니라―앞에서 다른 드워프 둘이 기다리고 있었던 것이다.

"그 손님을 내놔라!"

"너 같으면 내놓겠냐? 절대 안 돼!"

"흥, 그러면 힘으로 해결할 수밖에!"

"네놈들이 손님이 뭐가 필요하단 말이야? 그냥 머리 짜내서 할 수도 있잖아!!"

"무슨 소리! 나도 모델은 필요하다고!!"

그렇게 외치며 앞을 가로막은 두 드워프가 달려들자 날 들쳐 메고 가던 드워프는 안 되겠던지 나를 옆에다 조심스레 내려놓고 앞으로 돌진했다.

"그래, 어디 오늘 누가 이기나 한번 해보자."

모델 하나 차지하는 데 정말 피 터지도록 처절하게 싸우는 그 모습을 보아하니 왠지 한국의 대학 입시 지옥을 보는 것만 같았다.

한국에서는 좋은 대학에 들어가기 위하여, 여기서는 멋지고 훌륭한 작품을 만들기 위해 처절하게 애를 쓰는 모습이 왠지 비슷하게 느껴졌던 것이다.

'하기야… 괜히 드워프가 존경을 받는 거겠어? 다 저렇게 피나게 노력하니까 위대한 장인이라고 우러름을 받는 거겠지. 어휴, 그래도 왠지 한국의 고3 수험생들을 보는 기분이야.'

그러는 동안 뒤에서 쫓아오던 드워프들이 가까이 당도했고, 그중 제일 먼저 뛰어온 드워프가 싸움터로 뛰어드는 대신 옆에 얌전히 서 있는 내 허리를 잽싸게 낚아채고 튀었다.

하지만 나보다도 작은 드워프가 내 허리를 낚아챘다고 해서 내가 허공으로 뜬 게 아니라 오히려 발이 땅에 닿아 질질 끌리는 바람에 그 드워프가 달리는 데 방해가 되었다.

덕분에 아까는 같이 뛰어오다가 이제는 그 드워프를 쫓던 다른 두 드워프가 금방 따라잡아서 날 낚아채서 튀던 드워프를 덮쳤다.

덕분에 나는 달리던 중 드워프의 손길에서 벗어나 그대로 좀 더 날아가다 땅에 부딪치고도 모자라 몇 바퀴나 떼굴떼굴 굴러가야 했다.

그나마 항상 내 곁에 있어주던 상급 정령들이 안 다치게 도와줘서 다행이었지, 그렇지 않았다면 세상이 빙글빙글 도는 걸 보는 것 말고도 멍이 들고 긁히는 상처를 입었을 것이다.

'젠장할! 모델로 세울 거라면 극진히 모셔야 할 것 아니야!!'

그렇게 속으로 투덜대며 몸을 일으키는데, 그 순간 또 다른 드워프가 나타나 내 팔을 낚아챘다.

'으아악~ 이거 모델 한번 하기도 전에 골병들겠다아~!!'

그래도 다행히 그 드워프가 가장 운이 좋았는지 다른 드워프들의 방해 없이 자신의 작업실에 나를 데리고 무사히 도착할 수 있었다.

덕분에 나도 더 이상 이리 끌려가고 저리 끌려가는 일을 끝낼 수 있어서 속으로 안도의 한숨을 내쉬었다.

처음에 그가 나를 데리고 골짜기에 나 있는 구멍으로 데려가기에 겁이 덜컥 났는데, 그건 그냥 단순히 음침한 동굴이 아니라 어디론가 이어진 통로였었다.

그 모든 구조가 드워프 위주로 만들어져 천장도 낮고 계단도 낮아서 나는 자꾸 발이 계단에 걸려 넘어지려고 했지만, 그때마다 그 드워프가 나를 잡아줘서 겨우겨우 나자빠지는 꼴은 면할 수 있었다.

"이런이런… 조심해야지. 그렇게 안 보이냐?"

"아, 예, 죄송합니다."

동굴 안이 어두운 것은 아니었다.

동굴 안에는 횃불이 일정 간격으로 걸려 있는 게 아니라 중간중간에 빛을 내는 어떤 보석이 박혀 있어서 내부를 환히 밝히고 있었다.

그런데 그 보석은 정말 보석이 아니라 가까이 가서 보니 크리스털에 둘러싸인 볼록 거울이었다.

　그러니까 어딘가 구멍을 통해 들어오는 햇빛을 볼록 거울이 반사해 내면 그 볼록 거울을 감싸는 크리스털이 프리즘처럼 빛을 사방으로 퍼뜨려 복도를 환하게 만드는 것이다.

　그것뿐만이 아니라 그 빛이 더 이상 퍼지지 않는 한계선 즈음에는 그와 비슷한 크리스털에 감싸인 또 다른 볼록 거울이 달려 있어 그 빛을 받아 다시 반사해 내 다른 쪽으로 퍼뜨리는 거였다.

　'호오… 역시 과학적인 원리가 상당히 도입되어 있구나. 빛의 각도와 반사를 알지 못하면 이런 구조는 만들어낼 수 없었을 텐데.'

　거기다가 볼록 거울을 감싼 크리스털은 절묘하게 세공이 되어 있어 빛을 반사하는 것 말고도 크리스털 자체가 반짝반짝 빛을 내는 것처럼 보여 진짜 보석 못지않게 무척 아름다웠다.

　'대단해… 대단해!'

　그 동굴 안에는 여러 가지 갈래길이 가끔 나왔는데, 갈래길마다 친절하게도 마치 도로 표지판 같은 안내판이 붙여져 있었다. 하지만 글이 쓰여 있는 게 아니라 마치 무슨 암호처럼 숫자가 써 있거나 기호가 섞여 있어서 외부 인물인 나는 도저히 무슨 뜻인지 알아볼 수는 없었다.

　그렇게 그 드워프의 뒤를 졸졸 좇아 드디어 끝에 도착하자 투박하지만 튼튼해 보이는 나무 문이 나왔고, 그것을 열고 들어가자 안에서 환한 빛이 드러나 나는 살짝 눈을 찡그려야 했다.

　물론 우리가 통과한 복도가 어두운 것은 아니었지만, 그보다 더 강한 빛이 그곳에는 존재하고 있었던 것이다. 그리고 잠시 후 빛에 익숙해진 내가 내부를 둘러보자 저절로 감탄사가 터져 나왔다.

　"우와아~"

투박한 문 바로 맞은편에는 거대한 면이 다 유리창으로 되어 있었는데, 그 창으로부터 밝은 햇빛이 그대로 쏟아져 들어오고 있었던 것이다.

유리창 너머로 건너편 골짜기가 보이는 것을 보니 여기는 아마 골짜기 중간쯤인 듯했다.

이 드워프 마을로 올 때 골짜기 여기저기에 뭔가 장치가 보였는데, 그건 단순히 드워프 마을에 햇빛이 닿게 하는 장치뿐만이 아니라 이런 드워프들의 작업소도 끼어 있었던 모양이다.

유리창으로 가까이 가 살펴보니 골짜기에서 약간 돌출되어 있는 면이 사선으로 되어 최대한 햇빛을 많이 받게 하고 있었고, 위로는 푸른 하늘이 보였다.

그러고 보니 작업실 안은 도대체 어떤 수를 썼는지 모르겠지만 온통 하늘색으로 칠해져 있었는데, 거기에 하얀 뭉게구름까지 그려져 있었다. 그것도 사방 벽과 천장뿐만이 아니라 바닥까지 그렇게 그려져 있어 마치 내가 하늘에 떠 있는 것 같은 기분을 느끼게 했다.

내가 감탄의 기색으로 사방을 둘러보자 드워프가 무지 기분 좋았던 모양이다.

"훗훗. 어때, 멋지지? 나는 이 세상에서 가장 아름다운 건 끝이 보이지 않는 광활한 푸른 창공이라고 생각하거든. 그래서 이번에 너를 보자마자 딱 내 작품 모델이라는 걸 깨달았지."

"아하, 제 머리 색 때문에요?"

"뭐, 네 신비한 머리 색이 큰 비중을 차지했다는 걸 부인할 수는 없지만 말야. 이번에는 좀 특이하게 드워프가 아닌 다른 종족을 대상으로 물품을 만들어보고 싶었거든."

"헤에, 어떤 진로를 걷고 계시는데요?"

"나? 나는 장신구 쪽인데, 이번에는 목걸이를 한번 만들어보려고."

"그렇군요."

그러면서 주위를 돌아봤는데, 아까는 이 작업실의 모습에 감탄하느라 미처 깨닫지 못했지만 이제 보니 황당하게도 이 작업실에는 아무것도 없었다.

그러니까, 보통 작업실에는 일하기 위한 도구가 있기 마련 아닌가? 작업대와 의자, 그리고 물품의 재료 같은 것들 말이다. 하지만 이곳에는 아무것도 없이 말 그대로 텅 비어 있었다.

그러자 방금 전까지 이곳이 작업실이라고 굳게 믿고 있었던 내 생각이 조금씩 흔들리기 시작했다.

'어, 여기… 혹시 작업실이 아닌 거 아냐? 내가 잘못 알았나?'

"저기… 여기가 작업실인가요?"

내가 조심스레 묻자 드워프가 의아하다는 듯 돌아보았다.

"응? 맞아. 여기가 내 작업실이야. 왜?"

"아니, 작업실치고는 너무 깨끗해서요."

정확하게 말하자면, 아예 아무것도 없었지만 말이다.

내 말에 드워프가 피식 웃었다.

"아아, 그건 이번에 새로운 작품을 만들기 위해 새로운 마음가짐으로 시작하려고 비워놔서 그래. 뭐, 그래 봤자 필요한 도구는 바로 옆 창고에 다 있으니까 의아해할 필요는 없구."

그러면서 그가 한쪽 벽으로 다가가서는 중간쯤을 쓰윽 밀었다. 그러자 그 벽이 빙글 돌아가면서 벽 건너편의 또 다른 공간을 보여주는 것이었다.

“헤에…….”

그 벽에는 티가 잘 안 나도록 회전문이 하나 달려 있었고, 그 너머에 그 드워프가 말한 창고가 있었던 것이다.

그 창고도 작업실보다는 조금 작지만 창이 있는지 환했다.

드워프가 그 안으로 들어가자 달리 할 일도 없었던 나는 쫄래쫄래 그 뒤를 따라 창고로 들어갔다.

창고는 말 그대로 물건을 놓기 위하여 만든 장소라 작업실처럼 특별하게 공을 들이지 않아 사방이 바위벽이었다. 그나마 잘 다듬어놓아 벽은 매끄러워 보였고, 어떤 공사를 했는지 흔히 동굴 속이라면 보이는 작은 물줄기조차 보이지 않았다.

하기야 그러고 보니 아까 작업실 쪽으로 연결되던 그 계단 동굴도 그런 물줄기는 보이지 않았지만, 그래도 거기는 약간 습기가 있었는데 이곳은 습기가 거의 없이 건조했다.

그러니까, 공기 중에 물의 정령들이 거의 보이지가 않았던 것이다.

아무래도 창고에 습기가 많으면 물건들이 상하기가 쉬울 테니 어떤 조치를 취해놓은 모양이다.

그런데 그런 것까지는 좋았지만, 그곳은 오만 가지 잡동사니가 그득 쌓여 있어 함부로 들어갔다가는 그 물품들과 부딪칠 것 같았고, 그랬다간 아슬아슬하게 쌓여 있는 그 물품들이 와르르 무너질 것 같아 나는 몸을 움츠린 채 조심조심 사방을 둘러보고 있었다.

그러나 이런 나와는 달리 이곳 주인인 그 드워프는 물건과 부딪치든 말든 그 물건들이 와르르 무너지든 말든 사방을 헤집더니만 잠시 후에 원하는 걸 찾은 모양이었다.

“아, 여기 있었군.”

조심스레 그의 뒤로 가보니 거기엔 이곳에 처박힌 지 좀 오래되었는 지 척 보기에도 무지 낡은 나무 상자가 놓여 있었다.

예전 보물섬이라는 영화에서 봤던 밑은 직사각형이고 뚜껑은 반원 모양인 그런 나무 상자였는데, 잠그지는 않았는지 그는 열쇠 없이 쉽게 뚜껑을 열었다.

그런데 안에는 이런 곳에 있다는 것이 전혀 어울리지 않게도 옷이라 고 추정되는 천 뭉치들이 가득 들어 있었다. 뭐, 작업실이라면 옷이 더 러워지는 걸 방지하기 위해 앞치마 같은 것이 있을지도 모르겠지만, 그 천들은 앞치마라고 보기에는 너무 고급스러워 보였던 것이다.

"으음… 이거 오랜만에 열어봐서… 망가지지 않았으면 좋겠는데… 어디 있더라… 아, 여기 있군."

그 드워프가 조심스레 옷가지를 헤치다가 드디어 발견한 옷을 조심 스레 꺼내 들더니 나를 돌아보았다.

"자, 이것으로 갈아입거라. 대충 맞을 것 같기는 한데… 혹시 작으 면 이야기하고."

"에에엑~?"

그것은 은빛 천으로 하늘하늘하게 만들어진, 한눈에 척 보기에도 무 지 예쁜 여자용 드레스였다.

나는 기가 막히다는 시선으로 그 드워프를 바라보았다.

"이건… 여자 옷이잖아요?"

물론 나는 내 인생 대부분을 여자로 살아왔기 때문에 그 드레스를 입는 데 아무런 위화감이 없었다. 아니, 오히려 예쁜 옷을 돈 주고서라 도 구입해서 입고 싶을 정도다.

그러나 지금은 내가 남들에게 남자로 인식되고 있음을 분명히 알고 있는데 이런 나에게 여자 드레스를 주면서 입으라고 하니 순간적으로 거부 반응이 일면서 혹시나… 하는 눈으로 그 드워프를 바라보게 되었던 것이다.

'혹시… 이 드워프 미소년에게 여장을 시키고 즐기는 그런 거시기한 놈 아냐?'

이런 생각을 하면서 말이다.

하지만 이 드워프는 그런 거시기한 놈이 보통 가지고 있다는 음흉하고 느물스러운 눈빛이 아니라 단지 영감을 얻어내려는, 좀 광적인 기질이 섞여 있었지만 진지한 눈빛이었다.

"뭐… 남자가 여장한다는 게 좀 탐탁지 않겠지만, 신기한 경험 한번 하는 셈 치고 좀 도와주지 그래? 네가 비록 이번에 내가 생각하는 이미지에 많이 가깝기는 하지만, 그래도 남자 녀석을 세워두고 영감을 얻기는 좀 그렇잖아? 남자용 목걸이도 아니고 말야."

"아니, 그건 그렇지만……."

그래도 왠지 내키지가 않아―여자로 봐주는 거 하고 남자인 줄 알면서 여장시키려고 하는 거하고는 차원이 다르니까―망설이는데, 드워프가 그 은빛 드레스를 옆에 조심스레 내려놓더니 다시 상자 안을 뒤적였다.

"흐음… 하기야 좀 꺼림칙한 게 있겠지? 잠시만 기다려 봐. 그것도 여기에 놔뒀던… 아, 여기 있군."

그러면서 상자에서 꺼내 들어 나에게 내미는 물건을 본 나는 기겁하며 뒤로 물러섰다.

"으에에엑~!! 그게 뭐예요?"

그것은 햇볕에 건강하게 그을린 피부색을 하고 있었는데, 척 보기에도 약간 말랑말랑하게 보이는 인조 가슴이었다. 마치 브레지어처럼 생졌지만 가슴을 감싸는 부위가 있는 대신 거기에 가슴 모양의 형체가 달려 있다는 게 달랐다.

물론 그게 뭔지 몰라서 묻는 건 아니었지만, 그 드워프는 순진한 건지 내 질문에 곧이곧대로 대꾸했다.

"뭐긴 뭐야? 가슴이지. 넌 여자가 아니니 가슴이 없잖아. 그러니 드레스를 입더라도 어디 어울리겠어?"

"그… 그, 그러니까… 아니, 드워프들은 그런 것도 만듭니까?"

왠지 그걸 보니까 정말 변태 소굴에 온 것만 같고 소름이 쫙악 끼쳤다. 여기가 특수 분장실이면 몰라도 왜 이런 게 여기 있는지 다시금 그 드워프가 의심스러워지는 순간이었다.

그러자 그 드워프는 나와 인조 가슴을 번갈아 보더니 머쓱하게 웃었다.

"아, 하기야… 좀 이상하게 보일 테지? 하지만 오해는 하지 말라고. 이건 내가 만든 게 아니라 내 친구 녀석이 만든 거야. 뭐, 지금은 이 마을에 없는데 떠나면서 자신이 만든 걸 다 나에게 주고 갔거든."

그 친구 취향 한번 괴상하다고 속으로 부르짖든 말든 그 드워프는 아련한 눈빛을 하며 말을 이었다.

"이상하게 생각하지는 말라고. 그 녀석은 진로가 옷을 만드는 쪽이었는데, 자신이 여자 체형이 되어봐야 진정한 여자 옷을 만들 수 있다고 생각했거든. 이런 것도 그런 의미에서 만들어진 거야. 뭐, 그러다가 드워프의 체형은 아름다운 옷을 만들기에 적합하지 않다고 부르짖으면서 엘프들의 체형에 심취해 있다가 마을에서 거의 쫓겨나다시피 나가버렸지만 말야."

예술가들 중에는 괴팍한 성격의 소유자가 많다고 하더니만, 드워프들 중에서도 괴상한 사상을 가진 이가 있었던 모양이다.

'아니, 그냥 여자 체형을 잘 알면 되었지, 자기가 직접 여자 체형이 되어야 한다는 그 사상은 뭐냐?'

속으로 그렇게 꿍알대면서 온몸에 솟은 닭살을 집어넣는데 그 드워프의 말이 다시 들려왔다.

"아, 그러고 보니 그 친구가 너희 상회에 소속되어 있을걸? 그 반쪽 엘프 녀석이 엘프 체형과 비슷한 인간 체형을 마음껏 보며 연구할 수 있게 해주겠다고 꼬여서 데리고 갔거든? 못 봤어?"

있다는 소리도 못 들었지만 그런 드워프라면 절대 보고 싶지 않았다.

"못 봤는데요? 저는 이 상회에 들어온 지 얼마 안 되었거든요."

"그래? 뭐, 그렇다면 그런 거겠지. 나중에 그 녀석 만나면 안부나 전해줘. 아마 거기서 인간들 몸에 맞는 옷을 만들고 있겠지? 흐음… 그런데 이건 그 녀석 몸에 맞게 만든 거라 너에게 너무 클 것 같다."

여전히 손에 들고 있던 인조 가슴과 날 번갈아 바라보며 눈대중으로 치수를 재고 있었는지 그 드워프가 심각하게 고민하는 거였다.

그러자 왠지 그 모습에 들어갔던 닭살이 다시 솟아오르는 기분이었다.

"어쩌지? 다른 때 같으면 이쪽 진로 녀석에게 줄여달라고 부탁을 하겠는데… 지금 기간이 기간인지라… 아무래도 치수를 잰답시고 빼앗아 갈 것 같고… 내가 한번 만져 볼까나?"

"돼, 됐어요! 그런 거 하고 싶지 않아요. 제가 알아서 할 테니 그냥 드레스 주세요."

나는 드워프의 말에 뜨악하며 재빨리 입을 열어 낚아채다시피 그의 옆에 고이 모셔져 있는 은빛 드레스를 집어 들었다.

"그래? 뭐, 그럼 네가 알아서 해라. 하지만 가슴이 없으면 여자티가 안 날 텐데… 우웅, 여자 목걸이의 생명은 여자의 가슴과 얼마나 조화가 되느냐 하는 건데… 괜찮을까? 뭐, 우선 이미지만 잡아보고 정 안 되면 내 딸에게 부탁을 좀 해야겠군."

그 드워프는 그렇게 혼자 궁시렁궁시렁대면서 창고에서 몇몇 물품을 챙겨서 작업실로 나갔다.

"젠장… 내 신세가 왜 이리 되었누."

창고 문이 닫혔다는 것을 확인한 나는 한숨을 푹 내쉬면서 들고 있던 드레스를 그제야 자세하게 살펴보았다. 마치 실크처럼 부드러웠고 힘없이 하늘하늘하는 게 입었을 때 감촉은 좋을 것 같았다. 드레스는 소매가 없고 어깨 선이 끈보다는 조금 넓은 나시티 형태에 목둘레와 가슴이 넓게 파여 있어서 긴 목의 미인에게는 무척 잘 어울릴 듯싶었다. 게다가 그곳에서부터 마치 파도가 치는 것처럼 횡으로 부드럽게 주름이 지면서 몸에 살짝 붙는 스타일이라 긴 다리에 날씬한 몸매의 여인이 입는다면 끝내줄 것 같았다.

'음… 하지만 내 머리 색에는 별로일 것 같은데… 머리 색도 옅은 데다 옷 색도 옅잖아? 나보다는 차라리 짙은 검은 생머리의 여인이 딱일 것 같은데? 그래, 허리까지 치렁치렁 내려오는 정도의… 머리에는 다이아몬드나 진주 같은 은빛과 잘 어울리는 머리 장식을 하고…….'

그러나 나는 검고 긴 생머리의 여인도 아니었고 이곳에는 그런 머리 장식 또한 없었다. 게다가 창고 안이라 거울이 없어 옷매무새를 잡기는커녕 내게 어울리는지 아닌지도 볼 수가 없었다. 다행히 옷은 대충 나에게 맞았지만.

‘에구… 이왕 입는 거 얼마나 어울리는지는 보고 싶은데…….’

아쉬운 대로 옷을 갈아입으며 속으로 꿍시렁거리던 나는 예전에 했던 방식 그대로 마법을 써서 가슴을 만들면서 마음속 깊이에서 우러나오는 한숨을 다시금 내쉬었다.

“에휴~ 내가 다시 이런 짓을 하게 될 줄이야…….”

거울이 없는 관계로 나는 그냥 눈으로 보이는 부분만 대충 정리를 하고는 작업실로 향했다.

“아, 나오는군. 어때? 그건 내 친구가 마을을 떠나기 전에 엘프들 체형에 맞춰 만들어본 몇 개 안 되는 드레스였는데… 제법 너에게도 맞는군.”

그는 나를 훑어보며 만족스럽다는 듯이 고개를 끄덕이더니 작업실 가운데에 나를 세워두고는 자신은 창을 등진 채 의자에 앉았다.

그의 앞에는 이젤과 같게 생긴 받침대가 있었고 거기에는 종이가 걸려 있었는데, 폼만 보면 그 드워프가 내 초상화를 그리려는 것만 같았다.

“자자, 거기에 서봐. 헤에~ 가슴이 있잖아? 어떻게 된 거야?”

“마법을 쓴 것뿐이에요.”

“그래? 마법사였나? 뭐, 어쨌든 다행이군. 자, 그 머리 묶은 것 좀 풀어봐. 흠… 생머리구먼. 조금만 더 길었으면 좋았겠지만… 하는 수 없지. 자, 잠시만 그러고 있어.”

그 드워프의 요구대로 질끈 묶은 머리를 풀어 손으로 쓱쓱 빗어 내리자 머리카락이 내 어깨 너머 등을 간질이는 감촉이 느껴졌다.

그 드워프는 나를 그렇게 세워두고는 작업에 들어갔다.

나를 한참 동안 뚫어져라 바라보더니 자신의 앞에 놓인 종이 위에 뭔가를 슥슥 그리고는—글을 썼을지도 모르지만—또 한참을 뚫어져라 보다가 그리다 이제는 내 배경—그래 봤자 작업실 벽이었지만—과 나를 번갈아 보다가 또 그리다가 하는 거였다.

그러면서도 목걸이의 디자인이 나올 수 있는 건지는 의아스럽지만……

그렇게 잘은 모르겠지만 한 한 시간 정도 지났을 즈음 그제야 그 드워프가 처음으로 입을 열었다.

"옆으로 좀 돌아봐. 아니, 너무 돌지 말고. 그래, 그 정도로."

대충 45도 정도 틀어 세우더니 아무 말 없이 나를 봤다가 또 종이에 그렸다가 아무 말 없이 봤다가 종이에 그리는 일이 또다시 반복되었다.

그러는 동안 그 드워프의 앞에 있던 종이는 하나둘 땅에 떨어지기 시작했다. 처음부터 여러 장의 종이를 앞에다 겹쳐 놓았던 모양이다.

어떤 거는 망쳤는지 커다랗게 엑스 자가 그려지기도 했고, 또 어떤 거는 심히 구겨지기도 했고, 또 어떤 거는 그냥 내버리듯 땅에 떨어지는데 나는 드워프 쪽을 보지 못하고 약간 옆을 비껴 서 있었기 때문에 종이가 떨어진다는 건 알았지만 거기에 무엇이 그려지거나 쓰여져 있는지는 볼 수가 없었다.

"좋아. 잠시만 고개를 좀 들어보겠어? 아니, 너무 올리지는 말구. 그렇지. 아, 조금 내려봐. 음음, 좋았어. 그러고 있어봐."

"고개 좀 내려봐. 좋아. 잠시만… 음음, 이번에는 옆으로 돌려봐. 아니, 몸 말고 고개만."

"뒤로 돌아봐. 옳지. 그러고 있어봐. 이번에는 오른쪽으로 좀 돌아봐. 음음."

"상체만 틀어봐. 조금만 더. 이번에는 반대쪽으로."

목걸이 하나 디자인하는데 이런 게 도대체 무슨 필요가 있는 건지는 모르겠지만 그의 말을 순순히 따르는 수밖에 도리가 없었다.

그렇게 그의 지시에 따라 자세를 취하면서 계속 서 있자니 점점 다리가 아파왔다. 거기에다 배에서 꼬르륵거리는 걸 보니 점심 시간도 지난 듯싶었다. 물론 내가 서 있는 자리가 창가에서 좀 떨어져 있어 해를 보지 못하니 자세히는 알 수 없었지만 그래도 최소한 정오는 지난 것 같았다.

그래 좀 쉬고 할 수 없겠냐고 물어보기 위해 드워프를 바라보았는데, 그는 아까부터 나를 정면으로 보게 한 후부터는 그동안 땅에 떨어뜨려 놨던 종이들을 몽땅 가지고 살펴보며 거의 무아지경에 빠져 있었다.

그런 후에는 나를 바라보는 일도 없어졌기에 나는 모델이 된 후로 한 자세로 가장 오랜 시간 동안 가만히 서 있어야 했다.

'젠장… 자기만의 세계에 빠져들 거면 나를 좀 쉬게 해주던가.'

속에서부터 그런 불만을 씹고 있자 왠지 온몸이 더욱더 쑤셔오는 것만 같았다.

결국 참을 수가 없어진 나는 그의 상념을 깬다는 건 정말 미안했지만 그를 불렀다.

"저기요……."

하지만 너무 작게 불렀는지 그는 미동도 안 했다.

"저기요오~"

그래 다시 한 번 크게 불렀는데 그래도 미동도 안 했다. 아니, 아예 내 말이 들리지도 않는 모양이었다.

나는 그의 모습을 보며 슬그머니 옆으로 한 발짝 옮겨갔다. 혹시

나에게 신경을 쓰고 있다면 내가 움직이는 걸 알고 날 바라보기라도
할 것 같아서였다. 그렇지 않으면 조금 앉아서라도 쉬려는 생각이었
다.

하지만 내가 너무 조심스레, 그리고 조금 움직여서 그런지 그는 어
떠한 반응을 보이지도 않았다. 그래 이번에는 두어 발자국을 옮겨갔는
데 여전히 그는 자신의 생각에만 빠져 있어서 못 알아차렸다.

'완전히 딴 세상에 가 있구만……'

그래도 혹시나 해서 이번에는 마지막이라 생각하고 일부러 걸음 소
리를 내면서 몇 발자국을 걸어보았지만 그래도 못 알아차리자 나는 한
숨을 내쉬고는 창고로 발걸음을 옮겼다. 이왕 쉬기로 결심한 거 옷까
지 완전히 갈아입고 편안하게 쉬려는 생각이었다.

뭐, 나중에 그가 화를 낼지도 모르겠지만, 차라리 나중에 화를 당하
더라도 지금은 조금만 편히 앉아서 쉴 수 있다면 그의 화 정도는 얼마
든지 감당할 수 있을 거라 생각하였다. 뭐, 그래 봤자 나에게 정말 해
를 가할 것도 아닐 테니 말이다.

내가 창고에 들어가 옷을 갈아입고 나왔는데도 불구하고 그 드워프
는 여전히 자신만의 세계에 빠져 있었다. 달라진 것이 있다면 이제는
아예 의자에서 내려와 종이를 바닥에 쫘악 펼쳐 놓고 그것을 뚫어져라
쳐다보고 있다는 것일까나?

그의 옆에 쭈그리고 앉기도 뭐해서 나는 창고 문 옆 벽에 등을 기대
고 주저앉았다.

싸아 하고 차가운 기운이 등과 엉덩이를 적시고 올라오는 것도 잠시
동안은 괜찮게 느껴졌지만, 그것도 시간이 흐르자 등과 엉덩이가 딱딱
한 벽과 바닥에 짓눌려 아파오기 시작하자 더 이상 괜찮지가 않아 자

리에서 일어났다.

그때까지도 그 드워프는 그 자세 그대로를 고수하고 있었다.

그 모습에 약간 화가 난 나는 내가 도대체 여기서 뭐 하고 있나 하고 왠지 모든 게 한심해졌다. 거기에 더해 배에서 다시 꼬르륵 소리가 나자 숙소로 돌아가서 식사나 하는 게 여기 가만히 주저앉아 있는 것 보다 백배는 더 낫다는 생각이 들었다.

"저기요, 저 이만 가볼게요."

내가 그렇게 말을 걸어도 드워프는 듣지 못하는지 미동도 없었다.

속으로 한숨이 나왔지만 나는 작별 인사까지 했으니 나중에 화를 내면 못 들은 드워프 탓으로 돌려야지 하는 핑곗거리를 생각하며 슬그머니 작업실 문을 열고 나왔다.

"어휴, 만약 다른 드워프들에게 붙들려 모델이 되었어도 이 고생을 했을까나?"

그 생각을 하면 마을로 가고 싶지는 않았지만, 이곳에 있는다고 해서 빵이 나오는 것도 아니었기에 나는 어쩔 수 없이 아래쪽으로 내려가기 시작했다.

'여차하면 튀어야겠어. 다시 이 고생을 하느니 차라리 몬스터랑 싸우는 게 백배 낫지.'

올 때는 위로 올라왔으니 갈 때는 아래로 내려가면 될 것이라 태평하게 생각하고 아무 의심 없이 쭈욱 나 있는 길을 따라 걸어 내려가던 나는 얼마쯤 걸어가자 문득 이상한 것을 느꼈다.

그동안 내가 걸어 내려온 계단은 모두 돌을 반듯하게 잘라서 만들어 놓은 거였는데 어느새 그 돌 계단은 사라지고 단순한 흙으로 된 계단이 밟히는 거였다.

의아함에 그제야 정신을 차리고 주위를 둘러보니 달라진 건 그것뿐만이 아니었다.

복도 중간중간에 달려 조명을 담당하는 크리스털에 둘러싸인 볼록거울 장치도 어느새인가 사라져 있었다.

"어? 어라? 내가 잘못 들어왔나? 좀 이상한데?"

아까 그 드워프를 따라 이곳으로 왔을 때 여기가 마치 나무 밑 기둥부터 시작하여 올라갈수록 여러 갈래로 갈라지는 가지 같은, 올라갈 때는 여러 갈래길이 나오지만 내려올 때는 그 갈래길이 하나로 합쳐지는 듯한 구조 같기에 아무런 망설임이나 고민없이 그저 한 길만 쭈욱 따라가면 밖으로 나갈 수 있을 거라 여기고 혼자 나왔던 거였다.

그런데 분명히 앞으로 쭈욱 나 있는 한 길을 따라왔는데 와본 적도 없는 길로 들어선 것이었다.

'이상하다… 그동안 갈래길이 합쳐지면 합쳐졌지 다시 갈린 적은 없었는데… 그렇다면 잘못 들어설 리도 없잖아? 으음… 뭐, 내가 이 통로에 처음 들어섰을 때부터 자세히 살펴본 건 아니었으니까… 처음에는 이런 길이었나 보지 뭐.'

그렇게 마음을 다잡으며 조금 더 걸었지만, 밖의 입구는 안 나오고 계속 통로만 이어지자 점점 더 불안해져 내 걸음은 점점 느려지다가 결국은 제자리에 멈춰 섰다.

이렇게 불안한 거 다시 되돌아가 그 드워프의 작업실을 찾으면 될 것 같지만, 벌써 몇 개의 갈래길이 합쳐진 길을 왔던 터라 찾아가라고 하면 못 찾을 것 같았기에 돌아갈 엄두도 못 냈다. 그렇다고 이대로 가자니 어딘지도 모르는 엉뚱한 곳으로 갈지도 모른다는 불안한 생각에 쉽사리 발걸음을 떼어놓을 수가 없었다.

나는 아무래도 모험심이 부족한 모양이었다. 그래서 그냥 혼자 헤매고 다니느니 정령의 도움을 받고자 실프를 불러내려는 그 순간, 나는 다른 곳과 이곳의 큰 차이점을 하나 더 발견할 수 있었다.

이곳에는 허공에 둥둥 떠다니는 정령들이 없었던 것이다.

"이게… 어떻게 된 거지?"

제 21 화 입문편~!

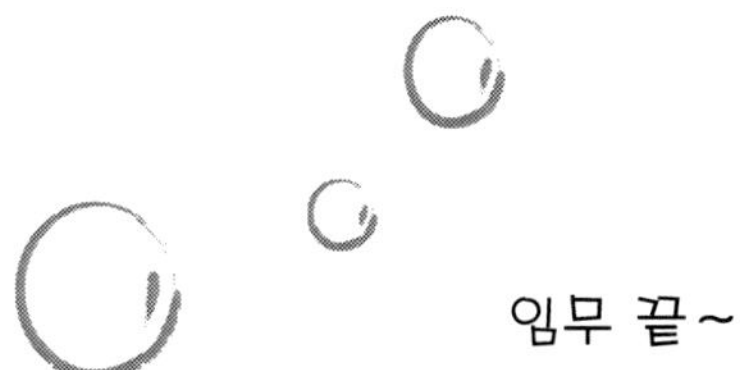

이곳에는 허공에 둥둥 떠다니는 정령들이 없었던 것이다.

"이게… 어떻게 된 거지?"

아버지에게 듣기로는 이 세상에 정령이 없는 곳은 없다고 했었다. 그런데 지금 그 이 세상에서 있을 수 없는 곳이 내 눈앞에 펼쳐지고 있는 거였다.

그동안은 길을 잘못 들었느니 아니니에 신경 쓰느라 미처 깨닫지 못하고 있었던 듯했다.

그런데 이제 와서 그것까지 깨닫자 불안감이 두 배는 더 커져서 어서 빨리 이곳을 벗어나야 한다는 생각이 강력하게 뇌리를 지배했다.

그러면서 동시에 내가 의지할 수 있는 정령의 이름을 빠르게 불렀다.

"엘라스트라!"

하지만 평소에는 내가 부르지 않아도 항상 내 옆에 머물면서 여차하면 도와주었던 엘라스트라가 지금은 내가 간절하게 부르는데도 나타나지 않는 거였다.

그러니까 겁이 덜컥 났다.

내가 그동안 그를 불러낸 이래 처음으로 내 부름에 나타나지 않는 그를 속으로 원망한 채 나는 침착하자고 중얼거리며 엘라스트라 다음으로 제일 믿음직한 불의 정령을 불렀다.

"셀레아나?"

하지만 그도 나타나지 않는 거였다.

"시, 실레스틴……."

그 정도가 되자 나는 애써 침착하려고 하는데도 불안이 너무 커져서 목소리가 저절로 떨려 나왔다.

그래도 실레스틴이라도 부름에 나와줬다면 그나마 안도하겠지만, 실레스틴마저 나타나지 않자 이제는 절망스러워져 다리에서 스르르 힘이 빠져 그 자리에 주저앉을 것만 같았다. 그러나 여기에서 주저앉으면 다시는 일어나지 못할 것 같아 애써 떨리는 팔로 벽을 지탱해 간신히 서 있는 채로 나는 마지막으로 나머지 정령의 이름을 불렀다.

"노, 노에아네에엔……."

솔직히 다른 정령들이 나오지 않아 거의 절망에 다다른 단계에서 기대없이 부른 거였는데, 너무나 기쁘게도 내 바로 앞의 계단이 흐물흐물해지더니 흙 기둥이 쑤욱 솟아나며 그가 나타나는 거였다.

"흐에에엥~!!"

그가 이렇게 듬직하게 보이는지는 정말 처음 알았다.

그의 모습에 나는 순간적인 안도감으로 인하여 눈물이 마구 솟구쳐

오르며 지금까지 애써 주저앉지 않으려 했던 것도 다 잊은 채 온몸에 힘이 빠져 그대로 스르르 주저앉았다.

[쯧쯧, 그러길래 처음부터 저를 부르지 그러셨습니까.]

이런 내 모습을 본 노에아넨이 노인처럼 혀를 끌끌 차더니 내 앞에 쭈그리고 앉아 자신의 등을 돌려대는 거였다.

[자, 업히세요.]

"우엥~ 고마워. 도대체 다른 녀석들은 왜 안 오는 거야아~!"

나는 얼굴이 눈물 콧물 범벅이 되는 것도 깨닫지 못한 채 얼른 그의 등에 업혔다.

노에아넨은 너무나 가뿐하게 내 몸을 들쳐 업더니만 앞으로 걸어가기 시작했다.

[그거야······.]

그러면서 내 질문 아닌 질문에 대답을 하려고 했지만 나는 놀라서 그의 말을 가로막으며 외쳤다.

"흐엑?! 노에아넨, 지금 어디로 가는 거야? 뒤로 가야지!"

내가 쭈욱 앞으로만 오다가 이상한 길로 들어섰으니 그곳에서 빠져나가려면 당연히 뒤로 가야 했다. 그런데 이런 걸 노에아넨은 몰랐는지 나를 업더니만 그대로 앞으로 걸어가는 거였다.

하지만 이런 나의 놀란 외침에도 불구하고 노에아넨은 여전히 앞쪽으로 걸어가며 대꾸했다.

[아닙니다. 이 앞쪽에 해인님을 기다리는 분이 계십니다.]

"날 기다린다고? 도대체 누가?"

[그건 가보면 아시게 될 겁니다.]

"가보면 알게 되다니··· 그럼 여길 계속 가야 한단 말이야? 아니, 잠깐만… 그런데 너는 왜 그 사람 말을 듣는 거야?"

[그것도 가보면 아시게 될 겁니다.]

노에아넨이 내 질문에는 대답도 안 하고 마치 앵무새처럼 가보면 알 거라는 말만 되풀이하자 나는 아까 완전히 사라졌던 불안감이 다시금 솟구쳤다.

아까는 다른 정령들은 못 와도 노에아넨 한 명이라도 오면 괜찮다고 생각했는데, 막상 나타난 노에아넨이 내 의사는 싸그리 무시하고 이 앞에서 날 기다리는 누군가의 말만 듣고 움직이는 걸 보니 괜히 불러낸 건 아닌가 하는 생각이 들었던 것이다.

'혹시… 노에아넨이 그 사람의 최면에 걸려 내 말을 안 듣고 그 사람 말에만 복종하게 된 건… 헉! 그럼 난 함정에 빠진 걸까? 그런데… 정령도 최면에 걸리나? 이럴 줄 알았으면 정령들을 부르지 말고 그냥 내가 뒤로 빠질걸. 아무래도 안 되겠다. 그냥 여기서 멈추라고 하고 슬쩍 내려서 뒤로 도망갈까? 노에아넨이 쫓아오면… 으윽… 가만있어 봐. 실드의 주문이 어떻게 되더라?'

나는 여차하면 노에아넨의 뒤통수를 후려갈기고 튀려고 실드 주문까지 막 생각해 놓고 있는데 노에아넨이 걸음을 딱 멈췄다.

그때가 하필이면 막 마나를 끌어올려 실드를 전개하려는 찰나였기에 나는 노에아넨이 혹시 내가 마나를 끌어올리는 걸 눈치 채고 막기 위해 멈춘 줄 알고 지레 놀라 얼른 끌어올린 마나를 풀어버렸다.

"왜, 왜 멈추는 건데?"

[다 왔습니다.]

"엥?"

나는 도망갈 생각만 하느라 어느덧 내 주변 공간이 계단만 나 있는 작은 통로가 아니라 약 10여 평 정도의 동굴이라는 걸 미처 깨닫지 못하고 있었다.

"어어⋯⋯."

내가 놀란 눈으로 주변을 둘러보는 사이 노에아넨은 조심스레 나를 땅에 내려놓아 줬다.

드디어 나를 보고 싶어하는 사람을 만난다는 생각에 가슴이 무진장 떨리고 누구인가 싶어 호기심도 일었지만, 그래도 여차하면 튀어야 한다는 생각을 여전히 가지고 있던 터라 나는 도망갈 통로를 미리 확인해 놓기 위해 뒤를 돌아보았다.

그런데 놀랍게도 우리가—정확히 말하면 날 업은 노에아넨이—걸어왔을 통로가 있어야 할 곳에는 그냥 흙으로 된 벽만 덩그러니 있는 게 아닌가?

"에엑?!"

그래 주위를 둘러보니 그곳은 입구가 전혀 없는, 사방이 다 막힌 완벽한 밀실이었다.

'이, 이럴 수가⋯ 이래서야 어떻게 도망을 가지? 역시⋯ 아까 노에아넨이 이상하단 걸 깨달았을 때 도망가야 했었나?

망연자실하게 우리를, 아니, 정확하게 나를 가로막고 있는 사방을 바라보며 서 있는데, 어디선가 부드러운 웃음소리가 들리며 누군가가 나에게 말을 건네왔다.

"호호호호, 너무 걱정할 필요 없단다."

"헉!"

갑작스러운 목소리에 놀라서 그쪽으로 몸을 돌리니 언제 어디서 어떻게 어느새 나타났는지 한 아름다운 여성이 나를 향해 빙그레 미소

짓고 있었다.

그 여성은 거의 엉덩이까지 내려오는 긴 황갈색 생머리를 가지고 있었는데, 동양인 같은 살구빛 피부에 머리카락과 같은 황갈색 눈동자, 그리고 오밀조밀한 이목구비를 가지고 있는 엄청난 미인은 아니지만 꽤나 예쁜 편인 여자였다.

그러나 그녀의 몸 전체에서 우아함과 부드러움이 뿜어져 나와 왠지 우러러보게 만드는 것만 같았다.

거기에 땅에 질질 끌릴 정도의 길다란 흰색 드레스를 입고 있었는데 차이나 풍으로 목까지 감싸는 데다가 손등을 거의 덮는 길이의 소매는 무척이나 넓어서 무협 영화에서나 봤던 송나라나 명나라의 여성 복장과 비슷해 보였다.

물론 비슷한 스타일이라는 것이지 옷 가운데 새겨진 황금색 무늬라든지 디자인은 확연히 차이가 났다.

그러고 보니 이곳에는 정령들도 없고, 불도 없고, 빛이 들어오는 창문도 없어 어두컴컴해야 정상일 터인데 이상하게도 밝아 그녀를 보는데 아무런 지장이 없었다.

마치… 우리를 둘러싼 흙벽 전체가 미약한 빛이라도 발하고 있는 듯한 기분이었다.

'도대체… 여기는 어떻게 돼먹은 구조인 거야?'

그녀에게서 다시 시선을 돌려 사방을 살펴보며 속으로 다시금 한숨을 내쉬는데 그녀의 우아하고 부드러운 목소리가 다시금 들렸다.

"저런. 너무 서 있으면 다리 아플 텐데 앉지 그러니?"

이프리트 못지않은 부드러움과 따뜻한 목소리였지만, 나는 그녀의 말에 순순히 수긍하기보다는 속으로 이죽거렸다.

‘여기에 뭐가 있다고 앉으라는 건지······.’

그도 그럴 것이 아까 여기 들어와 살펴본 바로는 이곳에는 사방을 막고 있는 흙벽과 내가 딛고 서 있는 흙바닥 외에는 아무것도 없었던 것이다.

그렇다고 누군지도 모를 그녀에게 직접 대놓고 이야기할 수는 없어 그냥 땅바닥에라도 앉아야 할지 고민하면서 그녀를 힐끔 쳐다보는데, 놀랍게도 그녀는 벌써 언제 어디서 나타났는지 모를 의자에 떡하니 앉아 있는 거였다.

‘에엥? 저 의자는 도대체 어디서 나왔대?

그것뿐만이 아니었다.

그녀와 나 사이에는 탁자가 하나 나타나 있었고, 돌아보니 내 바로 뒤에도 그녀가 앉은 것과 똑같은 의자가 어느새 생겨 있는 거였다.

‘허어… 이런 걸 가지고 귀신이 곡할 노릇이라고 하는 거겠지?

내가 그 의자를 물끄러미 바라보고만 있자 그녀가 다시 한 번 재촉했다.

“자자, 어서 앉아라. 그래 보여도 무척 편안하단다.”

그래 엉거주춤 엉덩이를 걸쳤더니 의외로 의자는 폭신했다.

물론 솜을 두툼하게 넣은 쿠션처럼 쑥 들어간 건 아니었지만 약간 불그스름한 이 의자는 그냥 보면 딱딱해 보였지만 느낌은 단단하면서도 포근해 꽤나 안락했다.

그 기분에 등받이에 등을 편안하게 기대고 싶은 욕구가 생겼지만 눈앞에 정체 불명의 인물을 두고 태연하게 있을 수는 없어 괜히 등을 곧게 세우고 몸을 긴장시켰다.

그러자 이런 내 모습을 본 그녀가 손등을 덮는 소매로 살짝 입가를 가리며 호호 웃는 거였다.

"호호호, 저런… 그렇게 긴장할 필요는 없는데."

그녀의 부드럽고 다정하게 대해주는 태도를 보아하니 긴장을 풀어도 될 것 같았지만, 그래도 그녀의 정체를 알기 전에는 방심할 수 없는 터라 나는 긴장을 풀지 않은 채 무례하지 않게끔 조심스레 질문을 던졌다.

"저기… 누구세요?"

"응? 나 말이니?"

'그럼 여기에 댁 말고 누가 있수? 허걱! 그러고 보니 노에아녠은 어디로 간 거야? 아까까지만 해도 여기 있었는데?'

그러고 보니 노에아녠이 내가 가란 말도 안 했는데 어느샌가 사라져 있었다.

'으음… 아무래도 이거… 노에아녠을 계속 데리고 있을 수가 없겠는데? 정령 계약에 계약 파기법도 있을라나?'

속으로 이렇게 중얼거리는데 그녀가 다시 웃는 소리가 들렸다.

"호호호, 노에아녠은 내가 심부름을 시켰단다. 그렇게 찾지 않아도 곧 있으면 돌아올 거야."

내가 두리번거리는 걸 보고 눈치 챈 모양이었다.

"에? 아, 아뇨… 그냥 갑자기 안 보여 의아해서 말이죠."

내가 그의 계약자인데 나와 계약한 정령에 대한 이야기를 딴사람에게 듣는다는 게 기분이 좀 안 좋았다.

'도대체 이 아가씨? 아줌마? 어쨌든 이 여자 분은 뉘신데 노에아녠에게 심부름을 시킨 거야? 노에아녠이 걸려도 단단히 걸렸나 보네.'

속으로 그렇게 투덜거리는데 이런 날 빤히 바라보고 있던 그녀가 부드럽게 미소 지어 보였다.

"이런, 이런, 아까 내가 누구냐고 물을 때는 알면서도 모른 체하는 건가 했더니만… 정말 내가 누구인지 모르는가 보구나? 아직도 모르겠니?"

솔직히… 나중에 생각했을 땐 내가 이 당시 침착했더라면 벌써 알아챘을 거라고 여겨졌다.

하지만 나는 너무 당황스러운 일만 계속 겪었던 터라 침착하게 사고할 능력을 잃어버리고 있었기에 그녀가 그렇게 말하는 데도 불구하고 논리적인 추측을 하기는커녕 속으로 계속 투덜대기만 했다.

'처음 보는데 내가 어찌 안단 말이야? 가르쳐 주지도 않았으면서.'

그리고 보면 나도 아버지의 성격을 많이 물려받은 듯했다. 어머니도 이런 성격이셨을지 모르겠지만서도.

속으로야 그렇게 궁시렁댔지만 겉으로 표현할 수가 없었던 나는 가만히 고개만 저어 보였다.

"아앗! 정말 몰라? 우웅… 처음 보자마자 알아챌 줄 알았는데……."

무지 서운한 듯한 그녀의 표정에 나는 순간적으로 내가 못된 애처럼 느껴져 미안한 감정이 드는 거였다.

"아, 아니… 그게… 죄, 죄송해요……."

그러면서 속으로 내가 왜 사죄를 해야 하는지 어처구니가 없었지만, 분위기상 사과를 안 하면 안 될 것만 같았다.

그러면서 나에게 계속 친근하게 대하는 그녀의 모습에 날 어떻게 할 거란 위협은 보이지 않아 차츰 긴장을 풀자 그제야 이 여인이 나와 아는 사이였던가 하고 진지하게 고민을 하기 시작했다.

하지만 그러기 시작한 타이밍이 너무 늦어, 내가 누구인지 스스로 알아채기 전에 그녀가 먼저 자신의 신분을 밝혀 버렸다.

"나는 땅의 정령왕이란다. 노아스라는 이름으로 불리고 있지."

"아… 그러셨군요."

그녀에게 그렇게 대답하면서 나는 내 머리의 둔함을 다시 한 번 통감했다.

'우에~ 아버지가 멍청하다고 한 게 사실이었나 봐. 노에아넨이 내 말을 안 듣고 움직이는 것만 봐도 금방 눈치 챌 수 있었을 텐데…….'

물론 평소 내 곁에 있어주던 다른 정령들이 갑작스레 모습을 보이지 않아 너무 당황스럽고 놀라 제대로 생각을 못한 탓이기는 하지만.

그런 거 보면 나는 은연중에 정령들을 많이 의지하고 있었던 모양이다. 아버지 덕에 노력하지 않고 생긴 능력이라 잘 쓰고 싶지 않네 어쩌네 하면서 말이다.

'우웅~ 내가 이런 인간이었다니… 아아… 그래, 나는 역시 이런 인간이었어.'

그렇게 속으로 내 자신을 한탄하며 한숨을 푹푹 내쉬는데, 이 분위기에 너무나 안 어울리는 소리가 들려왔다.

꼬르르륵~

그건 당연히 내 배에서 나는 소리였다.

'허걱!'

나는 생각지도 못한 상황에 저절로 얼굴이 붉어졌다.

'에구, 에구… 이게 도대체 무슨 추태냐…….'

어쩌면 그건 어쩔 수 없는 일인지도 몰랐다. 아침에 일어나서 채 아침 식사를 끝내기도 전에 드워프에게 반강제로 끌려가 점심도 못 먹고 지금까지 모델을 서주다 겨우 빠져나오는 길이었으니 말이다.

하지만 그래도 창피한 건 창피한 거였다.

내 귀에도 또렷하게 들리는 그 소리를 노아스도 들었는지 그녀가 호호호 웃었다.

"호호호, 저런… 배가 고팠나 보구나. 식사하러 가는 걸 내가 붙잡은 거니?"

"아니… 뭐……."

내가 우물쭈물하며 입을 여는데 갑자기 혀 끌끌 차는 소리가 들리는 거였다.

"쯧쯧… 에잉, 하여간 내 망신은 네가 다 시키는구나?"

'허걱!'

아버지의 목소리였다.

차마 마주 바라보지는 못하고 고개만 살짝 돌려 바라보니 역시나… 거기에는 언제 나타났는지 아버지가 떡하니 서 있었다.

그런데 그뿐만이 아니라 이프리트에다가 실피드도 같이 서 있는 거였다.

'허걱! 저 정령왕들이 왜 여기 다 모인 거래? 에구구~ 망신살이 뻗쳤다~'

덕분에 나는 얼굴이 더욱 빨개져서 고개가 더욱더 아래로 내려갔다.

"배고픈 애를 데려다 놨으니 그렇지. 애가 식사를 한 뒤에 데려오던가."

이건 항상 나에게 따뜻한 이프리트의 말.

"호오, 배가 고프다? 정말 생물이잖아?"

이건 실피드의 말.

'내가 무슨 동물원 원숭이냐?'

그 외중에도 나는 무지 신기하다는 실피드의 말에 속으로 투덜투덜거리는데 아버지가 실피드를 향해 쏘아붙이는 말이 들려왔다.

"아니, 네놈은 왜 따라온 거냐!"

"왜? 나는 따라오면 안 돼?"

"내 아들 만나러 오는데 네가 왜 끼어드는 거야!"

"뭐, 어때서 그래? 안면이 아예 없는 것도 아닌데."

"그러니까 너도 지금 내 아들을……."

아버지와 바람의 정령왕 실피드가 다시 투닥대기 시작했다.

그런데 참 굿 타이밍이라고 해야 할지 그 둘의 싸움을 잠시 소강 상태에 들어가게 하는 소리가 났다.

꾸르르륵~

"푸, 푸하하하~!"

그렇지 않아도 창피해서 얼굴을 푹 숙이고 있는 상황이었는데 한 번 더 배가 요동 치자 나는 정말 쥐구멍이라도 있으면 들어가고 싶은 심정이었다.

그런데 이런 내 심정을 배려하지도 않은 채 실피드가 마구 웃어 젖히는 거였다.

"으하하하~ 그거참 신기하네. 야, 야, 한 번 더 해봐라. 자꾸 들으니까 재밌다."

"뭐냐, 네놈. 내 아들이 장난감이라도 되는 줄 알아?"

"뭐 어때? 신기하니까 그러는 거지. 한 번 더 해준다고 해서 크게 손해날 것도 없잖아."

"그렇게 신기하면 네놈이나 햇!"

"아따, 되게 치사하게 나온다. 좀생이처럼."

“뭐, 뭣?!”

“둘 다 시끄러워. 그렇게 싸우려면 나가서 싸우던가. 애가 배고프다는데 그게 그렇게 재밌냐?”

항상 내 편인 이프리트가 두 정령왕에게 핀잔을 주면서 나에게 다가와 노아스에게 물었다.

“너도 그래. 왜 배고픈 애를 불러들여 가지고. 좀 먹을 만한 것 없을까?”

“호호호, 미안해라. 그런 건 미처 생각을 못했네. 으음… 기다려 봐. 내가 애들을 시켜서 좀 가져오게 할 테니.”

그녀의 말이 끝나자마자 그녀가 앉아 있는 의자 바로 옆 흙바닥이 볼록 솟아오르더니 드워프보다 조금 더 키가 작고 허연 수염이 난 통통한 할아버지로 변하는 거였다. 햇볕에 그을린 짙은 피부색에 뺨은 발그레한 게 어찌 보면 나이에 안 맞게 귀여워 보이기까지 했다.

노아스가 그 땅딸막한 할아버지에게 가볍게 손짓을 하자 그걸 어떻게 알아들었는지 고개를 끄덕끄덕하더니 다시 땅속으로 사라지는 거였다.

“헤에… 저 할아버지도 땅의 정령인가요?”

“응? 어머, 처음 보니? 땅의 하급 정령인 놈이란다.”

“오오… 사실 땅의 정령은 모습을 잘 드러내지 않아서요. 헤에, 처음 봤어요.”

“하기야… 이 세계에 있는 대부분의 땅의 정령들은 땅속에 있을 뿐 겉으로 모습을 드러내지 않으니.”

이해한다는 듯이 노아스가 고개를 끄덕거리는데 아까 이프리트의 핀잔에 투덕거림을 멈췄는지 두 정령왕이 다가왔다.

"그런데 너도 참 웃긴 녀석이다. 내 아들을 한번 만나보려는데 여기에 네 공간을 만들 건 또 뭐냐? 여기가 네 담당 구역이기는 하지만 정령계가 아닌 이상 꽤 힘겨운 일일 텐데."

아버지가 노아스가 막 만들어주는—그러니까 엘라임이 서 있던 자리 바로 뒤에 땅에서 솟아오른—의자에 앉으면서 핀잔 섞인 말을 건네자 노아스가 호호 웃으면서 부드럽게 받아넘겼다.

"호호호, 뭐 지금은 크게 힘쓸 일도 없으니 상관없잖아. 게다가 이 세상의 유일무이한 존재를 처음 만나는 건데 평범하게 만나고 싶지는 않았다고."

"엉뚱하기는."

아버지는 그렇게 툴툴댔지만 괜히 시선을 딴 곳으로 돌리는 걸 보니 그녀의 말에 은근히 기분이 좋아진 모양이었다.

그 모습을 놓치지 않는, 아버지의 영원한 앙숙인 실피드가 갑자기 뜬금없는 말을 꺼냈다.

"노아스, 이런 말 들어봤어?"

"무슨 말?"

갑작스런 그의 말에 노아스가 의아하게 대답했지만, 의아했던 건 그녀뿐만이 아니었기에 다른 정령왕들과 나까지도 그를 주목했다.

실피드는 우리의 그런 반응이 마음에 들었는지 쓰윽 돌아보며 씨익 웃더니 말했다.

"인간 세상에서는 자기 자식에게 폭 빠져 가지고 자식 말이라면 간이라도 빼어주는 부모보고 이렇게 말한다더구만."

거기서 잠시 말을 멈춘 실피드가 아버지를 바라보며 기분 나쁘게 한 번 더 씨익 웃어 보이며 말을 마저 이었다.

“팔.불.출. 이라고.”

왠지 ‘팔불출’ 이라는 단어에 악센트가 느껴지는 건 내 착각이런가?

그 말을 들은 아버지가 가만히 계실 분이 아니었다. 그 즉시 탁자를 손으로 강하게 내려치며 자리에서 벌떡 일어나 실피드를 노려봤다.

“누가 팔불출이라는 거야!”

하지만 실피드는 이런 걸 예상했다는 듯이 태연한 표정으로, 아니, 거기에다 기분 나쁜 미소까지 곁들이며 아버지를 바라봤다.

“아니, 왜 흥분하고 그러실까? 나는 그냥 그런 말이 있다고 한 것뿐인데? 흐음… 괜히 찔리는 면이 있나보지?”

“뭣이라?”

아버지가 더 더욱 화가 나서 눈을 치켜뜨는데 노아스가 끼어들어 아버지 편을 들어줬다.

“어머, 팔불출이 어때서 그래? 너는 그렇게 예뻐할 자식도 없잖아. 괜히 부러워서 그러는 거지?”

그녀의 갑작스런 말에 실피드는 앗, 뜨거라 하는 표정으로 얼른 부인했다.

“무, 무슨 소리야? 나는 단지 재미있어서 그랬을 뿐이라고. 우리 정령들에게 자식이라니, 그런 게 가당키나 해?”

그러자 생글생글 웃으며 실피드를 바라봤던 노아스가 시무룩해지며 대꾸했다.

“맞아… 우리는 자녀를 볼 수 없어. 그래서 난 엘라임이 부러워.”

그러더니 진지한 표정으로 막 입이 벌어지려는 걸 간신히 참고 있던 아버지를 바라봤다.

"엘라임, 그래서 말인데… 저 애 내 아들로 주면 안 될까? 넌 성격이 더러워서 제대로 돌보지도 않을 거 아냐? 내가 무척 예뻐해 줄게."

'어헉! 예뻐해 준다고? 내가 무슨 애완 동물인감?

그녀의 말에 기겁을 하고 있는데 아버지의 틱틱거리는 목소리가 들려왔다.

"뭣이라? 운디네가 물속에서 익사하는 소리 하고 있네. 내 아들을 누구에게 줘?"

평소 같으면 무지 감격할 아버지의 말이었지만, 나는 감사는 못할망정 다시금 분위기 깨는 소리를 내야 했다.

꼬르르륵~

'허걱!'

일부러 낸 소리는 아니었지만 네 정령왕의 시선이 나에게로 향하자 나는 얼굴이 빨개져서 겨우겨우 들었던 고개를 다시 푹 숙여야 했다.

"푸, 푸하하하하~"

그러자 정말 얄밉게도 실피드가 기다렸다는 듯이 마구 웃어 젖히는 거였다.

그의 모습에 화가 난 아버지는 나에게 매서운 눈길을 한 번 보내고는 실피드에게 버럭 화를 냈다.

"왜 웃는 거야? 그게 그렇게 웃겨?"

"푸하하하! 웃기잖아. 정령의 기운을 이어받은 존재가 실체가 있는 것도 모자라서 배가 고파 꼬르륵 소리를 내다니 말야."

"배고프면 그럴 수도 있는 거지! 그게 뭐가 웃기다는 거야?"

"좀 웃으면 어때서? 그런 거 가지고 쩨쩨하게 굴기는……."

내가 지금까지 보아온 바에 의하면—몇 번 보지도 못했지만—아버지
가 펄펄 뛸 정도로 화를 내어도 능글맞게 대응할지언정 절대 물러서지
않는 실피드였건만, 이번에는 이프리트 아저씨가 그를 비난하는 눈길
로 바라보고 있어서 그런지 슬그머니 물러났다.

"아, 이제 가져오는구나."

기다렸다는 듯한 노아스의 말이 끝나자마자 땅이 뽀록 솟아오르며
아까 봤었던 땅의 하급 정령 놈이 생겨났다.

그 땅딸막한 할아버지는 품 안에 무엇인가 한 아름 들고 있었는데
탁자 위에 올려놓는 것을 보니 고구마와 감자와 같은 먹을 수 있는 식
물 뿌리였다.

'에… 고구마와 감자? 쩌비… 땅의 정령이라서 그런지 땅속에 있는
먹을 걸 가져왔나 보구나.'

비록 무지 배가 고픈 상황에 주어진 먹을 것들이었지만, 나는 솔직
히 말해서 그 먹을 것들을 보자마자 제일 먼저 드는 감정은 실망이었
다. 내가 한국에 있을 당시만 해도 고구마와 감자는 요리에 들어간 것
은 잘 먹었지만, 그것들만 먹고 싶어서 찾지는 않는 것들이었기 때문이
다.

뭐, 한겨울에 따끈따끈한 군고구마라든지, 초등학교 때 학교에서 야
영할 때 모닥불에 구워 먹던 감자야 별미라고 맛있게 먹은 기억이 있
지만 식사 대용으로 먹을 정도로 좋아하지는 않았던 것이다. 어쩌다
가끔, 그것도 간식으로 먹는다면 몰라도 말이다.

하지만 나는 곧 생각을 고쳐 먹었다. 드워프의 마을로 오기 위하여
험한 산행을 하던 기간 중 단지 배를 채우기 위해서 먹었던 건량과 맹
물을 떠올리면서 말이다.

그 뒤 드워프의 마을에 도착해서 다시는 음식 투정을 하지 않겠다고 결심하지 않았던가 말이다. 그런 결심을 한 지 며칠이나 지났다고 또 이렇게 못마땅해하는 것인지…….

'그래, 이거라도 감사하게 먹자.'

그렇게 기특한 생각을 한 나는 노아스에게 감사의 인사를 하면서 고구마 하나를 집어 들었다.

그런데 막상 집어 들고 보니 난감한 문제가 떠올랐다.

'헉! 그리고 보니 나 고구마를 날로 먹어본 적이 없는데…….'

그것도 깨끗하게 씻겨진 고구마가 아니라 아직도 군데군데 흙덩어리가 붙어 있는, 지금 막 땅에서 캐낸 것과 같은 그런 고구마였던 것이다.

뭐, 흙이야 내 옷자락으로라도 툭툭 털고 쓱쓱 씻어내면 어떻게든 될 것 같지만—이래 뵈도 비위는 꽤 좋은 편이다—안 익은 고구마는 한 번도 먹어본 적이 없어서 과연 내가 먹을 수 있을지 걱정스러웠다.

그러나 나는 곧 내 옆에 있던 이를 보고는 의미심장한 미소를 흘렸다.

"에헤헤~ 아저씨이~!!"

아버지와는 다른 쪽에 있던 이는 이프리트, 그는 온몸이 불로 되어 있는 불의 정령왕이었던 것이다.

"응? 왜, 왜 그러니?"

갑작스런 내 행동에 의아한 듯 바라보는 이프리트였지만 나는 개의치 않고 들고 있던 고구마 말고도 탁자 위에 있던 감자와 고구마 몇 개를 더 들고 그에게 내밀었다.

"아하하… 이것 좀 구워주세요. 그냥은 못 먹을 것 같아서……."

그러면서 생긋 웃자 이프리트가 피식 웃더니 그의 커다란 날개—그
는 지금 셀레아나 모습을 하고 있었다—를 내미는 거였다.

"그래, 그럼 어디 여기 위에 올려놔 봐라."

내가 얼른 그의 넓적한 불꽃으로 된 날개 위에 고구마와 감자들을
올려놓자 그는 다른 편의 날개로 그 위를 살포시(?) 덮는 거였다.

그러자 잠시 후에는 정말 향긋한 냄새가 풍겨 나오며 고구마와 감자
가 잘 익어가고 있음을 알려주는 거였다.

'오옷! 혹시나 해서 부탁한 거였는데 정말 구워지잖아?

냄새가 무척이나 진해지자 그제야 이프리트는 고구마와 감자 위를
덮었던 날개를 들어 올렸고, 그렇게 드러난 날개 아래에는 먹음직스럽
게도 노릇노릇 구워진 고구마와 감자가 있었다.

"우와~"

나는 환호성을 지르며 막 구워져 따끈따끈한 고구마와 감자들을 집
어 올렸다.

구울 때 감자는 간을 하나도 안 해서 싱거울 것 같아 고구마를 먼저
집어 들고 껍질을 까자 노오란 고구마의 몸통에서 김이 모락모락 올라
왔다.

"후우, 후우~ 아뜨뜨……."

너무 뜨거워서 잘못 먹었다가 입 안을 데일 뻔했지만, 그래도 너무
배고파서 그런지 빠르게 고구마를 입 안으로 집어넣었다.

"맛있니?"

노아스가 신기한 듯, 그리고 기분 좋은 듯—아무래도 자신이 가져다 준
음식들을 맛있게 먹으니 그런 듯—물었지만 나는 거기에 대답할 여력도
없었다.

“천천히 먹어라. 이게 다 네가 먹을 건데 왜 그렇게 급하게 먹니?”

이프리트가 걱정스레 충고했지만, 나는 그의 말을 한 귀로 듣고 한 귀로 흘려버린 채 급하게 먹다가 결국 목에 걸리고 말았다.

고구마를 즐겨 먹는 사람들은 잘 알겠지만, 고구마에는 물고구마와 밤고구마가 있는데 물고구마는 물기가 많아서 약간 질척하고 말랑말랑한 맛이 있고, 밤고구마는 물기가 적어서 퍽퍽한 맛이 있다.

그런데 내가 지금 허겁지겁 먹은 고구마가 바로 그 밤고구마였던 것이다.

“캑, 캑, 켈룩, 켈룩…….”

가슴을 탁탁 치며 기침을 하자 실피드는 다시 웃어댔고, 아버지는 그런 그를 향해 버럭 화를 냈으며, 이프리트와 노아스는 놀라서 나에게 다가왔다.

“저런… 그러니까 천천히 먹지 그랬니?”

“어머, 괜찮니? 이건 어떻게 해줘야 하는 거지?”

이런 일에는 등을 두드려 주면 좋았지만, 정령왕들은 육체가 없었기에 이러한 상식에는 무지했다.

그러니 옆에서 발만 동동 구르는 두 정령왕에게 나는 계속 기침을 하면서도 애써 그들을 안심시키기 위해 웃으려고 노력했다.

“켈룩… 괘, 괜찮아요… 켈룩, 켈룩… 크아~ 아, 아… 내려갔다. 에휴, 살았네.”

가슴이 아플 정도로 두드리며 기침을 해댄 보람이 있는지 목에 막혔던 게 밑으로 내려가 나는 크게 숨을 내쉴 수 있었다.

그런데 막상 숨통이 트이고 나니까 물이 먹고 싶어지는 거였다.

하지만 여기는 땅의 정령왕이 만들어낸 공간이라 아무것도 없고 단지 네 정령왕과 나뿐이었으니 물이 있을 리 만무했다. 그래 아버지에게 물이라도 좀 달라고 하려던 나는 막상 실피드와 투닥거리는 아버지의 모습을 보니 좋은 생각이 떠올랐다.

'에헤헤…….'

아버지에게 슬쩍 다가가 그를 부르는 대신 그의 옷자락을 들어 올려 입에 넣고는 한 입 깨물었다.

"엥? 뭐 하는 짓이냐?"

아버지가 황당하게 돌아보았지만 나는 의기양양하게 씨익 웃어 보일 뿐이었다.

역시 나의 이빨에 쉽게 잘려진(?) 아버지의 옷자락은 내 입 안에서 깨끗한 물로 변해 목구멍 너머로 쓰윽 내려갔다.

"허… 이젠 아버지도 잡아먹나?"

황당하다는 실피드의 중얼거림에 아버지가 다시 도끼눈을 해서 쳐다보려고 했는데, 그전에 내가 먼저 입을 열었다.

"아버지, 한 모금만 더 마시면 안 될까요?"

그러면서 슬그머니 옷자락을 한 번 더 집어 들자 아버지가 그 옷자락을 확 채어갔다.

"차라리 나에게 물을 달라고 해라. 내 옷자락을 먹다니, 넌 내가 물로 보이냐?"

그러면서 아버지가 손바닥을 하늘로 향한 채 나에게 내밀자 그 손바닥에서 작은 물방울들이 방울방울 솟아오르더니 내 주먹 반만한 커다란 물방울로 합쳐졌다.

아버지가 거의 던지는 것처럼 그걸 나에게 넘기자 나는 얼른 입 안으로 집어넣으며 속으로 중얼거렸다.

'물 맞는데······.'

아버지에게 물을 얻어 마신 뒤 나는 다시 자리에 앉아 이번에는 감자를 집어 들었다.

그런데 아버지가 실피드랑 투닥거리느라 잠시 일어나는 바람에 비어 있던 자리에 노아스가 쓰윽 다가와 앉는 거였다.

그에 나는 의아한 듯이 한번 바라봤지만, 이곳 주인이 아무 데나 앉는데 내가 뭐라 할 수는 없는 일이라 나는 다시 감자 껍질 까는 데에 열중했다.

그런데 그녀가 손을 들더니 내 뺨에 자신의 손바닥을 쓰윽 가져다 대는 거였다. 그에 화들짝 놀라 돌아보니 그녀가 이상야릇한 눈빛으로 나를 빤~히 바라보고 있는 거였다.

그 모습에 왠지 소름이 쫘악 돋은 나는 의자에서 엉덩이를 뒤로 빼 그녀의 손길에서 벗어나려고 했다. 그러자 그녀가 씨익 웃으면서 나에게 더 다가서며 손을 떼지 않으려고 하는 거였다.

"왜, 왜 이러시는데요?"

무지 당혹스러워 떨리는 목소리로 묻자 그녀가 다시금 생긋 웃었다.

"어머머, 얘 파르르 떠는 것 좀 봐. 어쩜~ 볼도 말랑말랑하고 따뜻하구나~ 우리에게는 없는 온기가 있네~"

그녀의 마지막 말에는 왠지 모를 부러움이 담겨 있어 나는 그녀의 손길에서 벗어나려는 시도를 잠시 멈추고 그녀를 빤히 바라보았다.

그러자 이프리트가 헛웃음을 지으며 끼어드는 거였다.

"온기라면 나에게 얼마든지 있는데? 원한다면 너에게도 얼마든지 나누어 줄게."

"훗, 고맙기는 하지만 나도 내 능력으로 얼마든지 열을 만들 수 있어. 내가 말하고 싶은 건 살아 있는 생명체라면 가지고 있는 체온을 말하는 거야. 마치 살아 있다는 것의 증명처럼 식물이든 동물이든 다 조금씩이지만 체온을 가지고 있거든. 그런 걸 감지할 때면 아, 이 생물체는 살아 있구나… 하는 걸 느끼지."

갑자기 노아스가 주책맞은 여자에서 진지한 여자로 바뀌어 독백처럼 중얼거리자 나는 그들 사이에 끼어들지 못하고, 여전히 노아스의 손에 한쪽 뺨을 내어준 채 움직이지도 못하고 가만히 숨을 죽이고 있어야 했다.

그런데 그런 그녀의 말을 들었는지 아버지와 계속 투닥거리던 실피드가 불쑥 다가와 끼어들었다.

"뭐야, 그럼 우리는 죽은 거냐? 열을 내지 않으려면 얼마든지 안 낼 수 있으니까 말야."

"죽었으면 우리가 어떻게 여기에 있냐?"

이프리트의 말에 이어 아버지도 쏘옥 끼어들었다.

"멍청하기는. 우리는 이 세계의 존재들이 아니니까 살아 있다는 증거도 당연히 다를 수밖에 없잖아."

"호호호, 맞다, 맞어."

노아스는 자신 때문에 분위기가 가라앉는 게 미안했던지 화사하게 웃어 보였다.

그런데 화사하게 웃기만 했으면 좋았으련만, 그러면서 내 뺨을 부드럽게 쓰다듬는 거였다.

그에 내가 흠칫 놀라자 아버지가 그녀의 손을 탁 쳐내줬다.

"그런데 넌 언제까지 내 아들에게 손대고 있을 거야?"

"어머, 뭐 어떠니? 좀 만진다고 닳는 것두 아닌데."

"충분히 닳아. 그러니까 만지지 말란 말야."

그러자 실피드가 기다렸다는 듯이 끼어들어 이죽거렸다.

"쳇, 자기 아들이라고 유세 떨기는……."

"흥, 부러우면 너도 아들 만들어라."

"쳇."

'오옷, 아버지가 실피드를 말발로 눌렀다! 이런 놀라운 일이……!'

평소에는 아버지가 화를 내도 능글맞은 말발로 받아치던 실피드였는데 이번에는 아버지가 그런 실피드를 말발로 눌렀던 것이다.

실피드에게도 그게 놀라운 일임과 동시에 엄청 분한 일이었던 모양이다. 그는 아버지를 한번 째려보더니만 복수를 하려고 했던지 슬그머니 내 뒤에 와 서더니 갑자기 내 양쪽 볼을 잡아 쭈욱 늘리는 거였다.

"흐, 흐에에에……?!"

갑작스레 당한 일이라 나는 너무 놀라 눈을 휘둥그레 떴다.

다른 정령왕들도 그의 이런 행동은 예상치 못했는지 눈을 휘둥그레 뜨는 가운데 아버지가 자리에서 벌떡 일어나 실피드의 손을 잘라내려고 했다.

"이놈이! 무슨 짓이야!"

하지만 실피드는 아버지의 손이 자신에게 닿기도 전에 재빠르게 내 뺨을 놓고 뒤로 물러나는 바람에 아버지의 손은 허공을 쳤다.

"뭐 어떠냐? 나도 체온 좀 느껴보자."

"이놈이, 그게 체온을 느끼는 거야? 내 아들 괴롭히려는 거지!"

"흥, 그런 거 가지고 쩨쩨하게 굴긴… 팔불출 같으니라고."

"뭣이라?! 네놈이 오늘 해보자는 거냐!"

"흥, 맨날 툭하면 오늘 해보자는 거냐고 문대? 맨날 똑같은 말 하면 지겹지도 않냐? 레파토리 좀 바꾸지 그래?"

"오냐, 그렇다면 오늘 내가 네놈을 소멸시켜 다시는 그 말을 안 해도 되도록 하마!"

"하, 그 이야기도 매번 나오지?"

"시끄러워!"

그러고 보니 우리 아버지는 물의 정령왕이면서 성격이 매우 급했다. 물의 이미지와는 안 맞다고나 할까?

왜 물의 이미지는 쉽게 화를 내지 않을 것 같고—물론 한번 화내면 엄청 무서울 것 같기는 하지만—항상 부드럽고 온화하고, 뭐 이러한 것 아니겠는가?

하지만 울 아버지는 그런 거와는 정반대니…

하기야 내가 만난 정령왕들 중에서 내가 생각한 이미지에 맞는 정령왕이 있었던가?

불의 정령왕은 호탕하고 급한 성격인 줄 알았건만 그 반대인 온화하고 자애스럽고 침착하고, 바람의 정령왕은 상큼 깨끗발랄한 대신 능글맞은 데다 아버지에게 시비 걸기를 좋아하고, 땅의 정령왕은 부드럽기야 하지만 그보다는 주책스러움이 더 강하고…….

내가 그런 생각을 하는 동안 아버지와 실피드의 투닥거림은 어느새 멈춰 있었다.

어찌 된 것인고 하니, 항상 그들의 그런 모습을 보며 지내는 나머지 두 정령왕 이프리트와 노아스가 말렸던 것이다.

평소 같으면 그냥 냅두고 구경했을 테지만, 이곳이 정령계가 아니라 아무래도 노아스가 만들고 유지하는 곳이라서 그녀에게 부담이 클까 봐 그런 듯했다.

하기야 아버지와 실피드도 그걸 아니까 그쯤에서 끝내고 자리에 앉은 거겠지만.

그렇게 네 정령왕이 탁자에 둘러앉자 나는 아까 껍질을 까서 먹기 시작한 감자를 다 먹고 나자 나머지는 그냥 탁자에 내려놓았다.

그러자 나에게 계속 신경 쓰고 있었던 듯 노아스가 그 즉시 물어왔다.

"어라? 아니, 왜 그만 먹어? 아직 이렇게나 많은데."

탁자 위에는 구운 고구마와 감자 말고도 안 구운 고구마와 감자도 가득 놓여 있었다.

난 평소 고구마와 감자를 즐겨 찾는 편도 아니었던 터라 너무 배가 고파서 먹기는 했지만 조금 배가 차니까 더 이상 먹고 싶지 않았다. 게다가 여길 나가서 우리 숙소로 가면 맛있는 수프와 빵, 그리고 고기가 기다리고 있을 테니 이런 것들로 배를 채우고 싶지 않았다.

"괜찮아요. 많이 먹었는걸요."

그래 생긋 웃으며 사양의 말을 꺼냈지만, 노아스는 이런 내 맘을 몰라주는 듯했다. 아니, 날 너무 생각해 줘서 오히려 넘친 거랄까?

"많이 먹기는… 겨우 한 개씩만 먹어놓고서. 그걸로 배가 차니?"

'헉! 그런 건 언제 보고 있었대? 게다가 자신들은 먹지도 않으면서 배가 안 찬다는 건 또 어떻게 알았지?

나는 속으로 뜨끔했지만 겉으로는 배시시 웃었다.

"괜찮아요. 예전에 산행할 때는 건량 몇 개로 한 끼 식사를 때우기도 했었는걸요. 그때에 비하면 이건 진수성찬이죠."

"그래?"

내가 그렇게까지 말하자 노아스는 수긍한 듯 더 이상 말을 하지 않았다.

그런 그녀의 모습에 속으로 안도의 한숨을 내쉬던 나는 그녀의 옆에 앉아 있던 이프리트의 시선과 마주쳤다.

'허걱……!'

이프리트의 눈빛에는 내가 먹기 싫어서 안 먹는다는 걸 다 알아챘다는 듯한 기색이 어려 있었다. 하지만 그는 장난스럽게 웃기만 했을 뿐 아무 말도 안 했다.

하기야 그는 아버지 다음으로 많은 시간을 나와 같이 지냈던 이였으니 내가 먹기 싫어서 내려놨다는 걸 금세 눈치 챌 수 있었을 것이다.

그래 나도 그를 바라보며 배시시 웃어 보였다.

내가 네 정령왕들에게서 빠져나와 숙소로 돌아온 것은 해가 거의 져서 어둑어둑해질 무렵이었다.

뭐, 그들이 순순히 놓아줬다기보다는 노아스가 그 공간을 유지할 힘이 점점 약해져서 그 공간을 없애고 정령왕들이 모두 정령계로 돌아가 버리는 바람에 나 혼자 남게 된 것이지만 말이다.

그런데 숙소에 도착해 보니 날이 어둑어둑해졌는 데도 불구하고 불도 안 켜져 있고 사람들이 있다는 인기척도 느껴지지 않는 거였다.

"뭐야, 어떻게 된 거지?"

땅속을 나와서 숙소까지 도착하는 동안 드워프들의 눈에 뜨이지 않기 위하여 조심스레 움직이느라 미처 눈치 채지 못했다가 숙소 안에 들어가서야 겨우 알 수 있었던 것이다.

식당을 지나쳐 부엌으로 들어갔지만, 오늘 식사 당번을 맡은 사람도

보이지 않았고 부엌도 오랜 시간 비워뒀는지 싸늘함만이 감돌고 있었
다.

그래 그곳을 나와 다른 이들의 침실을 비롯하여 숙소 전체를 뒤졌지
만 아무도 보이지 않았다.

그제야 나는 모두 드워프들에게 잡혀(?)가서 아직까지 아무도 돌아
오지 못했음을 눈치 챌 수 있었다.

"어휴… 이게 도대체 웬 난리냐."

나는 투덜투덜대면서 다시 부엌으로 내려갔다. 아무도 없으니 내가
알아서 식사를 챙겨 먹어야 할 것 같았기 때문이다.

아까 노아스가 만든 공간 안에서 고구마를 좀 먹기는 했지만, 그건
잠시 허기를 쫓기 위해 먹었을 뿐 배부르게 먹지도 않았고, 또 아침부
터 먹은 게 별로 없었기에 제대로 된 음식을 먹고 싶은 마음이 굴뚝같
았다.

그렇다고 내가 이곳에 와서 제대로 된 요리를 해본 적이 있느냐 하
면, 그것도 아니었지만 여기에는 여러 가지 재료가 있으니 어떻게든 될
것 같았다.

뭐, 한국에 있을 때 가사 실습에서는 항상 좋은 점수를 받았었고, 집
에서 어머니가 잠시 부재중이실 때 유일한 딸이라는 이유로 밥도 해봤
기 때문에 요리하는 데 크게 두려움을 느끼지는 않았다.

아직 해가 완전히 진 것이 아니라 어둑어둑하기는 해도 사방이 잘
보였기 때문에 나는 등불을 켜지 않은 채로 부엌을 뒤지기 시작했다.

그런데 싱크대 비스무리한 곳을 몇 개 열어봤을까, 갑자기 저 멀
리서 쾅~! 하는 소리와 함께 누군가 빠르게 들어오는 소리가 들렸
다.

그래 일행이 돌아온 모양이라 생각하고 반갑게 부엌문을 나서려는 찰나, 나는 눈을 희번덕거리며 살기등등하게 들어오는 드워프의 모습을 볼 수 있었다.

내가 미처 부엌문을 나서지 않아 다행이었지 나섰다간 꼼짝없이 그에게 들킬 뻔했다.

'히익! 아직도 여길 드나드는 드워프가 있을 줄이야……'

나는 그 드워프의 모습에 기겁을 해서 얼른 바람의 중급 정령 슈리엘을 불러내어 그의 도움을 받아 부엌 천장에 등이 닿을 정도로 떠오른 채 숨을 죽이고 있었다.

그러자마자 얼마 지나지도 않아 그 드워프는 부엌 안으로 당당하게 들어왔다.

하지만 위를 쳐다보지 않은 이상 부엌에서 아무도 발견하지 못하자 그는 고개를 갸웃거리며 다시 발걸음을 돌리는 거였다.

"거참, 이상하군……. 누군가가 왔다 갔다 하는 걸 본 것 같은데… 잘못 봤나? 아님 벌써 다른 녀석이 채어갔나."

그 드워프의 중얼거림에 나는 심장이 막 뛰는 것을 느꼈다.

이 숙소 근처에 드워프들의 모습이 보이지 않아 안심을 했는데 가끔이 주위를 기웃거리는 이들이 있었던 모양이다.

'큰일 날 뻔했군. 젠장, 내 신세가 도대체 왜 이렇게 되었을꼬……'

나는 그 드워프가 숙소를 나가 기척이 멀리 사라지는 걸 느끼고 나서야 조심스레 바닥으로 내려왔다.

'어휴… 음식 하나 먹는 것도 힘들구만.'

그 뒤로 나는 부엌에 있는 창을 다 가려놓고, 그것으로도 안심이 안되어 깜깜함에도 불구하고 불도 안 켜고—어차피 허공에 있는 정령들 덕에 아예 안 보이는 건 아니었으니 괜찮았다—소리도 안 나게 발뒤꿈치를 든 채 살금살금 걸어다니며 부엌을 조용히 뒤졌다.

그렇다고 거창하게 요리할 엄두도 안 났기에 아침에 먹다가 남은 듯한 음식들을 찾아내어 빵 사이에 고기와 야채들을 끼워 대충 입속으로 쑤셔 넣었다.

빵이야 차가워도 그냥 먹을 수 있겠지만 고기는 고기 기름이 하얗게 굳어 붙어 있었기에 그냥 먹을 엄두가 안 나 어찌할까 하다가 불의 정령을 불러냈다. 그라면 연기없이 고기를 데워줄 수 있었기 때문이다.

하지만 불의 정령의 몸에서 나오는 빛이 바깥으로 나갈까 봐 무서워서 부엌 한가운데 있는 탁자 밑으로 기어들어 가 최대한 불의 정령을 쬐끄맣게 해가지고 데웠다.

뭐, 이왕 데우는 김에 빵도 버터를 발라 구워 따뜻한 음식을 먹을 수 있었기는 했지만, 들킬까 봐 조마조마하면서 먹는 바람에 체할 것만 같았다.

그렇게 대충 저녁을—솔직히 말하면 노아스에게 얻어먹은 점심보다는 훨씬 진수성찬이었지만—때운 나는 아침부터 지금까지 편안히 있지 못하고 긴장의 연속이었던 오늘이 무사히 지나갔음을 감사하며 내 방으로 올라갔다.

그곳에서도 드워프들에게 들킬까 봐 불은 켜지 않은 채 어둠 속에서 간단하게 세수만 하고 잠옷으로 갈아입은 채 침대 속으로 기어들어 갔다.

'아아… 힘든 하루였어. 부디 내일은 오늘보다 좀 더 나았으면 좋으련만……. 에휴, 해민이나 듀비는 괜찮으려나?

하지만 그들에 대한 걱정은 점점 몰려오는 잠에 의하여 사라져 버리고 나는 곧바로 정신없이 잠에 빠져 버리고 말았다.

얼마나 잤을까…….

나는 잠결에 어떤 인기척을 느끼고는 정신이 들었다.

누군가가 내 방으로 들어오는 거였다.

그래 나는 집 안을 뒤져 보는 드워프인 줄 알고 놀라서 정신이 번쩍 들었는데, 내 방에 들어온 인영은 오히려 소리를 낼세라 살금살금 나에게 다가와 다짜고짜 내 침대 속으로 기어들어 오는 거였다.

순간적으로 변태 드워프인 줄 알고 한 대 치고 도망가려는데, 그보다도 먼저 내 침대에 기어들어 온 인영이 그것으로도 모자라 내 품으로 파고들었다.

너무나 익숙한 그 모습과 그리고 너무나 익숙한 인영의 촉감에 나는 잔뜩 긴장했던 몸을 풀고 한숨을 내쉬었다.

"휴우… 해민이었구나. 너도 도망쳐 왔니?"

나는 안도감이 섞인 목소리로 작게 속삭이며 해민이의 몸을 조금 더 바싹 당겨 품에 안고 등을 토닥였다.

해민이도 오늘 하루 엄청 힘들었던 모양이다. 평소 같으면 한참이나 내 품에 얼굴을 부비고 내 눈과 마주쳐 생긋 웃고 애교를 떨었을 텐데 지금은 몇 번 부비더니만 곧바로 잠에 곯아떨어지는 거였다.

그 모습을 보니 왠지 나만 편하게 있었던 것 같아 괜히 미안해졌다.

그리고 그와 동시에 다시 듀비에게까지 생각이 미쳤다.

'부디 무사해야 할 텐데… 지금 한번 찾아볼까나?'

그러나 피곤한 나에게 편안한 침대의 유혹은 한번에 물리치기에는 너무나 달콤했다.

'으음… 설마 죽이기야 하겠어? 죽이려는 게 아니라 단지 작품을 만들려는 구상에 도움 좀 받자는 건데… 좀 피곤하기야 하겠지만 무사하겠지.'

그렇게 듀비에게 너무나 미안한 생각을 품은 나는 침대 시트에 몸을 한번 비비적거려 거기서 오는 감촉에 기분 좋은 미소를 지으며 해민이에게 시트를 잘 덮어주고 다시 잠 속으로 퐁당 뛰어들었다.

하지만 그것도 잠시…

나는 꽝~! 하고 다시 들려온 소리에 화들짝 놀라 깨어야 했다.

그 커다란 소리는 내 방 문에서 들려온 것이 아니라 바로 아래층, 우리 숙소 건물의 현관에서 들려온 것이었다. 하지만 나와 해민이가 벌떡 일어나게 만들 정도로 충분히 위력적이었다.

그리고 곧바로 들려온 소리에 내 품에 안겨 있던 해인이는 순간적으로 굳어버렸다.

"이놈의 꼬맹이 수인족 녀서어어억~! 잡히기만 해봐라, 절대로 가만두지 않겠어! 내가 한창 구상하고 있는데 도망을 가? 그것 때문에 겨우 잡을 듯 말 듯하던 구상을 완전히 잊어버렸잖아아아~!! 크아아아~!!"

드워프가 아니라 웬 오거나 트롤 같은 몬스터가 온 것 같았다.

몸집은 작으면서 목청은 왜 저렇게 좋은지…….

어쨌든 그의 괴성을 들어보니 아무래도 그가 해민이를 강제로 끌고 갔던 드워프인 모양이었다.

'저 드워프가 한눈을 파는 사이 해민이가 탈출(?)해 다시 잡으러 왔나 본데… 그렇다고 다시 잡으러 오다니… 그냥 구상이나 할 것이지…….'

겉으로는 해민이를 꼬옥 품에 앉은 채 잔뜩 긴장해서 도망가려고 조심스레 내 방 창문을 열며 속으로 중얼거리던 나는 순간적으로 멈칫거렸다.

'혁! 혹시… 혹시… 날 데리고 간 그 드워프도 날 찾으러 다니지 않을까?'

하지만 나는 고개를 저어 그 생각을 털어버리고 다시 손을 움직였다. 그렇지 않으면 건물에 난입하여 이곳저곳 쑤셔대던 드워프에게 해민이는 물론 나까지 덤으로 잡혀 버릴 것 같았기 때문이다.

그에게 들켜도 도망갈 수야 있지만 드워프 족장을 비롯한 레이언 녀석에게 대회 나가는 드워프들을 거슬리면 안 된다고 강한 경고를 받았기에 저 드워프의 눈앞에서 도망갔다가는 나중에 어떻게 될지 생각하기도 두려웠다.

그러니 저 드워프에게 들키기 전에 몰래 도망가는 게 최선이었다.

소리가 나지 않게 아주 천천히 창문을 여느라고 시간이 걸렸지만, 그래도 그 드워프가 내 방이 있는 층에 올라오기 전에 완전히 창문을 연 나는 얼른 실프를 불러 밤하늘로 날아오르려고 했다.

하지만 그전에 저 멀리서 두다다다 하는, 우리 숙소로 누군가가 급하게 달려오는 소리와 함께 드워프 마을도 모자라 온 밤하늘을 쩌렁쩌렁 울리는 외침이 들려왔다.

"야아아아아~ 너어어어어~"

"혁!"

내 눈에는 드워프들이 다 비슷비슷하게 생겼기 때문에 사실 옆에서 이 드워프가 누구다라고 말해 주지 않는다면 누가 누구인지 구분을 잘 못한다. 아마 동양 사람들이 서양 사람 구분 못하는 것과 비슷한 이치

일지도 모르겠지만.

　하지만 지금 저 멀리에서 살기가 뚝뚝 떨어지는 눈으로 날 뚫어져라 쳐다보며 달려오는 드워프는 옆에서 이야기를 해주지 않아도 누군지 알 것 같았다.

　'허거걱! 하, 하필이면……!'

　나는 해민이를 품에 안고 창문 밖으로 뛰어나가기 위하여 창문 턱에 한 발을 걸친 채로 그대로 굳어버렸다.

　그런데 정말 하필이면 그때 내 방 문이 벌컥 열리면서 아까 숙소 건물로 쳐들어왔던 드워프가 들어온 거였다.

　"아앗~ 여기 있다~!"

　이런 걸 바로 머피의 법칙이요, 산 넘어 산이요, 엎친 데 덮친 격이라고 하는 거겠지?

　그렇지 않아도 창문 밖으로 보이는, 날 뚫어져라 바라보며 두다다다 달려오는 드워프 덕분에 굳어서 움직이지도 못하는데 그걸 아는 건지 모르는 건지 내 방으로 침입한 드워프는 잽싸게 달려와 창문에 반쯤 몸을 걸치고 있는 날 끌어당겼다.

　"이놈! 왜 도망가는 것이냐?"

　그러면서 나는 거들떠보지도 않고 오로지 내 품에 있는 해인이만을 꺼내(?) 들고서는 짤짤 흔들면서 고함을 지르는 것이다.

　그런데 참으로 웃기게도 이런 이 드워프의 모습이 창밖에서 달려오는 드워프에게는 나를 끌고 가려고 하는 것으로 보였던 모양이다.

　너무나 다급해서 현관문으로 들어올 생각은 못하고 그 드워프가 해민이를 강제로 끌고 방문을 나가기도 전에 이층을 그대로 벽을 타고 올라와 창문으로 뛰어든 드워프는 다짜고짜로 해민이를 데리고 있던 드워프에게 주먹을 휘둘렀다.

그 드워프가 데리고 있는 게 내가 아닌 해민이라는 걸 너무 흥분해서 미처 깨닫지 못한 듯했다.

"너 이 자식!!"

이층이라면 보통 남자 아이들에게는 약간 어렵고 위험하기는 해도 기어오르는 데 크게 문제되지 않을 높이이기는 했다.

하지만 그건 어디까지나 인간 기준이었고, 그보다 작은 드워프의 관점에서 본다면 약 3층 정도 되는 높이일 텐데 그걸 순식간에 기어올라 내 방에 뛰어들어 온 드워프의 능력이 놀라웠다.

'드워프는 목소리만 큰 것이 아니라 몸놀림도 이렇게 잽싸구나.'

내가 방 한구석에서 흥분한 두 드워프에게 잊혀져 멍청하게 있는 사이, 해민이를 데리고 가려다 갑작스레 공격을 받은 그 드워프는 상황을 알아보려 하지도 않고 냅다 그대로 공격을 맞받아 쳐버렸다.

"이놈은 내 거야! 너는 포기하란 말야!"

"무슨 소리! 아까부터 내가 찾고 있었단 말야!"

그 틈을 타서 해인이가 드워프의 손아귀에서 빠져나와 얼른 내 품으로 돌아왔지만, 그 두 드워프들은 자신들이 원하는 인물이 각자 다르다는 걸 깨닫지 못한 채 열심히 주먹을 휘두르기 시작했다.

앞으로 펀치~ 뒤로 펀치

두 주먹을 불끈 쥐고 땅딸막한 몸을 이리저리 날쌔게 움직이며 상대의 주먹을 막고 자신의 주먹을 뻗는 두 드워프를 보고 있자니 갑자기 예전에 한국에서 봤던 '동물의 왕국' 프로그램이 생각났다.

그때 거기에 등장한 동물이 캥거루였었다.

팔딱팔딱 뛰면서 마치 권투 선수처럼 싸웠던 그 캥거루의 모습이 드워프들의 모습에서 생각나는 건 어찌 된 일인지 모르겠다. 둘 다 주먹을 쥐고 싸운다는 공통점이 있기는 하지만 캥거루는 크고 드워프는 작은데 말이다.

그런데 그렇게 비교하자 두 드워프가 살벌하게 싸우는 데도 불구하고 되게 웃기는 거였다.

다른 때 같으면 그렇다 하더라도 예의가 아닌 이상 웃음을 억지로라도 참았을 텐데, 지금은 두 드워프가 주변에는 상관하지 않고―나조차도 잊고 있는 것 같으니 말이다―싸움에만 열중하고 있으니 내가 조금 웃더라도 모를 것 같았다.

"킥, 킥킥킥……."

그래도 소리는 죽여서 웃는다고 웃었는데 내가 그렇게 웃자마자 두 드워프가 싸움을 딱 멈추더니 동시에 고개를 돌려 날 보는 거였다.

"헉! 히끅… 히끅……."

너무 놀란 나는 웃음을 딱 멈추고 시치미를 떼려고 했는데 공교롭게도 몸이 이런 내 생각을 미처 못 따라준 채 오히려 딸꾹질을 내보내는 거였다.

"히끅… 히끅……."

그런데 너무나 무안하게도 두 드워프들은 그런 나를 뚫어지게 바라보면서 미동도 안 하는 거였다. 그렇다고 내가 움직일 수도 없어 가만히 있고 싶었지만, 이놈의 딸꾹질은 멈추려고 해도 더 더욱 끈질기게 나와 적막이 깔린 방 안에는 내 딸꾹질 소리만 들리고 있었다.

그렇게 방 안의 네 존재가 얼마나 오랫동안 움직이지도 않고 대치를 하고 있자 나는 너무 난감했다. 이렇게 석상처럼 가만히 서서 아침을 맞게 되는 건 아닌지 걱정까지 될 정도였다.

그런데 그때 한 드워프가 움직여 주기 시작했다.

물론 나에게서는 시선을 떼지 않고 슬금슬금 발만 움직여 자신과 거의 붙어 있다시피 한 다른 드워프와 멀어지더니 잠시 후에는 마구 고개를 돌려 방 안을 훑어보면서 뭔가를 찾는 거였다.

처음에는 눈으로만 살펴보며 찾더니 원하는 걸 찾지 못하자 이제는 아예 방 서랍이란 서랍, 상자란 상자는 다 열어보고 뒤져 보면서 찾는 거였다.

"뭐, 뭐 하시는 거예요?"

그 모습에 기가 막힌—내 소지품을 누군가 뒤지려고 하는데 가만히 있을 사람 나와보라고 그래—내가 빽 소리를 지르자 그 드워프는 나에게 고개도 돌리지 않은 채 입만 열었다.

"야, 펜 없냐? 종이하고 펜 좀 다오."

"페, 펜하고 종이요?"

아무래도 뭔가 구상이 떠오르는데 적어놓을 데가 없으니 저리 남의 소지품임에도 불구하고 마구 뒤졌던 모양이다.

'대회에 나가는 드워프들은 작품에 대해서라면 눈에 뵈는 게 없다더니만……'

나는 속으로 한숨을 푹 내쉬며 드워프의 손에 들려 마구 파헤쳐질 위기에 처한 내 가방을 거의 빼앗다시피 받아 들어서 그 안에 있던 펜과 종이를 건네줬다.

다행히 어제저녁 숙소에 일행들이 모두 모여 있을 때 레이언이 피치 못할 상황이 생기면 메모를 남겨두라고 하면서 펜과 종이를 나눠 줬던 덕에 가지고 있었던 것이다.

그걸 건네자마자 드워프는 후닥닥 나를 다시 아까 내가 서 있었던 창가 자리로 내몰더니 자신은 그와 좀 떨어진 바닥에 종이를 놓고 엎드렸다.

이 드워프가 아까 나를 데리고 있었던 그 드워프였던 듯했다.

그러자 다른 드워프는 아까 그렇게 무지막지하게 싸웠음에도 불구하고 상대방이 막상 작업에 들어가자 방해하지 않으려는지 아주 조심스럽게, 그가 신경 쓰이지 않을 거리를 두고 앉더니만 열심히 놀려지는 펜을 부러움 반 호기심 반인 시선으로 물끄러미 바라보는 거였다.

불 하나 켜지 않아서 오로지 창으로 들어오는 달빛만이 방을 밝혀주는 빛의 전부였건만 그 드워프는 전혀 불편하지 않은지 열심히 손을 놀렸다.

운 좋게도 이번에는 나는 서 있고 드워프는 거의 엎드리다시피 한 포즈였기에 나 또한 종이 위에 그려지는 그림을 볼 수 있었다.

그건 아마 목걸이인 듯―그 드워프가 아까 나에게 목걸이를 만든다고 했으니 그럴 것이다―여러 가지 모양으로 구부러진 타원형의 선에 어떤 것은 동그랗고 네모난 도형이 더해지고 어떤 건 선이 더해지고 어떤 건 더해지지 않고……

그곳에 자신이 생각하는 내용을 휘갈겨 써 넣는데 악필이라 그런지, 아니면 내가 모르는 문자라 그러는지 전혀 알아볼 수 없었다.

그렇게 내가 건네준 10여 장 정도의 모든 종이를 소비하고 나자 그 드워프는 자리에서 벌떡 일어나더니만 종이를 손에 움켜쥔 채 부리나케 방을 나갔다.

아마 얼른 작업에 들어가고 싶어서 그러는 듯했다.

그렇다고 나는 물론 같이 있던 드워프까지 무시하고 나가다니 좀 너무하다 싶어 남은 드워프를 슬쩍 바라보니 그 드워프는 처음에는 엄청 부러운 눈으로 다른 드워프가 나간 문만 바라보는가 싶더니 갑자기 눈을 활활 불태우며 해민이를 노려보는 거였다.

"질 수는 없지. 가자! 나도 빨리 구상을 끝내야겠다."

깨갱~

그리하여 결국 해민이는 그 드워프의 손에 이끌려 내 곁을 떠나고야 말았다.

나중에… 아주 나아아중에 내가 다시 레이언 녀석에게 넘어가 다시 드워프의 마을에 왔을 때 나는 지금 난리를 치고 나간 두 드워프의 작품을 볼 수 있는 기회가 있었다.

정말 아쉽게도 대회에서 우승은 차지하지 못했지만 꽤 괜찮은 작품이란 이야기는 들을 수 있었던 수준의 작품이라고 했다(그만하면 인간계에서는 엄청 뛰어난 작품이다).

나를 모델로 탄생된 작품은 아까 내가 달빛을 받으며 어두운 방 안에 서 있는 모습에 착안된 것으로 나중에 그 드워프의 말을 듣자니 은은한 달빛을 받아 신비스러운 빛을 내뿜은 내 머리카락 색을 내려고 엄청 고생했다고 한다.

내 머리카락과 비슷한 색의 수많은 보석들을 가루로 만들고 백금을 가루로 만들어 이리 섞고 저리 섞었지만 쉽게 성공을 못해서, 과장 섞어 그렇게 해서 부서진 보석이 커다란 한 바구니에 가득 찼을 거라나?

그렇게 해서 탄생된 목걸이는 어떤 무늬는커녕 보석 하나 박히지 않은 매끄러운 줄이 하나 딸랑인 형태였다.

뭐, 그 줄이 좀 신기하게 흐물흐물거려 쇠골에 착 달라붙는 스타일의 작은 사이즈 목걸이였는데, 거의 은색에 가깝지만 빛의 각도에 따라 은은한 하늘색 빛이 나기도 하고 연한 비취 빛, 혹은 에메랄드 빛이 나기도 했다. 어찌 보면 옥색 같기도 하고.

하기야 그 모든 게 조금씩 섞였다니 그렇게 여러 가지 빛이 나기도 하겠지만, 그 목걸이의 색 하나는 너무 끝내줬다.

그러니 그 드워프도 감히 그 색에 어울리는 무늬나 아니면 다른 보석 장식을 찾을 수가 없어서 색 하나만 믿고 밋밋한 스타일로 만들었다는 거겠지만.

그런 거 보면 내 머리 색이 그만큼 예쁘다는 소리였겠지?

해민이가 모델이 되어 만들어진 작품은 원래 기본은 무기인데 무척 아름답게 만들어져 평소에는 장식품으로 사용될 만한 것이었다. 한 쌍으로 되어 있어 양 손등을 덮게 되어 있는 그것은 위급 시에는 방패도 되고 주먹으로 공격할 때 힘을 더해주는 징 같은 역할도 하는 무기였다.

해민이의 황금색 눈을 본떠 만들어진 아몬드 형의 몸체에 웬만한 공격에도 쉽게 부서지지 않도록 황금과 다이아몬드를 섞고 그 아래에는 얇은 미스릴 판을 받친 그것은 주위에 가느다란 금 사슬에 작은 다이아몬드들을 중간중간에 박아 넣어 움직일 때마다 흔들려 반짝반짝 빛이 나도록 만들어졌다.

그러나 이러한 작품을 보게 된 것은 아주 훗날의 일이었고, 그 작품들을 볼 때에는 모델을 서준 것에 대한 보람도 느꼈지만 지금은 대단한 작품이고 뭐고 상관없이 모델의 '모' 자만 들어도 진저리가 쳐질 정도였다.

나는 두 드워프들과 해민이가 사라진 문을 바라보며 작게 한숨을 내쉬고는 다가가 그 방문을 꼬옥 닫고 다시 침대로 기어들어 갔다.

'해민아… 부디 살아 돌아오거라……'

그렇게 속으로 '만' 해민이의 무사함을 기원하며 다시 눈을 감는 내 위에는 어느덧 뿌옇게 밝아오기 시작하는 새벽의 빛이 내려앉았고, 그렇게 새로운 하루가 다시 시작되려 하고 있었다.

우리가 드워프의 마을을 떠날 수 있었던 건 이곳에 도착한 지 일주일이 지난 후였다.

다른 때에는 우리가 가져온 식료품을 확인하고, 그들에게 인수받을 물품들을 확인하는 작업이 오래 걸린다 쳐도 늦어야 3, 4일 후면 출발할 수 있었는데, 이번에는 족장이 대회에 출전하는 드워프들을 위하여 이런저런 핑계를 대고 며칠 늦게야 자신들이 인계할 물품들을 보여줬던 것이다.

하기야 그동안에는 우리 일행 모두가 작품에 대한 기발한 착상을 얻기 위해 혈안이 된 드워프들에게 이리저리 쫓겨다니느라 제대로 족장과 마주할 기회가 없었기는 했다. 그래도 다행히 나흘 정도가 지나자 그렇게 혈안이 된 드워프의 손길이 뜸해져 그제야 본격적으로 드워프 마을과 거래를 할 시간이 났었다.

뭐, 그렇다고 해서 일행 모두기 해민이와 나처럼 작품 구상에 도움을 준 것은 아니었다.

기실 나의 경우만 해도 그 목걸이를 만드는 드워프가 그렇게 가고 난 다음날 다른 드워프들이 나에게 찾아와 어떠한 감이라도 얻으려고 했지만 아무도 얻지 못했던 것이다.

결국 나와 해민이 외에 우리 일행 중 대회 출품작의 모델이 된 행운

아는 단 한 명밖에 없었다.

그렇게 극성맞게 우리를 쫓아다녔던 드워프들의 열성에 비한다면 너무나 미미한 결과라 좀 어이가 없었지만, 구상 하나 떠올리기 위하여 몇 년을 고민하는 경우도 있다는 게 조금은 이해가 되었다.

그렇게 심혈을 기울여 만들어낸 제품들이니 '뛰어나다' 라는 말은 못 듣고 '괜찮다' 라는 말을 듣는 수준의 제품이라 할지라도 사람들의 세계에서는 '무척 뛰어나다' 라는 소리를 들을 수 있는 건가 보다.

물론 사람들 사이에서도 이들만큼이나 노력하는 장인들이 있지만, 이들만큼 뛰어난 제품을 내놓는 이가 없으니 선천적인 재능도 무시 못 할 듯하지만.

우리에게 넘겨지는 제품들이 바로 그런 것들이었다.

드워프들의 높은 기준으로 '뛰어난' 수준이 아니기에 마을 회랑―대회에서 우승하거나 장로들 중 세 명 이상의 인정을 받은 작품들이 전시되어 있는 곳이다. 이곳의 물품을 처분하려면 족장을 비롯한 장로 전원의 동의를 얻어야 할 정도로 소중히 보관하고 있다―에 전시되지는 못하고 그렇다고 재활용(?)하기 위하여 부수기는 아까워 마을 '창고' 에 자리만 차지한 채 처박혀 있는 물품들이었다.

이걸 창고 정리할 겸 덕분에 부수입도 올리게 해주겠다고 꼬득여서 상회에 넘기도록 했던 것이다.

그 꼬드김에는 맥주와 포도주가 단단히 한몫을 했다고 한다.

드워프는 술을 즐길 줄 아는 종족이라 여러 종류의 술을 보유하고 있었다. 그런데 그 술 중 무척 좋아하는 편이지만 구하기가 어려운 술이 있었으니, 그것이 바로 맥주와 포도주였다.

이유인즉슨, 드워프들은 깊은 산속 골짜기에서 살고 있고, 맥주와 포도주의 주 재료인 밀과 포도는 넓은 평야 지대에서만 생산되었기 때문이다.

게다가 그러한 주 재료들도 기후와 토양의 조건에 따라 품질이 달라지는 데다가 그에 따라 완성품인 맥주와 포도주의 품질도 각각의 수준 차이가 천차만별로 달라진다.

그러나 드워프들로서는 보통 맥주와 포도주 구하는 것도 어려운데 일등품 제품들을 구하는 건 꿈에서나 생각할 일이었다. 그런데 우리 상회에서 특등품을 떡하니 가져다 주니 그에 혹해 반쯤 넘어갔던 것이다. 그 덕분에 그 알코올 음료들이 이곳에 올 때 절반이나 넘는 엄청난 짐으로 돌변해서 매 번 상회 사람들을 힘들게 한단다. 물론 이 일이 이제는 남 이야기가 아니지만 말이다.

그렇게 해서 거래가 시작되었는데, 이 거래는 내 생각 외로 꽤나 많은 시간이 걸렸다.

나는 그냥 우리가 가지고 올 수 있을 만큼의 물품을 가지고 와서 가지고 갈 만큼의 물품을 가지고 가는 줄 알았건만 그게 아니었다.

우리 상회 측은 물론이거니와 드워프 쪽에서도 손익 계산에 상당히 밝았기 때문이었다. 그래도 그나마 사람과 사람 사이의 거래와 다른 점이 있다면 절대로 속이지 않는다는 거라고나 할까?

그해 물품을 샀을 때 운 좋게 세일 가격으로 샀다면 세일된 가격을 솔직히 제시했고 운반료로 몇 배를 받겠다고 이야기를 했다. 또 드워프들의 물품도 그들이 보는 앞에서 하나하나 감정을 하여 가격을 제시했다.

물론 그 사이사이 물품의 트집을 잡아 가격을 내리려는 실랑이가 있기는 했다. 그것도 보통 실랑이가 아니라 주부가 시장에 가서 상인에게 콩나물 값 10원이라도 깎으려고 실랑이를 벌이는 것보다 더 치열한 공방이 오고 갈 정도였다. 눈에 잘 보이지도 않는 조그마한 흠 하나 가지고 확대경까지 동원해서 트집 잡으면서 싸우니 제품 하나로 몇 시간 동안 설전을 벌이기도 할 정도였다.

그런 거 보면 드워프들도 남녀노소 구분 없이 인간 세계에 떨궈놔도 살림 잘해서 잘 먹고 잘살 것 같았다.

그렇게 해서 모든 물품의 가격이 정해지면 그 가격에 맞춰 드워프제 물품을 가져오는 거였다.

뭐, 우리가 가지고 온 물품에 비하면 가지고 갈 수 있는 물품의 가격이 더 높거나 그 반대의 경우 외상도 가능했다. 이런 거래에도 외상이 있다는 게 웃겼지만, 우리 상회와 거래하는 장부도 있으니 뭔들 없겠는가.

그렇게 거래가 끝이 나면 포장하는 일이 기다리고 있었다. 아무래도 고가치의 귀중품들이다 보니 운송할 때 망가지기라도 하면 큰일이니까 말이다.

제품 하나를 몇 겹의 천으로 둘둘 싼 뒤 각각 그 제품의 크기에 맞는, 안에는 두터운 가죽이 덧대어져 있고 그것으로도 모자라 건초가 넣어져 있는 상자에 하나씩 넣어진 뒤 커다랗고 튼튼하며 역시 건초가 그득 담긴 상자에 넣어져야 포장이 끝이 난다.

이렇게 말로 하면 간단한 일 같지만 천만의 말씀이다.

맨 처음 물품을 부드러운 천으로 싸는 것은 꼼꼼함과 세심함, 그리고 능숙함을 요하는 일이라 이런 거래에 많은 경험이 있는 이들 외에는 손도 못 대게 한다. 그러니 나 같은 경험이 적은 이들이 할 일이란 물품이 넣어진 작은 상자들을 큰 상자에 넣는 것뿐이었다.

그것도 제품의 안전이라는 이유 하에 건초에 잘 싸여져 있는 듯! 일일이 확인을 했기 때문에 작업 속도는 상당히 더딜 수밖에 없었다.

뭐, 어려운 작업은 없다는 게 그나마 다행이긴 하지만, 그래도 꽤나 성가신 일이라 무지 귀찮았다.

내 여기를 따라오면서 그냥 호위만 할 줄 알았지, 일꾼에 잡역까지 할 줄 누가 알았겠는가? 그런데 그런 이야기는 하나도 안 해주고 그냥 가주면 된다고 말한 레이언 녀석이 엄청 어어엄~청 얄미웠다.

'그래, 그래 봤다 이거지? 어디 두고 보자구.'

그렇게 포장하는 데에만 하루 반을 소비하여 드디어 우리가 이곳에 도착한 지 일주일이 지나고 그 다음날 우리는 다시 짐들을 바리바리 싸 짊어지고 드워프의 거대한 성문을 나설 수 있었다.

이제 다시 건량과 물만으로 끼니를 때우며 며칠 동안 산속을 헤매야 하지만, 그래도 그 며칠만 견디면 다시 배를 타고 편안히 고국으로—뭐, 내 나라는 아니지만—돌아갈 수 있다는 생각 때문인지 모든 이들의 얼굴은 무지 밝아져 있었다.

"이번에도 수고 많았네. 아니, 이번에는 다른 때보다 조금 더 수고를 했나?"

왔을 때와는 달리 우리가 간다니까 대회에 나가는 이들을 뺀 나머지 장로들과 족장이 다 나와서 우리를 배웅했다.

족장이 조금은 미안했는지 허허 웃으며 말하자 레이언이 씨익 웃었다.

"저희의 수고를 알아주신다면 물건 가격을 좀 깎아주지 그러셨습니까?"

그러자 족장이 마주 보고 씨익 웃는 거였다.

"고렇게는 못하지. 공은 공이고 사는 사 아닌가?"

"훗, 저희는 이곳에 와서 한 모든 일이 공입니다만?"

"어허… 우리 사이에 그런 일쯤은 사라고 해줄 수 있는 거 아닌가?"

"뭐, 족장님께서 저희에게 그만큼 친근함을 보여주시면 사라고 해드릴 용의가 있습니다만."

"헛헛헛. 아, 이거 내가 자네를 너무 오래 붙들고 있는 건 아닌가 모르겠네. 갈 길이 먼데 어서어서 가게나."

"훗, 그러죠. 뭐, 다음에는 로스 국의 귀한 술을 서비스로 가지고 오려고 했지만 그럴 필요는 없겠군요?"

레이언이 사악하게 웃으며 말하자 족장이 순간 움찔했지만, 역시 그도 노련했는지 허허 웃었다.

"허허허, 물론이지. 공은 공이고 사는 사 아닌가?"

"물론이죠. 공은 공이고 사는 사."

"허허허."

"하하하."

무지 사이좋게 웃고 있는 두 드워프와 하프 엘프 사이에 스파크가 파바박 튀는 것은 내 눈의 착각이려나?

"자, 그럼 저희는 이만 가겠습니다. 족장님 말씀대로 갈 길이 머니 너무 지체할 수는 없지요."

"그렇군. 그럼 다음에 또 보세나."

"그동안 건강하게 계십시오."

그렇게 족장 드워프와 레이언이 인사를 나누자 옆에서 구경하던 장로들도 간단하게 인사를 했다.

그리하여 드디어 우리는 드워프의 마을을 뒤로하고 골짜기를 올라갔다.

골짜기를 벗어날 때까지는 우리가 여기 올 때 마중 나왔던 프레스가 다시 안내를 해줘 어렵지 않게 벗어나 일주일 전 우리가 만들어놨던 흔적을 찾을 수 있었다.

그걸 따라 며칠간 정말 제대로 된 음식 없이 산을 내려가자 그리운 바다와 함께 우리가 처음 출발할 때 만들어놨던 캠프가 보였다.

"어이~ 어어이~"

캠프 쪽에서 지루하게 경계를 서던 사람이 먼저 우리를 발견하고는 신이 나서 양팔을 흔들며 달려오자 아까까지만 해도 힘들다는 표정으로 산속을 걷던 사람들이 언제 그랬냐는 듯 팔팔하게 뛰어가며 마주 소리쳤다.

"어어어이이~"

"이야, 이번 임무도 무사히 끝났군요."

힘차게 달려가는 이들 뒤로 느긋하게 걸어가던 일행 중 한 명인 마일즈가 한시름 덜었다는 표정으로 중얼거리자 머튼이 얼른 꼬집었다.

"아직 완전히 끝난 건 아니야. 무사히 상회에 도착해야 끝난 거지."

"여부가 있겠습니까?"

머튼의 말에 긍정하면서도 마일즈는 싱글벙글이었다.

"아아, 이번에는 다른 때보다도 유난히 힘들었던 것 같아요."

잭슨의 말에 모든 이들이 동감이라는 듯 고개를 끄덕였다.

"하지만 이제 그것도 거의 다 끝났잖아요."

"아직 다 끝난 게 아니라니까."

린제이의 말에 다시 한 번 반박하는 머튼이었다.

"여부가 있겠습니까?"

머튼의 말에 잭슨이 능청스레 대꾸하자 모든 이들이 크게 웃어버렸다.

제 22 화

돌아가는 길에

<h2 style="text-align:right">돌아가는 길에</h2>

돌아가는 길은 편했다.

날 귀찮게 하는 인어들도 없었고 그로 인하여 침 흘리며 덤벼드는 바다 몬스터도 없었다. 그와 더불어 내 임무도 사라지자 내가 할 일이라고는 자고, 먹고, 뒹굴거리며 시간을 보내는 것뿐이었다.

그래도 처음에는 난 정말 기특하게도 이 철철 넘치는 여유 시간을 알차게 보내고자 서운하다는 해민이의 눈빛을 뒤로하고 씩씩하게 마법책을 펼쳤다.

하.지.만. 내가 처음부터 죽어라 책을 파는 공부벌레도 아니었고, 마법이란 학문의 매력에 푹 빠져 헤어나지 못하는—물론 처음에 마법을 배우고 하나둘 내가 마법을 실현할 수 있게 되었을 때는 흥미를 느끼기도 했지만, 점점 복잡해지고 골치 아파져 가는 마법이 이제는 의무적으로 익혀야 하는, 마치 교과서처럼 생각되었던 것이다—마법사 지망생도 아니었으니, 지루한

수식과 딱딱한 설명이 빽빽하게 쓰여진 책을 매일매일 하루 종일 붙들고 있을 리가 없었다.

'아, 나는 내 자신을 너무나 잘 알고 있는 것 같다니까.'

그나마 첫날은 조금 성실히, 둘째 날은 비틀리는 온몸을 겨우겨우 다잡으면서 책을 붙들고 있었지만, 사흘째가 되자 도저히 참을 수가 없었다.

"에잇, 이렇게 좋은 날씨에 선실에 틀어박혀서 책이나 파고 있다는 건 좋은 날씨와 젊은 내 혈기에 대한 실례얏!"

하고 소리치며 책을 탁 덮은 것까지는 좋았는데, 이런 기운찬 내 행동에 어떠한 반응을 보여주는 이는 없었다. 지금 선실에는 나 혼자였기 때문이다.

나만 빤히 쳐다보는 해민이나, 비록 나에게 시선을 주고 있지는 않지만 신경 쓰고 있다는 것이 분명한 듀비와 한 선실에 있자니 무지하게 신경 쓰여서 방해된다는 핑계로 둘 다 내쫓았던 것이다.

덕분에 선실을 혼자 차지하게 되었긴 했지만, 이제 공부를 포기한 나에게는 별로 도움이 되질 못했다.

차라리 해민이라도 있었으면 그 녀석 애원조의 시선에 못 이기는 척하며 같이 갑판에 나가 놀거나 할 수 있었을 테지만, 아무도 없으니 누구에게 방해받아 잠시 공부를 중단했다고 변명할 거리도 없지 않겠는가?

그래 나가지도 못하고 혼자 선실에서 뒹굴거리며 시간을 때웠던 나는 결국 얼마 지나지 않아 심심함과 지루함을 참지 못하고 벌떡 일어나 선실을 나섰다.

갑판 위로 올라가려는데 마치 시장에 가까이 간 것처럼 무척 떠들썩

한 소리가 들려오는 거였다. 어리둥절함과 호기심에 올라가 보니 갑판 위에는 많은 이들에게 둘러싸여 때 아닌 격투가 벌어지고 있었다.

상처가 심히 날 걸 걱정해서인지 무기를 들지 않은 맨손으로 서로를 상대하고 있었는데, 정말 어이없게도 그중 한 사람이 해민이었다. 그리고 그들을 둘러싼 많은 이들은 선원들과 호위 무사들, 거기에 마법사들과 레이언과 레이언 보좌관, 그리고 심지어 듀비까지 끼어 있는 거였다.

척 보아하니 바다 몬스터가 출연하지 않아 평화로운 날이 계속되자 지루해진 이들이 대련 삼아 격투를 벌인 듯했다. 여기에 구경꾼이 모여들고 내기라는 양념도 살짝 곁들어진 것 같지만.

그런데 여기에 나에게서 쫓겨나다시피 갑판으로 내몰린 듀비와 해민이가 어쩌다가 끼어들게 된 듯했다.

평소 너무 나에게만 붙어 있어 대인 관계에 조금 걱정이 되기까지 했던 그들이 다른 이들과도 어울리게 된 것 같아 안도감과 기쁨을 느껴야 될 텐데, 지금은 그렇지 못했다.

물론 이런 감정은 내가 못되고 속이 좁아서 생긴 거였다.

듀비와 해민이는 내 공부를 방해하지 않으려고 나에게서 거의 쫓겨나다시피 선실을 나섰다가 우연히 끼어든 것뿐이고, 마법사들이나 레이언도 우연히 같이 구경하게 된 것뿐일 텐데 지금은 꼭 나를 빼놓고 저희들끼리만 놀려고 했던 것처럼 느껴져 기분이 몹시 나빴던 것이다.

소위… 왕따 된 기분이랄까?

머리로는 그게 아니라는 것을 분명히 알고 있는데도 괜히 나 혼자 삐친 거다.

그렇게 되니 괜히 사람들 눈을 피해 혼자서 궁상을 떨고 싶은 기분이었으나, 선실로 가면 완전히 음침해질 것 같아 다른 곳을 찾아 두리번거리던 나는 딱 좋은 곳을 발견했다.

우리가 탄 배에는 중앙에 가장 큰 것과 그 앞뒤로 약간 작은 두 개의, 도합 세 개의 돛대가 있었는데, 가운데의 가장 큰 돛대 위에는 망을 보는 사람이 있어 그곳은 피하고 가장 뒤의 돛대가 다른 사람들 눈에 뜨이지 않고 혼자 궁상 떨기에 딱 좋을 것 같았다.

돛대에는 그물막이 쳐져 있어서 정령의 도움 없이도 어렵지 않게 올라갈 수 있었다.

가장 꼭대기 기둥은 아니고 그 아래에 있는 굵은 기둥까지 올라가 걸터앉자 멀리까지 바다와 하늘, 그리고 그 둘이 맞닿은 수평선이 보이는 탁 트인 시야와 부드럽게 불어오는 바람 덕에 상쾌함과 함께 기분이 조금 나아졌다.

그런데 그 순간 이런 날 놀리기 위함인지 갑자기 아래에서 커다란 함성과 웃음소리들이 터져 나오는 거였다.

"우쒸……."

그 소리를 듣자 나는 나도 모르게 화가 났다. 그리고 어떻게 해서든 나 빼고 저희들끼리만 노는 저들을 방해하고야 말겠다는 심술이 뭉클뭉클 피어오르는 거였다.

다시 한 번 말하지만, 이건 순전히 나 혼자 북 치고 장구 치고 해서 생긴 감정이었다.

처음에는 저들이 있는 곳에 물벼락이라도 내릴까 했지만 그랬다간 뒷감당이 안 되었기에 나는 다른 방법을 택했다.

"엘라스트라, 실레스틴!"

물과 바람의 최상급(나이트 급) 정령을 불러낸 나는 실레스틴에겐 돛에 바람의 힘을, 엘라스트라에게는 배의 하단에 물의 힘을 부여하게 했다.

한마디로 배의 속력을 높이게 했다는 거다.

갑자기 배의 속도가 빨라지면 그에 따라 배도 많이 흔들릴 테니 갑판 위에 있는 이들은 뭔가를 붙잡지 않으면 나뒹굴게 될 것이라는 사악한 예상 하에 그런 부탁을 했던 것이다.

'흐흐흐… 무지 당황하겠지?'

하지만 최상급 정령 둘이서 힘을 쓰는 데도 불구하고 배의 속도는 내 기대에 못 미칠 정도로 아주 천천히 높아지는 거였다.

워낙 배가 크다 보니 그럴 수도 있겠다 싶었지만, 이랬다간 밑에 있는 사람들이 놀라 당황해서 갑판 위에 나뒹그러지는 일은 없을 것 같았다. 게다가 이렇게 속도가 높아지는데도 갑판 위에서는 떠들썩한 소리가 그치지 않고 계속해서 들려와 내 속을 박박 긁어놓는 거였다.

'에잇~ 둘 다 힘 좀 써봐아~!!'

그래 나는 화가 나서 내 모든 힘을 개방해 두 정령들에게 보내 버렸다.

그러자 돛은 찢어질 듯이 부풀고 돛대는 갑작스러운 강한 바람의 힘을 견디기가 힘겨운지 삐그덕거렸다. 게다가 배를 둘러싼 바다가 마치 소용돌이처럼 요동 치며 배를 앞으로 앞으로 강하게 밀어붙이는 거였다.

그때부터 정말 배의 속력이 높아졌는데, 얼마나 빠르던지 마치 모터보트처럼 바다 표면을 튕겨 날아오르며 앞으로 나아가는 거였다.

그런데 배가 한 번 튕겨 오르자 돛대 위에 올라가 있던 나에게는 큰 충격으로 다가와 나는 그만 잡고 있던 밧줄을 놓치고는 허공으로 튕겨

올랐다.

"우갸갸갸~!!"

다급해서 하급 정령 아무나라도 부르려 했지만, 하필 두 정령들에게 모든 힘을 부여해 주느라 정작 나에게는 하급 정령을 부를 힘조차 남아 있지 않았다.

하기야 돛대에서 튕겨 나간 것도 너무 갑작스런 힘을 사용해 버려 몸이 지쳐 버린 탓에 밧줄 잡은 손의 힘이 느슨해져 있던 까닭이었다. 안 그랬으면 밧줄이라도 강하게 붙잡고 있어 튕겨 날아오르는 일은 없었을 거였다.

그나마 다행인 것은 내가 돛대에서 튕겨 나가자마자 배가 두 최상급 정령 덕에 쏜살같이 앞으로 나아가 버려 갑판 위에 떨어져 납작 오징어가 되는 대신 바다 위로 떨어질 수 있었다는 거다.

배의 속도가 너무 빨랐고, 내가 그 당시 올라가 있었던 곳이 배의 맨 뒤쪽에 있는 돛대였기에 가능한 일이었다.

"떨어진다아~ 합!"

바닷물을 먹지 않으려고 입을 딱 다물며 바닷물에 닿는 충격을 최소화하기 위해 몸을 웅크리는데, 내가 떨어질 부근의 바닷물이 갑자기 날 받아주려는 양 부드럽게 벌어지면서 양쪽에서 두 줄기의 물줄기가 올라와 나를 받쳐 주는 거였다. 덕분에 나는 거의 충격을 받지 않고 바다 속으로 들어갈 수 있었다.

거기까지는 심히 운이 좋다고 생각할 수 있었지만, 들어가자마자 날 기다리고 있는 이를 보자마자 그 생각은 쏘옥 들어갔다.

[멍청하기는…….]

[아하하하…….]

하기야 내가 아무리 물의 정령왕 딸이라지만 바닷물이 스스로 움직여서 날 받아줄 리가 없었다.

머쓱하게 웃는 날 한심하게 바라보고 있는 이는 내 아버지 물의 정령왕 엘라임이었다.

[도대체 뭐 하는 짓이냐? 힘이 넘쳐 난다고 해도 그렇게 허망하게 써 버리다니… 에잉. 쯧쯧, 아무리 나라고 해도 그렇게 막 쓰지는 않는다. 힘도 쓸 줄 모르다니…….]

[에? 제가 뭘 어쨌다구요?]

[어쩌긴 뭘 어째! 힘이란 무조건 많다고 좋은 게 아니다. 그때그때 필요한 만큼만 적당한 선에서 공급을 해줘야지 한꺼번에 다 쓰지도 못할 만큼 줘버린다면 그 힘은 그냥 허공에 흩어져 버리고 만다. 게다가 네가 힘을 다 줘버리면 지금처럼 그 뒤에는 위험에 그대로 노출되어 버리잖아?]

[아… 뭐…….]

전에는 이런 일이 없었기 때문에 그런 건 생각도 못했다. 지금이야 한번 겪어봐서 잘 알고 있었지만.

[그럴 줄이야 몰랐죠 뭐……. 설마… 거기서 떨어질 줄이야…….]

[그거야 네가 칠칠치 못해서 그런 거고, 다른 일이 생겼으면 어쩔 뻔 했이? 항상 만약이란 사태에 대비하고 있어야지.]

[아하하… 앞으로 조심할게요.]

[당연히 그래야지. 그래서 말인데…….]

[왜, 왜요?]

아버지가 은근하게 말을 끌며 날 바라보자 나는 은근히 불안해졌다.

[너, 목적지에 도착할 때까지 내가 친히 교육을 시켜주마. 생각해 보

니까 내가 너에게 정령의 힘을 사용하는 법은 가르친 것 같은데 정령을 다루는 법은 안 가르쳤더라고. 네가 내 아들답지 않게 떨떨하다는 걸 잠시 깜빡한 거지.]

[엥? 아니, 정령 다루는 법도 방법이 있나요?]

지금까지는 그냥 그들에게 내가 부탁을 하면 그들이 할 수 있는 능력 안에서 들어주는 거라 여기고 있었다. 그러니 정령을 다루는 방법이 있으리라고는 생각도 못하고 있었던 것이다.

아니, 부탁하는 거에 방법이라는 게 있다는 것 자체가 웃긴 거 아닌가?

물론 사람 사이에 부탁할 때에는 어떤 사람에게는 진지한 모드, 어떤 이에게는 애교 모드 등등의 방법이 있기야 하겠지만서도.

그런데 내 말에 아버지는 살짝 인상을 찡그리는 거였다.

[법이라… 으음…….]

[뭐, 뭐예요, 그 반응은?]

선뜻 대답을 못하고 고민하는 표정을 짓는 아버지의 모습이 신기하기도 하고 어리둥절하기도 해서 나도 모르게 말을 더듬었더니만, 그게 아버지의 심기를 건드린 듯했다.

[시끄러워. 덜떨어진 네 녀석에게 설명을 하려니 고민이 되니까 그런 거잖아.]

[내, 내가 뭘요…….]

괜히 억울한 내가 항변하자 아버지가 날 노려봤다.

[뭣이라? 너, 지금 나에게 반항하냐? 나는 태어나자마자 다 할 줄 알았는데 네놈은 하나도 못하니까 덜떨어진 거 맞잖아!]

[아니… 그게… 내 탓은… 아니잖아요…….]

호기있게 주장하고 싶었지만, 아버지의 눈길에 쫀 내 목소리는 끝으로 갈수록 기어들어 갔다.

[쓰읍… 반항하냐? 그동안 오냐오냐해 줬더니 이젠 맘 놓고 기어오른다 이거지?]

[…아뇨…….]

아버지의 눈길에 기가 팍 죽어 기어들어 가는 목소리로 대답하자 아버지는 의기양양해진 눈빛이었다. 그런 거 가지고 기분 좋아하는 아버지가 이해가 안 되었지만.

[훗, 그러면 그렇지.]

그 순간 항상 나를 감싸주는 이프리트의 따뜻한 목소리가 들려왔다.

[괜히 구박하는 척하기는, 놀라서 제일 먼저 달려나온 주제에.]

[뭣이라? 누가!]

뜨끔한 표정으로 되묻는 아버지의 말을 받는 이는 의외로 다른 이였다.

[누구기는 누구야? 어떤 팔불출인 정령왕이지.]

[네놈은 또 왜 온 거냐?]

이프리트의 뒤를 이어 등장하는 실피드에게 아버지가 인상을 팍 쓰며 묻자 그에 대한 대답이 또 다른 곳에서 들려왔다.

[호호호, 네가 급하게 달려가길래 뭔 일인가 하고 궁금해서 왔지.]

[아니, 네 녀석들은 도대체 왜 다 우르르 몰려온 거냐?]

내가 묻고 싶은 말이었다.

뉘 집에 무슨 구경이라도 났는지 호기심 어린 눈을 반짝반짝 빛내며 오는 두 정령왕―이프리트는 안 그러니까―이 엄청 부담스럽게 느껴질 정도였다.

하지만 이런 내 생각을 하는지 마는지 노아스는 생글생글 웃으면서 부드럽게 대답했다.

[아까 말했잖아, 궁금해서 왔다고.]

[궁금할 것도 쌨다. 그렇게도 할 일들이 없냐?]

[응.]

아주 단정적으로 대답하는 실피드의 말에 아버지는 순간적으로 할 말을 잃어버리고 말았다.

순간적이긴 하지만 실피드 때문에 그랬다는 거에 아버지는 무척 자존심이 상한 모양이었다.

[방해하면 가만 안 둘 거다.]

씹어 내뱉듯이 경고를 한 뒤 그 기세를 몰아 날 바라보는데, 덕분에 아무 잘못 없는 나는 괜히 더 쫄아서 감히 아버지의 눈을 마주 보지 못하고 딴청만 피웠다.

[너 말야…….]

[예?]

아버지는 다시 나를 불러 자신을 보게 하더니 뭔가 말을 하려고 했는데 여의치 못했는지 말을 못하고 인상만 팍팍 찡그려 댔다.

[뭐야? 왜 말을 하다 말아?]

그러자 아버지를 놀리는 일을 인생 낙으로 삼고 있는 듯한 실피드가 싱글싱글 웃으며 끼어들었고 덕분에 아버지는 인상을 더욱 찡그리며 실피드를 향해 뭐라 하려고 했다.

하지만 그보다도 먼저 노아스가 끼어들어 실피드를 질책했다.

[넌 왜 끼어들고 그래? 가만히 좀 있어봐. 엘라임이 너 때문에 할 말도 못하잖아?]

[왜 괜히 내 탓을 하고 그러냐? 이 녀석이 암 말도 못하니까 거들어준 것뿐인데.]

[그게 거들어준 거냐?]

[둘 다 그만 좀 해라. 너희들 구경만 한다고 해놓고선 왜 방해를 하는 거야?]

보다 못한 이프리트가 끼어들자 두 정령왕은 억울한 표정이었다.

[우리가 언제 방해를 했다고 그래?]

[얘는 했을지 몰라도 난 아니라고.]

[뭣이라? 나도 방해한 건 아니야!]

'아… 시끄러워…….'

정령왕들이라는 존재들이 이렇게 수다쟁이였을 줄은 정말 몰랐다.

결국 정작 입을 열어야 할 아버지는 세 정령왕들의 수다에 밀려 입을 열지 못하고 있다가 기어코 화를 내버렸다.

[너희드을~ 당장 썩 돌아가지 못해! 네 녀석들 때문에 교육이 안 되잖아!]

[어머머… 그게 왜 우리 때문이니?]

[맞아. 네가 제대로 설명을 못하니까 답답해서 우리가 거들려고 했던 것뿐이잖아.]

노아스와 실피드의 맞공세에 이프리트가 머리가 아프다는 듯 이마를 짚으며 한마디 하려고 했다.

[이봐들, 그게 거들어…….]

하지만 이프리트의 말은 아버지의 말 때문에 싹둑 잘려 버렸다.

[그게 거들어주는 거야? 거들어주는 거냐고? 앙?]

[뭐냐? 그럼 네가 설명을 잘했으면 됐잖아?]

그러자 역시나 아버지와 티격태격하는 걸 즐기며 사는 실피드가 강하게 반박하고 나왔다.

[뭣이라? 그럼 네놈이 해봐라, 얼마나 잘할 수 있나!]

[헹, 하라면 못할 줄 알아? 네놈보다는 훨씬 잘할 수 있다!]

[그래, 어디 얼마나 잘하는지 한번 보자. 빨리 해봐.]

그리하여 얼떨결에 나에 대한 교육 설명—뭘 설명하려는 건지 모르겠지만—은 실피드에게 떠넘겨져 그가 내 앞에 섰다.

[에헴… 아이야, 그러니까…….]

뭘 얼마나 거창하게 설명하려는지 헛기침으로 말문을 열던 실피드는 그러니까… 를 연발하더니 엘라임을 바라봤다.

[그러니까… 뭘 설명해야 하는 거지?]

[이 멍청한 놈아아아~!!]

아버지의 생각에 동감이었다. 실피드에게 이런 멍청한 면이 있을 줄이야…….

[아, 가만히 좀 있어봐. 네 녀석이랑 떠들다가 잠깐 잊어버린 거 가지고… 그러니까 정령을 잘 다루려면 말이다… 으음… 그냥 녀석들에게 명령을 잘 내리면 돼.]

[죽여 버리겠어어어~!!]

거의 창백한 것처럼 희던 아버지의 피부가 엄청난 분노 때문인지 시퍼렇게 변했고, 주위의 바닷물이 아버지의 분노에 동화하여 막 거칠게 일렁이려고 했다.

그러자 이프리트와 노아스가 재빨리 아버지에게 매달려 수습에 나섰다.

[자자, 너무 흥분하지 말고 진정해.]

[그래, 그래, 저놈이 저렇게 실없던 적이 어디 한두 번이야? 바다같이 넓은 마음으로 네가 참으라고.]

[아따… 농담 한마디 한 거 가지고 날뛰기는. 쯧쯧.]

[저, 저놈이이이~!!]

[자, 둘 다 그만 하자고. 실피드, 너 제대로 설명 못할 거면 당장 물러나. 그리고 엘라임 너도 좀 진정하고. 실피드의 말 한마디 한마디에 그렇게 일일이 흥분하니까 실피드가 재밌어서 더 그러는 거잖아?]

이프리트가 안 되겠다 싶은지 약간 냉정한 표정으로 둘에게 질책하자 아버지도 흥분을 가라앉혔고 실피드도 머쓱한지 헛기침을 했다.

'오오, 역시 이프리트 아저씨는 대단하구나.'

내가 존경스러운 눈으로 이프리트를 바라보는데 실피드가 이제 정식으로 설명을 해주려는지 헛기침으로 나의 시선을 끌었다.

[어험험… 자, 그럼 농담은 이쯤에서 그만 하고… 아이야, 내 너를 그동안 살펴본 바에 의하면 너는 정령을 제대로 다루지 않더구나.]

[예?]

그게 무슨 황당한 소리인가 싶었다.

그럼 그동안 내가 정령들을 불러내서 뭔가 일을 시켰던 건 그들을 다루는 게 아니라 뭐란 말인가?

[음… 이걸 뭐라고 설명해야 할꼬. 그러니까 그동안 네가 정령들을 부리는 걸 살펴보면 너는 그들에게 처음에 명령만 내린 뒤 그들에게 힘을 보내주는 것뿐, 그 뒤로는 그들이 어떻게 하든 전혀 터치를 안 하더군. 마치 너희들이 알아서 내 명을 수행하라… 하는 식이랄까?]

그의 말에 나는 황당해서 눈을 동그랗게 떴다.

[예? 아니, 그렇게 하는 게 당연한 거 아닌가요? 부탁하는 입장에서

정령들이 어떻게 하든 부탁만 들어주면 되지 뭘 더 바래요?]

내 말에 당황한 건 실피드도 마찬가지였다. 그는 아예 말을 잃고 나만 뚫어져라 바라보는 거였다.

그래 나는 내가 혹시 뭔가 말을 잘못했나 싶어서 주변을 둘러보는데 주위의 정령왕들은 그런 날 그냥 가만히 바라보고만 있는 거였다.

결국 나는 실피드에게 시선을 돌려 조심스레 의문을 해소할 수밖에 없었다.

[에… 왜 그렇게 바라보시는데요?]

[아니… 흐음…….]

실피드는 그런 나를 가만히 바라보다가 허옇게 난 자신의 턱수염을 쓰다듬으며 아련한 표정을 지었다.

[옛날 생각이 나서… 옛날에 너와 같은 녀석이 하나 있었거든. 사람들은 그놈을 뛰어난 정령사니 천재니 치켜세웠지만 실상 그놈은 무지 얼빵한 놈이었는데…….]

[옛날에 너와 계약을 맺었던 인간 말이냐?]

실피드의 중얼거림 비슷한 말에 이프리트가 뭔가 알아챘다는 듯 입을 열자 아버지와 노아스도 한마디씩 던졌다.

[흠… 그러고 보니 옛날에 그런 일이 있긴 있었지.]

[저 녀석 그때 그 인간에게 푹 빠져 살았잖아.]

[맞아. 그 인간이 죽은 뒤로 정령계에 백 년 동안이나 꽁하니 처박혀서 음침하게 굴었지, 아마?]

[그건 엘라임 너도 마찬가지였잖아.]

[시끄러워.]

옆에서 떠들든 말든 실피드는 다시 현실 세계로 돌아와 나를 바라보

있다.

[그래, 네가 왜 정령들을 그렇게 다루는지 알겠다. 너는 하급 정령이든 상급 정령이든 가리지 않고 그들을 하나의 객체로서 존중하는구나.]

[예?]

[다른 이들은 말이다… 그래, 아무리 정령과 친화력이 강한 엘프들이라고 해도 정령을 어떻게 다루는 줄 아느냐? 그들은 단지 정령을… 그래, 직설적으로 말하자면 뛰어난 능력을 가진 무기라고 생각할 뿐이란다.]

[에엑? 설마요.]

[그건 사실이다. 흠… 넌 마법도 한다고 했지? 넌 마법을 구현할 때 그 마법 하나하나에 인격이 있다고 생각해서 존중해 주느냐? 그건 아닐 테지. 그냥 네가 필요할 때 아무렇지도 않게 사용할걸? 그렇지 않느냐?]

실피드의 말에 나는 더욱 황당해져서 그를 바라보았다.

아니, 어떻게 정령들을 마법과 비교한단 말인가? 마법이야 자신이 가진 마나로 만들어내는 것이지만 정령이란 단순히 마나만 많이 가지고 있다고 해서 얼마든지 만들어낼 수 있는 것이 아니지 않은가?

[그, 그거야… 마법은 살아 있는 게 아니잖아요. 하지만 정령들은…….]

나는 막 입을 열어 이런 내 생각을 실피드에게 전하려고 했다. 하지만 실피드는 내가 무슨 말을 하려는지 알았다는 듯 내 말을 자르며 입을 열었다.

[다른 정령사들도 그렇게 생각하지. 물론 정령들이 살아 있다는 건 그들도 안다. 정령들이 아파하거나 괴로워하는 게 모두 그들에게 전달

되니까 원하지 않아도 알게 되겠지. 하지만 너처럼 하나의 객체로 존중해 주지는 않지. 음… 네가 그럴 수 있었던 건 아마도…….]

거기서 잠시 말을 멈춘 실피드는 부드럽게 날 바라보며 입을 열었다.

[아마도 다른 존재들과는 달리 네가 정령들과 대화를 할 수 있기 때문이겠지?]

[에… 그렇겠죠?]

잠시 생각해 보던 나는 머뭇거리며 고개를 끄덕였다.

직접 마주 보고 대화할 수 있는 상대를 단지 이용할 수 있는 물건으로 본다는 건 어려운 일일 테니까 말이다.

[그래, 그래, 그게 나쁘다는 건 아니지. 오히려 우리 입장에서는 고맙다고 해야 할라나?]

[고맙기는 왜 고맙냐? 내 아들인 이상 그건 당연한 거지.]

그동안 실피드의 말을 듣고 있던 아버지가 끼어들었다.

[그런가? 뭐, 어쨌든… 그렇게 정령들을 존중해 주는 건 좋은데… 그럴 경우 여러 정령들에게 부탁할 때에는 불필요한 낭비가 많을 거다. 그들을 통제하는 높은 정령을 하나 세우지 않는 한 말이지. 심하면 같은 일을 한답시고 두 정령이 충돌할 경우 그 여파는 모두 네가 감당해야 하기 때문에 그럴 경우 안 하느니만 못하겠지.]

[에… 뭐…….]

지금까지 그런 경우가 한 번도 없어서 잘은 모르겠지만 틀린 말은 아닌 것 같았다.

'음음… 나중에 그럴 경우가 생기면 고려해 봐야겠군.'

내가 그렇게 속으로 실피드의 말을 명심하는 와중에도 그의 말은 계속 이어지고 있었다.

[그럴 때는 차라리 다른 정령사들이 정령을 부리는 방법이 더 낫겠지. 그때는 비록 정령들이 존중은 받지 못할지라도 정령들이 움직이는 것이 훨씬 체계적이고 불필요한 움직임은 적을 테니 말이다.]

[그렇겠군요.]

[그러니 같은 급의 여러 정령들을 불러낼 때는 차라리 네가 그들을 통제하는 게 좋을 거다.]

실피드의 말에 고개를 끄덕이며 진지하게 청취하던 나는 문득 떠오르는 기억이 있었다.

'에… 그러고 보니 전에 한번 정령들에게 맡겨놓지 않고 내가 직접 일일이 지시했던 적이 있었는데……'

단 한 번뿐이었지만 처음 상회에 가입하여 신고식을 치를 때였다.

그때 사다드의 공작(?)으로 나와 같이 처음 가입한 신입들의 떼거리 공격을 받게 되었을 때 일일이 최상급 정령들에게 지시를 했었다.

물론 그때는 실피드가 말했던 걸 고려한 게 아니라 나에게 덤비는 그들에게 별다른 상처 없이 빨리 싸움을 끝내려 하다가 얼결에 그랬던 것이지만.

'음, 그럼 그들을 한꺼번에 불러낼 때에는 그렇게 하란 말이지?

그때를 떠올리며 다시 한 번 실피드의 말을 가슴속에 새기는데 아버지의 목소리가 들려왔다.

[그리고 또 한 가지 더 있어.]

갑작스레 끼어든 아버지에 실피드와 나의 시선이 그에게로 향했다.

[뭔데요?]

[너 말이다, 힘이 남아 주체할 수가 없는 건 알겠지만, 그렇다고 무분

별하게 낭비하는 것도 좋지 않아.]

[예?]

내가 언제 남아도는 힘을 주체 못해 쓸데없이 낭비를 했다고…….

황당해하는 나에게 아버지는 비교적 차분한 목소리로 설명하기 시작했다.

[정령들은 각 등급별로 능력이 다른 만큼 이 세상에서 활동할 때 계약자에게 요구하는 마나의 양이 달라진다. 그건 알고 있겠지? 그것과 마찬가지로 정령들은 한번에 계약자에게서 받아들일 수 있는 마나에 한계가 있지.]

[에? 정말요?]

그런 이야기는 처음 듣는 거였다.

내 마법 스승인 노만에게 받은 책에서도 그런 이야기는 안 나와 있었다. 게다가 지금까지 내가 불러낸 정령들도 내가 보내준 힘이 크든 작든 아무렇지도 않게 받아주지 않았던가 말이다.

그런 건 속으로만 생각했지만, 물어보기도 전에 아버지가 내가 생각한 것을 눈치 챘는지 설명해 줬다.

[정령들이 받아들일 수 있는 한계를 넘어버린 힘은 그대로 허공으로 분산되고 만다. 정령 자체가 안 받아들이게 되니까 말이지. 그렇기에 네가 모든 힘을 보내도 정령들에게는 전혀 부담이 안 되는 거야. 단지 네가 쓸데없이 힘을 낭비하게 될 뿐이겠지만, 사실 그것도 네가 힘이 너무 많아 주체를 못해서 그러는 거지 다른 존재들이라면 어림도 없을 거다. 드래곤쯤 되면 몰라도.]

[아하하…….]

내가 어색하게 웃어 보이자 아버지가 가늘게 뜬 눈으로 날 바라봤다.

[칭찬이 아닌 거 알지? 뭐든 쓸데없이 낭비를 한다는 건 옳지 않다. 이건 네 엄마가 해준 말이다만, 나 역시 그렇게 생각해. 게다가 그렇게 힘만 보내준다고 해서 효율적인 것도 아니지.]

[에… 그럼 어떻게 해야 하는 건데요?]

[그걸 지금부터 내가 친히 가르쳐 주겠다는 거다.]

그러자 지금껏 가만히 아버지가 설명하도록 자신은 물러나 있던 실피드도 끼어들었다.

[물론 나도 같이 거들어주마.]

[네놈은 왜 또 끼어들어!]

그걸 가만히 보고 있을 아버지가 아니었기에 한마디 했지만 실피드는 당당했다.

[지금까지 설명한 걸 도와준 게 누군데 그래? 게다가 너보다는 내가 경험이 많으니 내가 훨씬 더 도움이 될걸?]

[그건 맞다.]

노아스까지 끼어들고 이프리트까지 동감한다는 표정이자 아버지 혼자 고집 부리기도 뭐했던 모양이다.

[흥, 맘대로 해라.]

그렇게 해서 나는 그날부터 두 정령왕이 구경하는 가운데 두 정령왕의 코치를 받으며 정령들을 다루는 연습을 해야 했다.

[그래, 보아하니 너는 빨리 돌아가고 싶은 모양인데 잘되었네. 쓸데없이 엉뚱한 데 힘을 쏟는 것보다 그걸로 연습하는 게 낫겠다.]

그렇게 말하며 실피드가 시킨 일은 바람의 정령과 물의 정령을 불러내어 배를 미는 일이었다.

뭔가 거창한 일, 이를테면 큰 파도를 만들었다가 그걸 가른다던가 하는 걸 기대한 내가 황당해하자 단순한 일일수록 경험이 없는 내가 좀 더 쉽게 정령들에게 보내는 힘 조절이라든가 컨트롤을 연습하기에 좋을 거라고 설명해 주는 거였다.

뭐, 그건 확실하게 맞는 말이었지만, 사실 그들이 시키는 일이 나에게 얼마나 도움이 되는지는 좀 의아스러웠다.

어차피 이런 데 신경 쓰지 않아도 내가 힘을 보내주면 정령들이 알아서 자기네들이 힘을 받아 내 부탁을 들어준 데다 그렇게 하다가 문제가 생긴 적도 없어 별로 필요성이 느껴지지 않았다.

뭐, 아버지의 말대로 힘을 낭비하지 않기 위해서라면 단지 정령들이 일순간에 내 힘을 얼마나 받아들일 수 있는가만 알면 되는 거 아닌가 말이다.

하지만 나에게 뭔 힘이 있다고 두 정령왕이 하는 일에 일일이 토를 달 수 있겠는가?

이래라 하면 얌전히 따를 수밖에…….

그나마 나은 건 바람과 물의 정령들만 불러내는 거였지만, 배를 민다고 해서 하루 종일 최상급 정령들만 부르고 있는 건 아니었다(사실 난 배를 밀라고 시키기에 그렇게 할 줄 알았지만).

첫날에는 황당하게도 바람과 물의 하급 정령을 불러내서 배를 밀도록 시키는 거였다. 그것도 딱 한 명씩만 불러서 말이다.

도대체 이 커다란 배를 단 두 명의 하급 정령들만을 데리고 속도를 내라니 그게 말이나 되는 소리인지 정말 황당했다. 그래도 시키니 어쩌겠는가? 해야지.

그리하여 속으로는 되게 궁시렁궁시렁대면서 한 명씩 불러 실프는 중앙 돛을 담당하게 하고 운디네는 배 뒤편을 담당하게 해서 밀게 했다.

하지만 역시나 내 예상대로 그들이 배에 들러붙을 때나 아닐 때나 배의 속력에는 그다지 별반 차이가 안 나는 거였다. 뭐, 그렇다고 아예 도움이 안 되는 건 아니겠지만 눈에 드러날 정도로 뭔가 속력이 빨라졌다거나 하는 변화는 없었던 것이다.

'내 이럴 줄 알았다니까… 쓸데없는 일을 안 시킨다고 하더니만 이게 바로 쓸데없는 일이지 뭐야?'

속으로 그렇게 궁시렁거리면서, 그렇다고 안 할 수는 없어서 실프와 운디네에게 배를 밀고 있게 하자니 얼마 지나지 않아 좀이 쑤셔왔다.

슬쩍 눈치를 살피니—지금 현재 나는 맨 뒤에 있는 돛대 위에 올라와 있고 정령왕들도 그 옆에 포진하고 있는 상태였다—처음에는 내 옆에서 신기하다는 눈빛으로 구경하고 있던 두 정령왕도, 코치를 한다고 포진하고 있던 두 정령왕도 슬슬 지루함을 느꼈는지 어디론가 사라져 버리고 없었다.

'에휴… 정말… 자기들도 지루하면서 남에게 이런 거 시키기는…….'

그들 덕분에 더 이상은 선실에서 지루하게 마법책을 파고 있지 않아도 되고 심심함에 몸을 비틀지 않아도 되어 좋기는 했지만, 이 꼬락서니를 보니 차라리 지루함에 몸을 비틀며 마법책을 파고 있는 게 훨 나을 것 같았다.

이대로라면 항해 속도에도 전혀 도움이 안 될 테고 나 또한 시간만 죽이고 있는 것 외에 아무것도 아니지 않는가 말이다.

나는 내 앞쪽의 중앙 돛과 배 뒤쪽에서 열심히 낑낑대며 배를 밀고 있는 두 하급 정령을 보고 다시금 한숨을 내쉬었다.

'쟤네들도 불쌍하지…….'

그러면서 나는 그 애들에게 보내지는 내 정령의 기운에 의식을 집중했다.

지금 현재 나는 내가 일부러 그들에게 힘을 보내는 것이 아니라 뭐랄까… 그들이 내 힘을 자기들이 알아서 가져다 쓰는 형국이었던 것이다. 내가 가지고 있는 힘의 줄기에 비하면 아주 가느다란, 내 힘이 한 강이라면 그들이 가지고 가는 힘은 실개울 정도라고나 할까? 하여간 그 정도의 힘이 조금씩 빠져나가는 것을 느끼며 나는 다시금 한숨을 내쉬었다.

'이래 가지고서야… 하루 종일 있어도 내 힘은 다 떨어지지 않겠다.'

평소 같으면 하급 정령들이 내 부탁을 들어주면서 가져가는 정령의 기운 정도는 내가 가지고 있는 전체 크기에 비해 미미해서 신경도 쓰지 않았는데, 지금은 너무나 심심한 나머지 처음으로 진지하게 느껴보다가 역시나 작게 외부로 빠져나가는 힘을 보고 이렇게 하는 게 뭔 소용이 있나 하는 허망함을 느끼던 외중에 나는 어떠한 생각이 떠올랐다.

'흐음, 가만히 있기도 심심한데 어디 한번 내가 기운을 조정해 볼까나?'

그런 생각이 들자마자 하급 정령들에게 흘러가던 내 정령 기운의 줄기가 잠시 경직되었다. 내가 그쪽으로 의지를 돌리자마자 기운이 반응을 한 것이다.

'어디, 우선 줄여볼까나?'

괜히 불려와서 헛수고만 하는 그들에게는 쬐께 미안한 일이었지만, 나는 반쯤은 장난 삼아 천천히 그들에게 흘러가는 기운의 양을 줄였다.

평소 많은 양의 기운들에만 의식을 집중하다 갑자기 너무 작은 양의 기운에 집중하다 보니 처음에는 생각대로 컨트롤이 잘 안 되어 흘러가는 양이 불쑥 커지거나 작아지는 등 불규칙했지만, 잠시 후에는 그럭저럭 매끄럽게 조절할 수 있었다.

그러다 보니 평소 신경 쓰지도 않았던 하급 정령의 힘도 내가 조절할 수 있게 되었다.

내가 하급 정령에게 보내지는 힘을 절반으로 줄였더니만 하급 정령은 내 부탁을 들어주기는커녕 이 세계에서 자신의 모습을 유지하는 것도 힘든지 희미해지며 정령계로 돌아가려는 듯한 조짐을 보였다.

그에 얼른 본래대로 힘을 보내줬더니만 다시 모습이 뚜렷해지며 배를 미는 데 적은 힘이나마 보태는 거였다.

'헤에, 그럼 이번에는……'

그 모습에 속으로 쬐끔, 아주 쬐에에끔 재미있어하며 이번에는 반대로 하급 정령에게 보내는 힘을 늘려봤다. 그러자 얼마간은 하급 정령의 힘이 조금씩 강해지는 듯싶었지만, 처음에 보내주던 힘의 두 배를 보내주기도 전에 정령의 힘에는 별 변화가 없어지는 거였다.

'음음… 이게 바로 하급 정령들이 한번에 받을 수 있는 힘의 양인가?'

처음에는 내 눈 바로 앞에 있는 실프를 가지고 이것저것 해보다가 나중에는 배의 후미를 열심히 밀고 있는 운디네까지 데리고 둘을 한번에 이것저것 컨트롤해 보기 시작했다.

아무 생각 없이 그들 마음대로 할 때는 편했지만 한번 마음먹고 이것저것 해보니 의외로 꽤 까다로운 부분이 많은 것이 쉬운 게 아니었다. 아무래도 내가 가진 힘에 비해 너무 적은 양에 세세하게 신경을 쓰고 있어야 해서 그러는지는 모르겠지만.

그렇게 하루를 생각 외로 지루하지 않게 보내자 그 다음날에 두 정령왕이 시킨 것은 실프 두 명과 운디네 두 명을 불러서 배를 밀게 하는 거였다. 그리고 그 다음날에는 실프 세 명과 운디네 세 명… 그렇게 숫 자가 불어나 가다가 나중에는 하급 정령이 중급 정령으로 올라가고 중 급 정령이 상급 정령으로까지 올라가기 시작했다.

그쯤 되자 나는 두 정령왕이 나에게 왜 이런 일을 시키는지 어렴풋 이 짐작할 수 있게 되었다. 전혀 필요없는 것 같았지만 그것들은 마치 건물을 지을 때 겉으로 드러나지 않는 기초 작업과도 같았던 것이다.

역시나 몇백 년의 세월을 보낸 노땅들의 경험이란 무시할 수 없는 것이었다.

그렇게 되자 배의 항해 속도도 매일매일 점점 빨라져 나중에는 엄청 빨리 달리게 되어 처음 배를 탔을 때 멀미를 안 하던 무사들이나 심지 어는 경험이 적은 선원들까지 뱃멀미를 하게 만드는 쾌거를 이룰 수 있었다.

그리하여 우리는 갈 때의 딱 절반의 기간에 라센 국의 그레이험 항 구에 도착하는 쾌거를 이룩할 수 있었다.

'그게 다 내 덕이란 말씀. 캬캬캬~'

그 때문인지 마법으로 연락을 받고 우리가 도착할 때에 맞춰 마중 나온 크리스의 얼굴에는 오랜만에 동료들을 만났다는 기쁨보다는 얼떨 떨함이 가득 차 있었다.

"도대체 어떻게 된 거야? 제대로 갔다 오기나 한 거야?"

"아하하, 물론이지. 날 못 믿는 거냐?"

그런 크리스의 얼굴이 재미있다는 듯 레이언이 크게 웃으며 답하자 크리스는 더욱더 아리송한 얼굴로 그를 바라봤다.

평소 크리스가 레이언을 제대로 못한다고 많이 구박하기는 하지만 그래도 속으로는 그를 많이 믿고 있었기에 이번에도 그를 믿고 싶어했지만, 도저히 믿을 수 없는 시기에 우리가 도착했으니 믿기 어려워 이러지도 못하고 저러지도 못해 어찌할 바를 몰라 하는 거였다.

평소 냉정 침착한 크리스가 그의 포커페이스를 잃고 당황하는 모습이 무지 재미있게 느껴져 레이언 뒤를 따라가던 난 숨죽여 킥킥 웃었다.

그런데 이러한 재미를 느낀 건 나뿐만이 아닌 듯 레이언도 크리스가 자꾸 어떻게 된 영문이냐고 묻는데도 웃기만 할 뿐 이유를 설명해 주지 않는 거였다.

그뿐만이 아니라 우리가 이렇게 일찍 도착하게 된 이유를 아는 다른 이들도—맨 처음 훈련을 시작하기 전에 레이언을 비롯한 친한 이들에게는 말을 해놨었던 것이다. 물론 아버지가 직접 와서 시킨다는 이야기는 쏙 빼놨지만—마찬가지였다.

어지간히도 크리스의 포커페이스를 무너뜨리고 싶었던 모양이다.

평소에는 그에게서 빈틈을 찾기 어려우니 이번 기회에 말은 안 했지만 모두 한마음이 되어 그를 놀리고 있는 듯했다. 뭐, 나도 그들과 조금도 다를 게 없었지만 말이다.

크리스는 아마도 사무실에 돌아가서야 레이언의 설명을 들을 수 있을 것이다. 뭐, 거기에서도 레이언이 크리스를 조금 더 놀린다면 쉽게 듣기는 어렵겠지만.

'크리스의 차가운 분노를 뒤에 감당할 수만 있다면 말야. 쿡쿡쿡.'

제 23 화

두 번째 임무

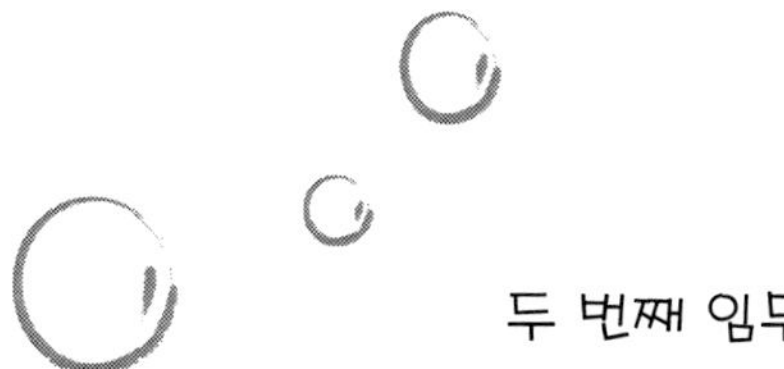

두 번째 임무

크리스와 레이언이 돌아가는 자리에 같이 있었으면 사무실에서도 레이언이 크리스를 놀릴지 안 놀릴지 지켜볼 수 있었겠지만, 나는 아직 이 상회의 행정에 관여하지 않았기 때문에 같이 가지는 못하고 상상하는 것만으로도 만족해야 했다.

사무 요직에 있는 사람들이 먼저 떠나고 나를 비롯한 경호 담당 팀은 일꾼들이 배의 짐을 준비된 짐마차에 모두 다 옮겨 실을 때까지 버티고 있어야 했던 것이다. 거기에 더해 창고까지 이동한 후 거기서 다시 옮길 때도 옆에서 지켜줘야 했기에 우리가 일을 끝냈을 때에는 날이 어두워져 있었다.

그때까지 저녁도 못 먹고 계속 지루하게 경비를 서고 있었던—별다른 일이 일어나지 않았기 때문에 가만히 지켜보는 것 외에 할 일이 없었지만—우리는 그제야 숙소로 돌아갈 수 있다는 것에 기뻐하는 한편 숙소에 도착할 때까지 고픈 배를 계속 움켜쥐고 있어야 한다는 사실에 절망해야 했다.

우리가 짐을 옮긴 창고는 성내 항구 근처에 있었고, 우리의 숙소는 성 바깥에 있었으니 도착하는 데 시간이 꽤 걸렸던 것이다.

"아아… 배고프다……."

한 무사의 서글픈 중얼거림을 다른 무사가 받았다.

"나도……."

"언제 가서 언제 저녁 먹냐?"

다른 무사의 기운없는 질문에 또 다른 무사가 위로한답시고 입을 열었다.

"그래도 저번보다는 나아. 저번에는 한밤중에 일이 끝나 가지고 딱딱한 빵과 치즈로 저녁을 대충 때우고 자야 했잖아."

"말하지 마, 그때는 생각하고 싶지도 않아. 얼마나 억울했는데……."

"아아, 따끈따끈한 스튜가 눈앞에서 아른거린다아~"

비록 그들과 대화를 하지는 않았지만 옆에서 듣고 있자니 나도 모르게 침이 꼴깍 넘어갔다. 나 또한 그들과 다르지 않게 무지 배가 고팠던 것이다.

"배고파……."

내가 힘없이 중얼거리자 옆에 있던 잭슨이 내 말을 받았다.

"말하지 마. 그럼 더 배고파."

"젠장, 치사한 마법사들… 저희들만 먼저 가고……."

그랬다. 마법사들은 사무 요원들과 같이 자리를 떴던 것이다. 뭐, 그들이 사무실로 직행한 건 아니라 체력이 떨어진다는 이유 하나로 상회에서 따로 나온 마법사들과 교대하고는 저희들끼리 쉬러 갔던 것이다.

이왕 교대시켜 줄 거면 무사들도 같이 교대시켜 주지 왜 치사하게 마법사들만 골라서 교대시키는 건지 모르겠다.

배 타고 오면서 하릴없이 빈둥댔으면서 뭐가 피곤하냐고 따진다면 할 말은 없지만—너무 빨리 온 탓인지 아니면 배 주위에 네 정령왕이 떡 버티고 있어서 그런지 우리는 오는 동안 단 한 번도 몬스터의 공격을 받은 적이 없었다—그렇게 치면 마법사들도 빈둥댔는데 말이다.

그놈의 체력이 좀 약하다고…

'에휴, 누구는 체력이 약해서 좋겠다.'

그렇게 속으로 푸념을 하는 그 순간이었다. 창고 책임자와 이야기를 하러 간 머튼이 돌아와서는 우리를 향해 외치는 것이다.

"자, 좋은 소식이다! 상회에서 너희들을 위하여 식당을 하나 전세 냈단다. 비용은 전체 상회에서 담당하기로 했으니 원하는 만큼 먹고 마시도록!"

"우와아아~!!"

머튼의 말이 끝나자마자 우리는 창고가 무너져라 함성을 질러대며 지금까지 배가 고파 기운없이 축 처져 있던 것이 무색하게 기뻐서 팔팔하게 날뛰었다.

머튼이 우리를 이끌고 도착한 곳은 식당 겸 주점인 곳이었는데, 전세를 낸 탓인지 사람은 한 명도 없고 단지 주인으로 보이는 중년 부부와 몇몇의 종업원들이 분주히 탁자 사이를 돌아다니면서 식기들을 놓고 있다가 우리가 들어오는 것을 보고 황급히 와서 맞았다.

"어서 오십시오. 기다리고 있었습니다."

그곳은 비록 시내 중심에 있는 고급이 아니었지만 그래도 중상쯤이라고 생각될 만큼 넓고 깨끗한 곳이었다. 무엇보다도 탁자 사이를 돌아다니며 분주히 일하는 종업원이 다섯 명이나 될 정도였으니 말이다.

우리가 채 탁자에 앉기도 전에 주방에서는 미리 준비되어 있었던 듯한 커다란 맥주통과 간단한 전채 요리가 날라져 오기 시작했다.

"죄송합니다. 원하시는 요리가 있으셨을 텐데 아무래도 많이 시장하실 듯해서 저희가 주문도 받지 않고 알아서 준비했습니다. 그래도 저희 식당에서 자신 있는 것들을 준비했으니 너그러이 봐주십시오."

중년 남자가 우리를 향해 사과를 했지만 모두 전채 요리에 정신이 팔려 있던 터라 그의 말을 듣는 사람은 아무도 없었다. 아니, 딱 한 사람 머튼만이 그에게 다가가 괜찮으니 음식이나 내오라고 했을 뿐이었다.

'역시나… 책임감이 강한 사람이라니까. 하기야 그렇지 않으면 머튼이라고 할 수 없겠지.'

그런 머튼의 모습을 힐끔 본 나는 피식 웃고는 근처에 있는 탁자에 자리 잡고 앉았다.

각각의 탁자에 커다란 맥주통과 컵, 그리고 간단한 전채 요리가 모두 놓여진 후에는 식사들이 줄줄이 이어져 나오기 시작했다.

따끈한 고기 스튜, 막 구워 김이 모락모락 올라오는 빵, 두툼하게 썰어 구운 베이컨, 통째로 구운 거위, 입가심할 과일 야채 샐러드…….

나는 머튼과 같은 탁자에 앉았는데도 불구하고 너무 배가 고팠던지라 정말 정신없이 나오는 음식들을 먹어치웠다.

평소 머튼에게 약간 기가 죽어 사는 해민이조차도 먹느라고 바빠서 머튼과 한 자리에 있다는 것도 잊은 듯했다. 마지막 남은 거위 조각을 잭슨에게 안 뺏기려고 탁자 위에 올라가서 으르렁댔으니까 말이다. 뭐,

그 뒤에 다시 새로운 거위 구이가 도착해서 치고 받는 싸움으로 번지지는 않을 수 있었다.

그리고 그 뒤에는 후식으로 아주 커다란 쵸코 케이크가 나와서 나는 너무너무 행복했다. 체력이 적어서 먼저 간 마법사들이 안됐다고 생각될 정도로 말이다.

'역시 체력은 국력이라니까.'

"안녕히 가십시요오~ 다음에 또 들러주십시오오~"

피곤에 잔뜩 절었지만 하루 일과가 드디어 끝났다는 해방감인지, 아니면 오늘 매상이 엄청 커서 행복한 탓인지 힘찬 주인의 목소리를 뒤로 하고 헤롱헤롱하는 정신을 부여잡은 채 그 주점 겸 식당을 나올 때는 새벽이었다.

달이 거의 서편으로 기울어져 있었던 것이다.

나는 그때까지 술 한 잔 입에 대지는 않았지만, 대신 걸신이라도 들린 듯 엄청 먹어댔다.

그런 걸 가지고 안주발이라고 했던가?

하여간 평소에 먹던 양의 몇 배는 더 먹었던 것 같다.

사람이 술을 마실 때 술에 취하기도 하지만 분위기에도 취해 마신다고 하더니만, 나는 분위기에 취해 쉼없이 음식들을 집어 먹었던 듯했다. 나에게 이런 면이 있을 줄은 몰랐지만.

'내가 이리 식탐이 많았을 줄이야……'

덕분에 지금 속이 거북해서 어찌할 바를 모르며 휘청거리고 있었다.

"괜찮으십니까?"

"괘, 괜찮을 거예요. 우욱… 이, 이 정도쯤이야… 철도 소화시킬 나이인데… 꾸룩……."

　그것뿐이면 다행이라고 할 수 있겠지만, 지금 새벽까지 안 자고 분위기에 휩쓸려 신나게 떠들고 웃어댄 덕에 무지 피곤하고 졸려서 눈이 반쯤 감긴 상태였다.

　조금만 정신을 놓으면 이놈의 눈꺼풀이 주인의 의지를 무시하고 스르르 내려와 감기는 거였다. 그러다가 거북한 속이 뒤틀리면 다시 확 정신을 차려 눈을 뜨고, 그러다 눈꺼풀이 기회를 봐서 다시 내려오고, 거북한 속이 용트림을 하면 다시 정신을 차리고… 그런 일이 반복되니까 아주 죽을 지경이었다.

　차라리 속이라도 좋았으면 그냥 편안하게 잠에 빠져들거나 반대로 졸리지 않았으면 거북한 속이라도 달래는 데 집중할 수 있었을 테니 말이다.

　옆에서 듀비가 날 거의 들어 올리다시피 부축해 주지 않았다면 난 걷지도 못했을 거였다.

　너무 술에 취해 인사불성이 된 동료 무사들은 눈에도 들어오지 않았다.

　그들이야 취해서 길거리에 쓰러져 자든 말든 누가 일일이 챙겨 숙소까지 옮겨주든 말든 내 코가 석 자인 터라 신경 쓰고 싶어도 쓸 처지가 아니었다.

　뭐, 그 와중에 힐끔 본 거에 의하면 잭슨과 머튼이 동료를 수습하고 삯 마차를 불러서 태우는 등 그들을 챙기는 듯했지만 말이다.

　"그러길래 왜 그렇게 많이 드신 겁니까? 적당히 드시지요."

　"우욱… 그, 그게… 나도 모르게… 에구, 에구……."

　"숙소에 도착하면 약을 구할 수 있을 테니 조금만 참으십시오. 숙소에 도착할 때까지 견딜 수 있겠습니까?"

"그, 그래야죠……."

말하기도 힘거웠다.

잘못 입을 열었다가는 속의 음식물이 올라올 것 같아 그걸 조심하느라고 애를 쓰고 있는 상황이었던 것이다.

'우욱… 생각하지 말자… 생각하지 말자… 무념무상… 무념무상…….'

그쪽으로 생각하니까 더욱더 쏠렸다.

아버지가 이 모습을 보면 뭐라고 하실지…….

'허걱! 이 모습은 절대 보여줄 수 없지.'

그 생각을 하니까 정신이 확 깨는 듯했다.

그런 내 앞에 아까 머튼이 있는 대로 다 불러댔던 삯 마차 중 하나가 와서 섰다.

"거기 분들, 타시렵니까?"

이제 완연한 가을이라 해가 떨어지면 찾아드는 추위를 견디기 위하여 두툼하게 차려입은 마부가 우리를 불렀다.

"성 밖의 베지테크스 창고로 가주시오."

다른 지역의 성에서라면 어림도 없는 일이라지만 이곳 그레이험 성에서는 밤에도 성문이 열려 있다.

원체 외적이나 몬스터 같은 적들에 의한 침략이 없는 곳인데다 성또한 외세의 침략을 막기 위한 목적이 아니라 국가에서 항구 도시를만들기 위한 계획 하에 세워진 곳이라 경계도 느슨했다. 게다가 성 바깥에 많은 상회의 창고가 있던 터라 늦게까지도 왕래하는 경우가 빈번하여 어느 때부터인가 아예 성문을 낮이나 밤이나 열어놓게 되었던 것이다.

물론 성문을 수비하는 경비대를 세워두기는 했지만 어차피 이 성으로 들어오는 데 까다로운 검문을 하지는 않았던 터라 거의 형식적이었다.

그만큼 이곳에 많은 나라들의 사람들과 여러 지역의 사람들이 수시로 왕래했기에 그럴 수밖에 없었겠지만.

그리하여 이렇게 성 바깥까지 가달라고 당당히 요구할 수 있는 거였다. 그만큼 돈을 많이 달라고 하게 되겠지만 말이다.

"자, 천천히 오르십시오. 발 조심하시고."

듀비의 부축을 받아 힘겹게 마차 안으로 올라탄 나는 걱정스레 그를 바라보았다.

"어떻게 삯 마차를 불렀네요? 돈은 있어요?"

"저는 없지만 머튼 대장 말로는 그곳에 도착하면 거기서 지불해 줄 거라고 하더군요."

"아…….."

듀비의 말에 나는 안도함으로 인하여 고개를 끄덕이고 초라한 마차 내부의 의자에 몸을 기댔다.

의자에는 얇은 짚방석만이 깔려 있어 나무의 딱딱함을 그대로 전달해 주고 있어 불편했지만 지금 내 상태로는 정령들을 불러낼 처지도 아니었기에 이 정도에도 감지덕지해야 할 판이었다.

하지만… 얼마 안 가 그 생각은 뒤바뀌었다.

고급 마차가 아니라서 그런지 마차의 덜컹거림이 심한 데다 의자라도 푹신하면 조금 덜했을 텐데, 있으나마나 한 짚방석만이 깔려 있을 뿐이니 한 번 덜컹거릴 때마다 그 충격이 고스란히 나에게 전달되었던 것이다.

한 번 덜컹거릴 때마다 속도 같이 울렁거려 그렇지 않아도 안 좋은 속이 더 더욱이나 안 좋아 참는 게 정말 고역이었다.

덜컹~

"우욱~"

더커덩~

"우우욱~"

이마에 식은땀이 송골송골 맺히는 게 느껴졌다. 아마 내 얼굴은 누렇게 변했을 터였다.

'다시는… 다시는 이렇게 과식을 하지 말아야지. 다시는…….'

덜컹~

"우욱~"

그렇게 해서 성 밖 베지테크스 상회 창고라고 불리는 곳에 도착하는 길은 너무 멀고도 험한 길이었다. 그 길을 어떻게 참아냈는지, 그러고 보면 내 인내도 꽤나 강한 듯싶었다(이게 인내심과 별로 상관이 없을지라도 말이다).

그렇게 겨우겨우 도착하자마자 잽싸게 바깥으로 내리니 시원한 공기가 기다렸다는 듯이 나를 덮쳤다.

좁은 마차 안에서는 덜컹거리기도 하거니와 답답해서 더욱더 버티기 힘들었는데 이 두 가지가 사라지자 그나마 살 것 같았다.

"에구에구……."

물론 완전히 살아난 것은 아니었지만. 이런 날 힐끔 바라본 듀비는 대기하고 있던 한 무사에게 다가가서 정중하게 요청을 했다.

"약 좀 구할 수 없겠습니까?"

그러자 그 무사는 아무 말 없이 한쪽을 가리켰고, 그곳에는 커다란 바구니를 가지고 있던 다른 무사가 서슴없이 자그마한 나무통을 내미는 거였다.

"이거 먹이면 조금 나을 거요."

듀비는 주저없이 그것을 받아 들고 나에게 왔는데 나무통 안에서 찰랑거리는 액체 소리가 들리는 걸 보니 아마 물약인 듯했다.

듀비가 나에게 먹여주려는 듯 마악 마개를 빼내고 가까이 대자 알싸한 약초 냄새가 풍겨왔다.

그 냄새를 맡으며 부디 이거 먹고 효과를 보길… 하며 입에 대려고 하던 나는 나보다 한 발 늦게 도착하여 대기하고 있던 무사에게 부축을 받으며 내려선 만취한 무사가 나와 같은 물약을 받아 마시는 걸 보고 멈칫했다.

"이거… 무슨 약이야?"

내 입에서 나온 목소리는 너무나 작아 옆에 있는 사람에게나 겨우 들릴 정도였기에 날 부축하고 있던 듀비가 약을 나눠 주는 무사에게 다시 물을 수밖에 없었다.

"이거 무슨 약입니까?"

그러자 그 무사는 내 쪽은 돌아보지도 않고 이제 속속 도착하는 무사들에게 열심히 약을 나눠 주면서 성의없이 대꾸하는 거였다.

"숙취에 좋은 거니까 그냥 먹여요."

그 소리에 나는 그렇지 않아도 기운없는 몸이 아예 땅으로 꺼질 듯한 기분이었다.

"나는… 술에 취한 게 아니라 배탈이 난 거란 말야."

결국 그 약을 다시 그 무사에게 건네주고 배탈 약을 받길 바랬지만 그 무사는 술 취할 때 마시는 약밖에는 가진 게 없어 거의 듀비에게 업히다시피 해서 의무실로 향했다.

한밤중이라 한산할 줄 알았던 의무실은 황당하게도 꽉 차 있었다.

나는 혹시나 곤히 자고 있는 의무반 사람을 깨울 것 같아 되게 미안하게 생각했었는데, 웬걸, 의무실에 사람이 너무 많아서 나는 들어가지 못하고 듀비가 혼자 들어가서 겨우 약을 얻어와야 했다.

술에 취하면 괜히, 쓸데없이 자신의 온몸을 내던지는 사람들이 있다고 하더니만, 아무래도 이번 동료 무사들 중에도 그런 인물들이 많았던 모양이다. 내 기억으로는 식당 안에서 술을 아무리 많이 마셨어도 싸움 같은 건 일어난 적이 없었으니 싸우다가 다친 건 아니었을 테니 말이다.

'음… 장난치다가 나뒹굴었을 수도……'

아마 싸우고 싶어도 머튼이 떡하니 버티고 있었으니 꿈도 못 꿨겠지만.

어찌 되었든 나는 듀비가 바쁜 의무반 사람을 못살게 굴어서 간신히 얻어온 어두운 초록색의, 냄새도 고약한 두 개의 알약을 건네받았는데 약이 우황청심원보다 조금 더 커서 물하고 같이 삼키기도 어려울 것 같았다.

그런데 정말 절망스럽게도 그 약은 물과 같이 먹으면 약효가 떨어진다나 어쩐다나 하면서 그냥 씹어 삼키라는 거였다.

"이, 이걸… 그냥요?"

듀비가 그 알약을 처방해 준 것이 아니라 그도 별다른 수가 없었을 테지만, 한번 말이라도 해보지 않을 수가 없었다.

그런데 냉정하게도 듀비는 내 말에 고개를 그냥 끄덕이는 게 아닌가? 심지어 위로의 눈빛조차 보이지 않고 말이다.

"그냥 씹어 드셔야 한답니다."

"애구구구……."

나는 절망적으로 한숨을 내쉬며 손바닥 위에 올려진 그 시커머튀튀한 약을 바라보았다.

생각 같아서는 먹고 싶지 않았지만, 지금 내 상태가 너무 안 좋았기에 어쩔 수 없이 눈을 꽉 감고 알약을 털어 넣었다.

"우엑……."

냄새도 고약하더니만 맛은 더 고약했다. 속을 다스리는 약이라더니 맛으로는 속을 더 안 좋게 할 지경이었다.

그래도 지금까지 버틴 게 너무 아까워 이를 앙다물고 버티는데, 듀비가 갑자기 내 등과 무릎 뒤쪽에 손을 집어넣더니 날 조심스레 안아 드는 거였다. 그래 놀라운 시선으로 그를 바라보자 그가 아무렇지도 않은 얼굴로 입을 여는 거였다.

"혼자 걷기에는 무리이실 것 같고, 업자니 아무래도 속이 안 좋으시겠지요? 이렇게 안아서 옮겨 드리는 게 나을 것 같아서요."

"아… 욱……."

감사의 인사를 하려고 했는데 입을 열자마자 왠지 약이 식도에 걸린 것만 같이 약 냄새가 확 올라오는 게 느껴져 재빨리 입을 다물어야 했다.

'에고고… 속이야…….'

평소 같으면 해민이가 그런 듀비를 향해 으르렁거렸겠지만, 지금은 내 상태가 워낙 안 좋아서 그런 것도 잊어버렸는지 듀비 옆에서 날 걱정스런 눈으로 바라보며 따라오고 있었다.

결국 그날 나는 집으로 돌아가지도 못하고—갈 기운도 없었으려니와 갔다가 이 꼴을 아버지께 보여 뭔 소리를 들을까 무서웠기에—해민이에게는 쬐께 미안했지만 그의 침대를 차지한 채 드러누웠다.

그나마 그 고약한 맛의 약은 그래도 효과가 좋아서 얼마 지나지 않아 약효가 서서히 돌아 나는 속이 편안해져 잠들 수 있었다. 만약 안 그랬다면 아마 같은 방에서 자는 듀비와 해민이가 나의 끙끙 앓는 소리 때문에 잠을 제대로 못 잤을 것이다.

새벽 늦게 잠자리에 누워서 그런지 눈을 떴을 때는 햇살이 강한 것이 아무래도 한낮인 듯싶었다.

"우우우웅~"

평소보다 늦게 일어나선지 찌뿌둥한 몸을 기지개를 켜서 풀며 일어나 보니 해민이와 듀비는 벌써 일어나 나가고 방에 없었다. 아마 내가 너무 곤히 자서 깨우지 않고 저희들끼리 나간 모양이었다.

그래 우선 나가서 얼굴이라도 씻으려고 몸을 일으키며 나는 나도 모르게 중얼거렸다.

"아… 배고프… 헉……!"

세상에, 어제 그렇게 과식해서 고생해 놓고서도 이놈의 위장은 자존심도 없는 건지 잠에서 깨어나자마자 배고픔을 호소하는 거였다.

"헉! 내가… 이런 식충이였을 줄이야……."

스스로에 대한 실망으로 의기소침하여 터덜터덜 문을 나서던 나는 마악 듀비와 해민이의 방문 쪽으로 향하던 잭슨과 마주쳤다.

"엑?"

그에 놀라 눈을 똥그랗게 뜨고 미처 입을 열지 못한 채 바라보고만 있는데 잭슨이 반가운 표정을 떠올리며 나에게 다가왔다.

"아, 이제 일어나는 거야?"

"아? 에? 응……."

마치 기다렸다는 듯한 그의 말에 놀라 얼결에 대답하자 그가 다짜고 짜로 내 팔을 잡아끄는 거였다.

"아, 다행히 때를 잘 맞췄네. 자, 가자."

"응? 어디를?"

그에게 질질 끌려가면서 묻자 잭슨은 나를 돌아보지도 않고 대꾸했다.

"상회 본부. 그쪽에서 너와 나를 호출했어."

"아앗! 밥도 못 먹었는데?"

배가 고픈 것을 느끼고 내 스스로에 대한 실망으로 의기소침한 지 얼마나 지났다고 그런 이야기를 꺼내다니… 나는 정말 어쩔 수 없는 식충이였나 보다.

하지만 그렇다고 해서 굶고 가는 건 싫었기에 먹고 갔으면 했지만, 잭슨은 이런 내 바람을 미리 잘라 버렸다.

"늦게 일어난 네 탓이야."

"잠깐만! 해민이하고 듀비도 데려가면 안 돼? 그 둘은 내가 없으면 찾아다닐 거라고."

"식당에서 식사하기에 내가 널 데리러 간다고 했어. 입구에서 만나기로 했으니까 지금쯤 거기 있을 거야."

"뭐? 그럼 나만 식사를 못하는 거잖아?"

이럴 수는 없다는 시선을 강력하게 잭슨에게 보냈지만 그는 뒤통수가 따끔거릴 텐데도 날 돌아보지도 않은 채 매정한 말만 쏟아냈다.

“누가 늦게 일어나래?”

“아앗, 이럴 수는 없는 거야아야~”

“시끄러워. 잔소리 말고 빨리 따라와!”

그렇게 잭슨에게 거의 끌려가다시피 도착하니 그곳에는 이미 듀비와 해민이가 와서 기다리고 있었다.

나를 보고 환하게 웃으며 달려오는 해민이의 얼굴에는 배부른 자만이 보일 수 있는 기분 좋은 포만감이 어려 있어 나는 평소 같으면 귀엽게 보았을 해민이의 애교 어린 얼굴이 지금 이 순간만은 무지 얄미워 보였다.

역시 나는 이것밖에 안 되는 인간이었던 것이다.

“호호호… 해민아… 배부르니?”

덕분에 내 입에서 나온 목소리는 평소의 해민이에게 하던 대로가 아닌 약간 음침한 어조일 수밖에 없었다.

그에 해민이는 약간 멈칫하며 고개를 갸웃거리더니만 내가 그러는 이유를 몰라서인지, 아니면 자신이 잘못 들은 것이라 치부해 버린 건지 다시금 환하게 웃으며 고개를 끄덕이는 거였다.

그 해맑고 깨끗한, 너무 순진한 모습에 나는 일순 내가 너무 추악한 녀석이 된 것처럼 느껴져 기분이 저 나락으로 떨어져 버렸다.

“에휴휴휴~ 내가 이런 인간이었을 줄이야……. 괜히 애꿎은 우리 해민이에게 화풀이나 하구… 모두 나 내 탓인 것을…….”

차마 화풀이는 못한 나는 깊은 한숨을 내쉬며 대신 해민이의 머리를 쓱쓱 쓰다듬어 주었다.

그런데 그때 뒤에서 조용히 있던 듀비가 앞으로 나서면서 나에게 종이에 싼 뭔 꾸러미를 내미는 거였다.

"이것 받으십시오."

"예?"

얼결에 받아보니 바스락거리는 종이 꾸러미 아래에는 말랑말랑하고 따뜻한 뭔가가 들어 있는 게 느껴졌다. 그리고 거기에서 얼핏 희미하게 나는 이 향기로운 냄새는…

나는 재빨리 종이를 풀어 안에 있는 물건을 확인하였다. 그 모습을 보며 설명해 주는 듀비의 말을 한 귀로 듣고 한 귀로 흘리면서 말이다.

"다행히 식당 안에 사람이 별로 없어서 쉽게 주방에다 부탁할 수 있었습니다."

그 안에 든 것은 내 예상과 다르지 않게도 아직도 따끈따끈한 두 개의 빵 사이에—아마도 하나의 빵을 두 개로 나눈 듯한—바싹 구운 베이컨에 양파, 양상치 같은 야채가 소스에 버무려져 들어 있었다.

"오오~ 듀비~"

그 순간 듀비의 모습은 뒤에 새하얀 두 장의 날개가 달리고 머리 위에는 황금빛 둥그런 환이 떠올라 있는 것처럼 보였다.

내가 감격이 가득 찬 눈으로 그를 바라보며 반짝반짝 광선을 쏘아 보내자 그가 쑥스러운지 슬쩍 고개를 돌리면서 한 가지 더 건넸다.

"그리고 이것도……."

이번 거는 내 팔뚝 길이보다 약간 작은 나무 물통이었다.

"우유입니다. 아무래도 빵만 드시면 목이 마르실 것 같아서……."

"오오옷~"

감동, 감격, 환희, 행복~

그 모든 감정이 어우러진 눈빛으로 듀비에게 뭔가 감사의 인사를 하고 싶었지만, 그보다도 먼저 잭슨이 끼어들어 이 좋은 분위기를 망쳐

났다.

"자자, 그럼 이제 다 된 거지? 그럼 가자고. 다른 건 마차 안에서 해도 되잖아?"

그러면서 대기하고 있는 마차 쪽으로 내 등을 떠미는 거였다.

"자, 빨리 올라타. 해민이하고 듀비도요~"

"어어어~ 자, 잠깐만……."

그렇게 잭슨에게 떠밀리다시피 내가 마차에 오르고 그 뒤를 해민이와 듀비, 마지막으로 잭슨까지 올라타 마차의 문이 닫히자 마차는 나는 듯이 달리기 시작했다.

"참내, 뭘 그렇게 서두르는 거야?"

마차에 자리를 잡고 앉으며 내가 투덜댔지만―그래도 손 안에 먹을 것이 있어서 그런지 강도는 약했다―잭슨이 찌릿한 눈으로 날 바라보는 거였다.

"하릴없이 거기에 계속 서 있을 수도 없잖아. 본부에서 호출이 왔다니까?"

"그래, 그래, 그래서 가고 있는 거잖아."

한번 투덜대 보기는 했지만 내가 잘한 건 없었기에 나는 작게 궁시렁거리는 것으로 말을 맺고는 손에 들린 베이컨 샌드위치 쪽으로 시선을 돌렸다.

'역시~ 인생에 있어 세 가지 도락 중 하나라고 하더니만 그게 틀린 말은 아니라니까~ 아… 행복해~ 나는 그냥 식충이 할란다. 물론 과식은 안 하겠지만. 우헤헤헤~'

그렇게 내가 마차 안에서 간단하게 식사를 마치고 나자 그제야 침대에서 일어난 채 세수도 못하고 끌려 나온 부스스한 몰골에 생각이 미쳤다.

다행히 잠옷을 입고 있지는 않았지만, 어제 상태가 너무 안 좋아서 옷도 안 갈아입은 채 그대로 자는 바람에 옷은 다 구겨지고 새벽까지 술자리에 있었던 탓에 음식 냄새와 술 냄새까지 배어서 풀풀 풍기는 듯했다.

"아앗! 이런이런… 이 꼴로 어떻게 가지? 누구 빗 있는 사람?"

하고 같이 마차를 타고 있는 이들을 돌아보았지만 아무도 그런 걸 가지고 있지는 않았다.

"에구, 하는 수 없지. 이럴 줄 알았으면 가방이라도 가지고 올걸."

하지만 지금 후회해 봤자 다시 돌아가 가방을 가지고 올 수 있는 것도 아니었기에 체념할 수밖에 없었다.

그리하여 결국 대충 손으로나마 부스스한 머리를 빗어 단정하게 묶고 운디네를 불러 세수에다가 냄새만이라도 빠지도록 옷을 입은 그대로 옷 세탁까지 끝내고 난 후 얼마 지나지 않아 마차는 성안에 있는 베지테크스 상회 본부 건물 앞에 도착했다.

'헤에, 여기 참 오랜만에 오네.'

그 건물은 내가 레이언, 크리스에게 상회에 합류하겠다고 약속한 후 와본 뒤로 한 번도 와본 적이 없었다. 그런 곳을 몇 달 뒤에 이렇게 다시 오게 된 것이었다.

'이야~ 겨우 몇 달인데 마치 몇 년 만에 다시 오는 것 같잖아?'

그렇게 커다란 상회 본부 건물을 올려다보며 감회에 젖어 있는데, 이런 날 잭슨이 가만두질 못했다.

"뭐 하는 거야? 빨리빨리 들어가자고. 머튼 대장도 와 있을 거란 말야."

“머튼 대장이? 왜?”

머튼 대장이 기다리고 있었기에 잭슨이 한시라도 빨리 도착하려고 그리 닦달을 했던 모양이다.

“나도 몰라. 어차피 가면 다 알게 될 거잖아. 빨리 가자고. 늦으면 내가 머튼 대장의 눈초리를 다 감당해야 한단 말야.”

애처롭게 재촉하는 잭슨을 이해 못할 게 아니었기에 나는 그가 원하는 대로 얼른 건물 안으로 들어갔다.

잭슨은 건물 내부를 꿰고 있었는지 들어가자마자 누구의 안내도 받지 않은 채 우리를 이끌고 성큼성큼 걸음을 옮기는 거였다.

그의 뒤를 종종걸음으로 따라가며 나는 그에게 말을 건넸다.

“저기, 왜 우리를 호출하는 건지 몰라?”

“나도 자세한 이야기는 못 들었어. 단지 너하고 빨리 오라는 소리만 들었거든.”

“그래? 왜 불렀을까나? 혹시… 이번에 너무 수고했다고 보너스를 주려는 걸까?”

내 상상의 나래를 듣던 잭슨은 피식 웃었다.

“그런 거라면 이렇게 급하게 찾을 필요도 없잖아. 아마 뭔 일을 맡기려는 모양이야.”

“엑? 벌써? 도착한 지 이제 겨우 하루 지났는데… 아, 가만. 머튼 대장도 있다고 했지? 설미 이빈에 또 머튼 대장이랑 같이 일하는 걸까나?”

뜨악하는 내 어조에 잭슨은 아마 각오하고 있었던 듯 덤덤하게 대꾸했다.

“나도 모르지. 하지만 그럴 가능성이 높다고 봐.”

“으에…….”

머튼 대장은 나쁜 사람은 아니지만 워낙 고지식해서 그와 일을 하면 힘든 일이 없어도 왠지 알게 모르게 피곤해지는 것 같았다. 뭔가 잘못하면 그의 질책이 여지없이 날아오니 잘못하지 않으려고 항상 긴장하고 있는 탓일지도 모른다.

그래도 그나마 북 드워프 마을에 갔을 때는 그의 밑에 있다기보다는 같이 있어도 다른 일을 전담하고 있었기에 괜찮았는데 혹시 이번에 그의 밑에 있게 된다면…….

‘아아… 상상하고 싶지 않아. 머튼 대장에게는 미안하지만 같이 하라고 한다면 아버지 핑계를 대서라도 집에 갈란다.’

그렇게 생각할 무렵 잭슨이 걸음을 멈추고 자신의 눈앞에 있는 방문에 대고 노크를 했다.

‘아, 그러고 보니 여기는…….’

주위를 둘러보니 왠지 낯이 익은 곳이었다. 내가 상회 본부 건물에서 유일하게 아는 곳, 바로 레이언 녀석의 사무실이 있는 복도였던 것이다.

“네.”

여전히 넓고 우아하게 꾸며진 사무실 안에는 전혀 안 어울리는 레이언이 크리스, 머튼과 함께 우리를 반겼다.

“어서 와.”

예의 그 화사한 미소를 지으며 말을 건넨 건 레이언이었고 크리스는 가벼운 미소와 함께 고개를 살짝 끄덕여 보였다.

그리고 머튼은…

“늦었군.”

예의 냉정한 얼굴로 우리의 가슴을 콕 찌르는 한마디를 던지는 거였다.

'에구… 역시나…….'

"자자, 우선 이쪽으로 앉지. 아직 피로도 안 풀렸는데 호출해서 미안해."

"뭐, 푹 잤으니까 괜찮아요. 그런데 무슨 일이에요?'

잭슨이 레이언이 가리키는 소파에 앉으면서 묻자 우리를 기다리고 있던 세 사람도 같이 자리를 잡고 앉아 우리를 바라보았다.

"뭐, 별거는 아니고……."

싱글싱글 웃으며 입을 여는 레이언의 말투는 정말 별거 아닌 것처럼 들렸지만 잭슨은 긴장을 풀지 않은 채로 그를 주시하고 있었다.

그런 잭슨에게 레이언이 싱겁게 웃으며 손을 저어 보였다.

"그렇게 긴장할 거 없어. 시간이 좀 부족해서 그렇지 크게 대단한 일은 아니니까 말야."

"그게 도대체 무슨 일인데?"

대단한 일인지 아닌지는 우리가 듣고 판단해야 하는 게 아닌가 말이다. 그런데 자꾸 본론은 이야기 안 하고 서론에서 맴도니 답답해져서 나까지 끼어들어 다그치자 크리스가 끼어들었다.

"그냥 내가 이야기하지. 너희들, 왈그린 국에 우리 상회 지부가 있다는 것 알고 있지?"

예전에 지나가는 투로 잠깐 들은 적은 있었기에 고개를 끄덕이자 크리스가 만족스러운 표정으로 재차 입을 열었다.

"왈그린 국의 수도인 그랜드마에 있는 지부에서 연락이 왔어. 뛰어난 실력파 몇몇만 지원해 달라고 말이야."

"왜? 거기에는 실력있는 자들이 없어?"

"물론 있지. 그런데 하필 그 실력파들이 지금 대부분 운송 경호를 나가느라 자리를 비웠는데 얼마 안 있으면 그쪽에서 대규모 노예 경매가 열리게 된다는 정보가 들어왔다는 거야."

왈그린 나라는 라센 국가처럼 공식적으로 노예 매매를 허용하지는 않았지만, 그렇다고 법으로 금지해 놓지도 않았다. 그러니까 암묵적으로 허용하는 상태라고나 할까?

벨레니 같은, 법으로 노예 매매를 금지한 나라도 권력있고 돈있는 사람들이 법의 눈을 피해 뒤에서 거래를 할 정도니 왈그린 국가 같은 곳은 매년 축제 때마다 열리는 야시장처럼 일정 기간마다 노예 매매를 개장해 왔다.

그런데 가끔은 돌발적으로 매매를 할 때가 있다고 한다.

"이번에 열린다는 게 바로 그런 돌발적인 매매인 듯해. 그런데 이번에 열리는 매매에는 다른 때 쉽게 볼 수 없는 이종족 노예가 선보인다는 정보래."

"그럼 엄청난 자금이 모여들겠군요."

잭슨의 말에 크리스가 고개를 끄덕였다.

"그렇지. 그래서 놓치기가 아까운데 하필 지부에 인력이 빠져나간 상태라서……."

"운이 안 좋았네, 그렇게 어긋나다니."

내 중얼거림에 대답한 건 레이언이었다.

"맞아. 운송 나간 측에 연락을 해놓기는 했는데 아무래도 제시간에 돌아오기는 어려울 것 같다고 하더군. 그래서 본부에다 도움을 요청한 거지."

"그쪽 나라에는 수도 외에 다른 곳에 지부가 없어?"

"아아, 두 군데 더 있기는 한데 그쪽에서 모아도 역부족인 모양이야. 그래서 혹시나 하고 우리 쪽에 부탁을 해온 건데……."

"그렇군요. 그럼 거기에 저희들이 가라는 겁니까?"

잭슨의 질문에 레이언이 고개를 끄덕였다.

"응. 가능하면 몇몇의 무사를 더 붙여주고 싶지만 촉박한 시간에 많은 인원이 이동하기는 힘들 테고, 해민이와 듀비도 있으니 너희 넷 정도면 충분히 도움이 될 거라 생각해."

"자꾸 시간이 촉박하다고 하는데, 그럼 우리가 얼마나 빨리 그 왈그린 국가의 수도에 도착해야 하는 거야?"

"경매는 이 주 후에 열린다고 했어. 그렇다면 기본적인 건 거기서 미리 준비를 해놓는다고 해도 너희들의 능력과 비례하여 목표가 달라질 테고 같이 일하는 동료들의 능력도 맞춰봐야 할 테니… 최소한 5일 전에는 도착해야 할 거야. 그러니까… 늦어도 9일 안에는 도착해야 해."

레이언의 말에 잭슨이 너무 놀라 자리에서 벌떡 일어났다.

"9, 9일이요? 그건 불가능해요. 여기서 왈그린 국경까지만 해도 밤낮으로 말을 달려도 최소한 한 달은 걸린단 말입니다."

잭슨의 말은 옳았다.

지금 우리가 있는 이 항구 도시는 라센 국의 서쪽—비록 반도 끄트머리는 아니라 할지라도—해변에 있기 때문에 여기서 왈그린 국경을 간다는 건 라센 국을 횡단해야 한다는 소리다.

하필 이 나라는 남북으로의 길이는 짧은데 동서로는 쭈욱 늘려져 있는 형태라 종단보다도 시간은 더 오래 걸렸다. 뭐, 북쪽에 있는 벨레니

국으로 간다고 해도 9일은 국경에 도착하지도 못할 시간이지만.

"그러니까 너희를 부른 거야. 보통의 방법으로는 힘드니까 말야."

불쑥 끼어든 머튼의 의미심장한 말에 잭슨이 그가 뭘 의미하는지 생각하는 표정으로 천천히 앉더니 입을 열었다.

"정령을… 이용하라는 말씀이군요. 해인이와 저의 공통점이라고는 그것밖에 없으니까요."

"바로 그거야."

레이언이 고개를 끄덕였지만 잭슨이 고개를 저었다.

"그래도 불가능합니다. 비록 말보다는 빠르겠지만… 제가 며칠 동안 쉬지 않고 정령을 부릴 수……."

거기까지 말한 잭슨은 옆에 멀거니 앉아 있는 날 보더니 잠시 말을 멈췄다.

"그렇군요. 해인이가 있으니까 가능하다고 생각하신 겁니까?"

"에? 나?"

갑작스레 불거져 나온 내 이야기에 내가 휘둥그레 눈을 뜨고 주위 사람들을 돌아보자 크리스가 고개를 끄덕였다.

"맞았다. 해인이라면 어쩌면 가능할지 모른다고 생각했어. 최상급 정령사라면 말야. 그리고 혹시나 해인이가 지쳤을 때는 네가 대신 받쳐 주면 되니까 둘이 번갈아가면서 한다면……."

크리스의 말에 곰곰이 생각에 잠긴 잭슨이 낮게 한숨을 내쉬었다.

"그래도… 빠듯할 것 같은데요. 게다가 도착한다고 해도 우리 둘은 뻗게 될 겁니다."

"괜찮아, 괜찮아. 시간 안에 도착하기만 한다면 며칠 여유는 있으니까. 게다가 마법사들도 대기시켜 놨고 힐링 포션까지 준비해 놨으니까 말야."

레이언의 아무렇지도 않다는 어조의 말에 잭슨이 기가 막히다는 표정을 지었다.

"하, 완전 우리 허리를 휘게 만들 작정이시군요."

"대신 기간 내에 도착하여 이번 일을 무사히 완수한다면 월급 두 배의 보너스와 함께 한 달간의 휴가를 주겠어. 어때?"

씨익 웃으며 제안을 하는 레이언의 말에 잭슨의 눈이 휘둥그레 떠지면서 그의 제안에 껌뻑 넘어가려는 것처럼 보였다.

그러나 다 넘어가기 전 마지막에 뭔가 걸렸는지 미진한 얼굴로 질문을 던졌다.

"하지만 만약 제시간에 도착 못해서 큰 도움이 되지 못한다면요?"

"그렇다면 두 배의 보너스에 한 달간의 휴가는 없지만… 일당은 지급하도록 하지. 얼마나 도움이 됐느냐에 따라 등급은 달라지겠지만."

상회에 소속된 무사들—뭐, 일반 사무 요원은 모르겠지만—은 매달 받는 월급—이건 기본료라고 한다. 자신의 등급에 따라 가격도 달라진다—말고도 자신이 한 일의 중요성과 위험성에 따라 또 다른 수당을 받게 된다.

그건 특급, A급, B급, C급으로 나뉘는데, B급과 C급은 보통 운송의 경호로 나갔다 오면 받는 수당이다. 위험한 싸움이 있었으면 B급의 수당을 받고 크게 위험한 일이 없었으면 C급의 수당을 받는 식이다.

그리고 특급과 A급은 처음부터 목숨을 위협받을 각오를 하는 일로 대부분 불법적인 일인 경우가 많다.

아마 레이언의 말은 특급 수당이냐 A급 수당이냐를 말하는 듯했다.

"흐음, 못해도 A급 수당이라면야……."

아무래도 목숨을 걸고 하는 급의 수당이라 B, C급 수당보다는 꽤 높아 잭슨이 군침이 도는 모양이었다.

하지만 이런 잭슨의 중얼거림에 레이언이 태클을 걸었다.

"A급이 아니야. 내가 말했지? 도움이 되는 정도에 따라 급이 달라질 거라고. 아예 아무 도움도 안 된다면 C급밖에 줄 수가 없어."

"쩝……."

무지 아쉬운 듯 잭슨이 입맛을 다셨지만, 레이언의 말이 어거지가 아니란 걸 알기 때문인지 뭐라고 하지는 않았다.

"어때? 해보겠어?"

빨리 확답을 하라는 재촉에 잭슨은 금세 대답하려는 듯 입을 열었지만, 그 상태로 잠시 머뭇거리더니 나를 돌아보았다.

"할래?"

"응?"

내 의견을 물어볼 줄은 몰랐던—나는 잭슨이 한다면 하는가 보다… 하고 마음 편안하게 생각하고 있었던 것이다—나는 약간 당황하다가 머쓱하게 입을 열었다.

"저기… 이번 일 말이야, 노예 매매상을 습격하는 거지?"

"그렇지."

깔끔하고 간결한 레이언의 대답을 들은 나는 다시 한 번 물었다.

"그러면… 나는 아직 상회에 들어온 지 얼마 안 된 데다가 최상급 정령과 계약을 맺었다고 해도 그들을 데리고 싸움에 임해본 적이 이번 운송 외에는 전혀 없는데, 이런 초보자를 끼워 넣어도 되는 거야?"

"물론 조금은 위험할지도 몰라. 이런 일은 경험이라는 것이 대단히 큰 작용을 하거든. 하지만 현재 우리가 그쪽 지부에 지원해 줄 수 있는 능력자는 너와 잭슨밖에 없어. 가능한 한 지원은 해주지만 판단은 그쪽에서 하겠지. 그래도 이번 운송에서 바다 몬스터와 많이 싸웠잖아. 그 정도면 괜찮을 거라 생각한 거야."

레이언의 말이 끝나자마자 크리스가 입을 열었다.

"명심할 건 이번에 상대하는 이들은 사람이라는 거지. 너는 아직 사람을 상대해 본 적 없지? 그래서 조금 걱정이 돼. 물론 우리 상회에 소속되어 있는 이상 언젠가는 겪을 일이겠지만, 첫 경험으로 하기에는 위험 부담이 너무 큰 일이라 만약 내키지 않으면 거절해도 돼. 솔직히 나는 조금 걱정이 되거든."

'사람을 상대한다라… 뭐, 그래도 여차하면 튈 수는 있잖아? 어렵게 생각할 건 없겠지.'

크리스의 심각한 표정 덕분에 심각하게 생각에 임했던 나는 결국 단순하게 끝을 맺고는 싱긋 웃어 보였다.

"좋아. 한번 해볼게."

"해인이가 좋다면 저도 좋습니다."

잭슨까지 고개를 끄덕이자 레이언이 기분 좋은 미소를 지었다.

"그럼 언제 출발하면 되는 거야?"

내가 크리스를 바라보며 묻자 크리스는 걱정이 담긴 시선으로 나를 바라보았지만 순순히 대답은 해줬다.

"너희들이 준비가 되는 대로. 하지만 시간이 촉박한 이상 최대한 빨리 출발하는 게 좋겠지?"

"알아서 하란 말이군요. 더 하실 말씀은요?"

잭슨이 알았다는 듯 고개를 끄덕이며 입을 열자 레이언은 없다는 뜻으로 어깨를 으쓱거렸고 크리스는 작게 고개를 저었다.

"잠깐만. 그런데 그 왈그린 국의 수도에 있는 지부에서 우리를 알아? 그냥 가서 본부에서 보냈습니다… 하면 되는 거야?"

이대로라면 대화가 끝나고 우리는 나가게 될 것 같아서 내가 끼어들
자 크리스가 피식 웃으면서 설명해 줬다.

"너희를 그냥 보내놓고 우리가 손 놓고 가만히 있을 리가 없잖아?
그쪽에다가 너희를 보냈다고 간단한 신상 정보는 보내줄 거야. 그들은
우선 그걸 가지고 너희에게 어떤 일을 맡길지 대충은 결정하고 있겠지.
그러니까 너희들은 그곳에 가서 상회 소속 증명패를 보이기 하면 돼."

"헤에~ 그렇군."

"더 궁금한 건?"

"없어."

"좋아. 그럼 힘들 거라는 건 알고 있지만, 잘 부탁해."

이제 대화를 끝내겠다는 의도가 명백한 레이언의 말을 들으며 우리
는 자리에서 일어났다.

"뭐, 언제나 그렇듯이 노력은 해보겠습니다."

"나도."

"훗, 너희들이라면 잘해낼 수 있을 거야."

"특별 수당에 한 달 휴가를 잊지 마."

"잘해봐라."

크리스, 레이언, 그리고 머튼의 격려 인사를 들으며 우리는 사무실
에서 빠져나왔다.

"어떻게 해야 해?"

본부 건물을 나오니 데려올 때는 급해서 마차를 준비시켜 줬지만,
이제 용무는 끝났으니 알아서 돌아가라는 듯 우리를 위한 마차는커녕

비루먹은 나귀 한 마리 보이지 않았기에 잭슨을 선두로 우리는 번화가 쪽으로 걸음을 옮기기 시작했다.

아무래도 이런 일에는 잭슨이 경험이 많을 테니 나는 그의 뒤를 따라가면서 질문을 던졌고, 잭슨은 이런 나의 기대에 충분히 부응해 줬다.

"우선은 숙소로 돌아가야 해. 거기 가서 빅터에게 말하면 필요한 걸 챙겨줄 거야. 어차피 최대한 빨리 가려는 것에 주안점을 두고 있는 데다 말을 타고 가는 것도 아니니 아마도 그곳에 가서 지낼 때 필요한 몇 가지 소지품과 가는 기간에 먹을 양식 정도 챙기는 게 고작이겠지. 중간에 필요한 게 있으면 구할 수 있을 돈 정도 하고… 그거 외에는 필요한 게 없겠군."

"자는 건 어떻게 해? 식사는?"

"음… 일단은 노숙 쪽으로 생각해야겠지? 식사는 날아가면서 해결해야 한다고 보긴 하는데… 날아가면서 먹을 수 있을지는 모르겠어. 나도 솔직히 이런 식으로 여행을 가게 된 건 처음이라… 아무리 시일이 급하다고 해도 말을 타고 달리는 게 고작이었으니까 말야. 예전에 한번 그런 적이 있었는데, 그때는 정말 죽어났지. 다시는 그러고 싶지 않을 정도였거든. 식사 할 때도 말 위에서 했고 오로지 말을 바꿀 때하고 잘 때 외에는 계속 말을 타고 달렸었어. 잠이나 충분히 잤냐? 한 두세 시간밖에 못 잤어. 나중에는 너무 피곤해서 달리는 말 위에서 꾸벅꾸벅 졸 정도였다니까."

거기까지 말한 잭슨은 생각하기도 싫다는 듯 고개를 절레절레 저었다.

"그래도 이번에는 정령들을 타고 가니 편하기야 하겠다."

"음… 그럼 우선은 숙소로 돌아가야겠네? 그런데 왜 이쪽으로 가는 건데? 가려면 성문 쪽으로 가야 하는 거 아냐?"

잭슨이 시내 중심가 쪽으로 향하자 의아해서 물었더니만 잭슨이 피식 웃으며 나를 돌아보았다.

"돌아갈 때 걸어서 갈 수는 없잖아. 그럼 한나절은 족히 걸릴걸? 마차를 타고 가야지."

그러면서 그가 가리키는 곳에는 손님을 기다리는 삯 마차들이 주르르 대기하고 있었다.

하지만 나는 그 삯 마차들을 한번 힐끔 보고는 이해할 수 없어서 잭슨을 바라보았다.

"너는 삯 마차가 좋아? 나는 별로던데. 많이 덜컹거리는 데다가 불편하고… 차라리 정령을 불러서 도움을 받는 게 좋지 않아?"

내 말에 잭슨은 잠시 동안 나를 물끄러미 바라보더니 머쓱하게 웃으며 머리를 긁적거렸다.

"그렇군. 그런 방법이 있었군. 이제 앞으로 그렇게 이동해야 하는데 경험 삼아 한번 그렇게 가볼까?"

그의 말투에서 이런 적이 한 번도 없었음을 눈치 챈 나는 그를 의아하게 바라보았다.

"에에? 너는 정령을 타고 이동한 적이 한 번도 없어? 불의 중급 정령 정도라면 얼마든지 타고 하늘을 날 수 있었을 텐데."

"아아, 그게 말이지… 그럴 생각을 전혀 못했다고나 할까? 급할 때는 몇 번, 그것도 단거리를 이동한 적은 있긴 해. 하지만 먼 거리는 전혀 없어. 게다가 정령을 이동 수단으로 사용할 생각도 못했고 말이야."

"그래? 뭐야, 전에는 집 안 청소 같은 거 정령들에게 부탁한다며?"

내 말에 잭슨이 머쓱하게 웃었다.

"아하하하… 그거야… 집안일이 무지 하기 싫어서 어떻게 하면 조금이라도 덜 할 수 있을까 연구하다 생각해 낸 거고… 먼 거리 이동하는 건 대부분 운송에 참여할 때였으니, 그때는 나 혼자 정령 타고 갈 수는 없는 거잖아."

"그래? 흐음… 그렇구나."

그의 말에 납득하며 고개를 끄덕이자 잭슨이 덧붙였다.

"게다가 이곳에 있을 때도 나는 거의 성내에서 머물렀거든. 그러니 사람들이 보는 데에서 정령을 타고 왔다 갔다 할 생각은 더 더욱이나 못했지. 뭐, 너야 집이 먼 데다 보는 사람도 적을 테니 얼마든지 그럴 수 있었겠지만."

"음음, 하기야 나도 사람들이 보는 앞에서는 왠지 정령을 불러내기가 꺼려져서 성내에서는 잘 사용 안 해. 아니면 사람들이 눈치 못 채게 하든지."

"그렇지? 그렇다니까. 정령을 타고 먼 거리를 이동하는 건 나로서는 처음 시도해 보는 거란 말이야."

"그렇구나. 좋았어! 그러면 그런 의미에서 이번에는 네가 우리를 데리고 숙소로 돌아가 보는 게 어때? 나야 출퇴근할 때마다 정령을 타고 다녔으니 경험이 많지만, 너는 별로 없었다니 말야."

내가 씨익 웃으면서 제안하자 잭슨이 기가 막히다는 듯 나를 바라보았다.

"엥? 왜 이야기가 그렇게 되는 건데?"

"왜 그렇게 되긴, 너는 경험없다며? 앞으로 우리를 태우고 다닐 텐데 혹시라도 서툴러 가지고 떨어뜨리면 어떻게 해? 그러니 미리미리 연습해 봐야지. 안 그래?"

"뭐? 으음… 설마 내가 아무리 그런 경험이 적다 해도 그렇겠냐?"

"모르지. 그러니까 한번 해보라는 거잖아."

내가 능청스러운 표정으로 잭슨을 바라보며 말하자 그가 어이없다는 듯이 피식 웃다가 고개를 끄덕였다.

"후후, 그래, 뭐… 어차피 마차 타고 갈 생각은 없는 것 같으니까… 그럼 어디 한번 해볼까나?"

"잘 부탁해. 한데 만약 떨어뜨리거나 운행 실력이 별로 안 좋으면 가만 안 둘겨."

〈제5권 끝〉

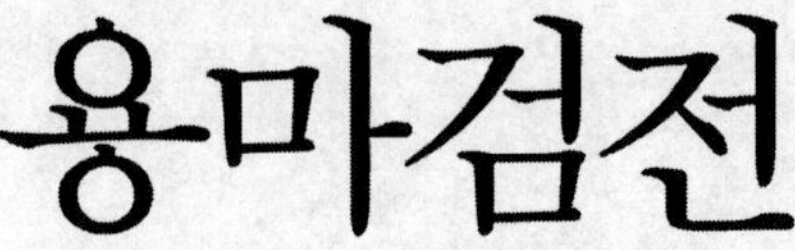

용마검전

FANTASY FRONTIER SPIRIT

김재한 판타지 장편 소설

**「폭염의 용제」, 「성운을 먹는 자」의 작가 김재한!
또다시 새로운 신화를 완성하다!**

『용마검전』

사악한 용마족의 왕 아테인을 쓰러뜨리고
용마전쟁을 끝낸 용사 아젤!

그러나 그 대가로 받은 것은 죽음에 이르는 저주.
아젤은 저주를 풀기 위해 기나긴 잠에 빠져든다.

그로부터 220년 후…….

**긴 잠에서 깨어난 아젤이 본 것은
인간과 용마족이 더불어 살아가는 새로운 세상이었다.**